竹风湖影

郑玉林

—

著

花山文艺出版社

河北·石家庄

图书在版编目（CIP）数据

竹风湖影 / 郑玉林著. -- 石家庄：花山文艺出版社, 2025.5. -- ISBN 978-7-5511-7798-6

Ⅰ.I247.5

中国国家版本馆CIP数据核字第2025YY9575号

书　　名：	竹风湖影
	ZHUFENG HUYING
著　　者：	郑玉林

责任编辑：刘燕军
封面设计：中尚图
美术编辑：王爱芹
出版发行：花山文艺出版社（邮政编码：050061）
　　　　　（河北省石家庄市友谊北大街330号）
销售热线：0311-88643299/96/17
印　　刷：三河市中晟雅豪印务有限公司
经　　销：新华书店
开　　本：710毫米×1000毫米　1/16
印　　张：16
字　　数：208千字
版　　次：2025年5月第1版
　　　　　2025年5月第1次印刷
书　　号：ISBN 978-7-5511-7798-6
定　　价：69.00元

（版权所有　翻印必究·印装有误　负责调换）

序

夏天的午后，一个人走进荒野，飞虫导引着我前行的方向，花草唤起我的好奇，给我刻板的少年时光寻找点儿乐趣。天上飞的、地上爬的、水里游的各得其所，大自然处处充满生机。

感谢冥冥之中的造物者，将这些心如止水、静态安然的小生灵呈现在我的面前。我俨然成了它们中的一个，大家共享这片蓝天，一起寻找未来。

不知不觉走进柳条丛。我不止一次来到这里，割柴火，摘黄花。黄花是我少年时期的一道美味，夏季只有二十几天的光景可见，不可多得。除了黄花，柳条丛里还隐藏着各种各样的飞虫，有时不动不叫，一门心思躲避晴天的酷热。如果不是刻意去招惹它们，这些小生灵根本就不会理睬我。当然，有些还是要避开的，比如那只马蜂，擦着我的耳边飞过去，一直飞向前方的蜂巢。偶尔也会遇见一两只好看的蝴蝶和蜻蜓，它们总是不知疲倦地飞来飞去，很少在我面前停驻。别担心，我不会伤害它们。我闭上眼睛，默默祈祷：愿我思我想，它心它念，息息相通。

相信它们一定懂得我的心声。

柳条上停着我叫不出名的小鸟，看那眼神就知道它们都能发现大自然美好的东西，和我一样能看出山的美、水的美、风的美、雪的美、泪水的美、笑靥的美……

我沉浸在闲情带来的快乐之中。这快乐很短暂，几年后我离开学校，切切实实地感受到了生活的艰辛。我要在这片土地上起早贪黑地劳作,直至终老。

耘籽炎阳硕,耙糖新月弯。小生灵们依旧注视着我,歇息的时候,我也一如既往地走近它们。

这样的日子很快就到了尽头。一个秋天,我远离了这些小生灵,在一座城市里读书。几年后为了生计,去了一个不大热闹的小镇子。除了星期日,我每天都要走进白房子,面对一张张忧苦的脸。那是一个节俭的年代,铁床压弯了铺上木板,还得凑合着用;破旧的草垫子早已看不出本来的颜色;潮湿的地面散发着霉味;多年不曾粉刷的墙壁显得愈加沉晦……这种压抑的环境,让我感到天地无限寂落。

十年后,我离开了白房子,又熬过二十年,彻底摆脱了那份让我烦恼的工作。就在那个冬天,我告别东北去了一个还算宜人的地方。从此,我有了暇余,走进原野去寻找年少的记忆。山海之间的这片狭长地带散布着沟渠、田埂、荒坡、林地,小生灵们各安其所。

格外留恋故乡柳条丛里的小生灵,它们给我留下了美好深刻的印象。就我个人的观察,环境的改变对它们还是有一定影响的——无论我怎样寻觅,很难见到记忆中那些小生灵的身影。但我还是有了新发现,尽管不是很熟悉,还是愿意走近它们。如果它们愿意对我倾诉,我更愿意把它们的事情记录下来。

当然,这是我的一个幻想。

但我还是愿意把这种幻想当成现实。二〇一七年,我完成了长篇小说《金水池》的写作,那是一个乌托邦式的神话故事。然而,我始终觉得它缺少了什么,没有把我少年时在柳条丛里看到的小生灵(哪怕是一两个)写到故事里去。正是这个原因,就有了内容繁芜的《金水池拾遗》。在这里,云气、彩虹、花草、树木乃至鱼虫小兽都占有一席之地。

记忆中，每至黄昏时分，故乡的田野就会静寂下来。西边的晚霞一点点褪去，墨蓝色的夜空星光闪耀，难以计数的小生灵进入梦乡，这是它们最惬意、最闲适的时候。走过很多地方，他乡的山野是静的，又是不静的，松涛竹风、虫声鸟语，夜的清籁让人入梦，也让人清醒。花开花落、流星飞萤，迷荡神魂，体尽人事。

廓落之际，一个个小生灵出现在我心里。竹林、大湖，它们的故事都与夜密不可分。回想幽邃的远古，寻找过往星辰，内心便泛起一丝荒茫。直到这一刻，我才下决心把《金水池拾遗》改为《竹风湖影》。

无论如何，这十万余字是小说《金水池》的延续，再现了金水池大多数场景，又拓展了新的空间，承接了金水池的脉络，又绝非简简单单的延续，每一章都有新的小生灵出现，又与过往有着某种不可分割的联系。

借助神话、传说，去氤氲一种奇特的风物和意象，去构建一个广阔的心灵世界，这是我以为快乐的事情。我赋予这些小生灵荒诞与豪恣，然后化作内心意愿的表达，这一过程让我感到无比畅晓，一桩桩、一件件离奇的故事既现实又幽眇，模糊的意象创造出更为丰富的想象空间。

我的小说与生俱来带有不可避免的局限性。我并不认为小说必须有一个中心事件或矛盾冲突，放弃性格而强行植入思想，我不会做这种费力不讨好的事情。

如《净土》章，全姐与鮀女共赴驼骆；与老柏偕行羊犇；最后独走犁荦，全姐肩上全都是责任和担当。

再如《花田》章，雨儿、雾儿、露儿三个为了拯救娆竭尽全力，通篇都是柔情与怜爱，没有一丝一毫的纠葛。

幻想激荡出的温馨与温暖从未退去，是我成长的最好伴侣，是黑夜里的光亮，是我为数不多的朋友。我的经历、我的深浅、我的偏见都与它息息相关。它与我一起失落，一起挫折，一起快乐，又一起忧伤，一起前行。

田野里的小生灵启迪着我的思考，看似脆弱的生命却在严酷的自然环境中顽强地生存。它们鼓舞着我，给我创作灵感，给予我智慧、勇气和希望，同时也唤起我对自己、对他人生命的关怀。

从《金水池》到《竹风湖影》，我让那些散漫的、集聚的、相识的、陌生的、五花八门的小生灵聚在一起，赋予它们有限的能力，让它们尽展各自的本领，在天地间往来。它们互相帮助，互相利用，互相欣赏。

这悠邈的故事没有边际，那些不可捉摸的、不可定型的、风一样的东西，从巨石到大峡谷，从砀山到青崖，以多种并不纯粹的形式，从东到西、从北到南，来无影去无踪地飘浮着，走动着。

郑玉林

二〇二四年一月

目 录

第一章 蓝霓 　001
第二章 鲛女 　024
第三章 仰晴 　042
第四章 虫祸 　060
第五章 龙女 　078
第六章 巫祝 　096
第七章 净土 　115
第八章 青崖 　132
第九章 花田 　153
第十章 蒼夷 　169
第十一章 墨姑 　188
第十二章 尪巫 　208
第十三章 夜色 　226

第一章　蓝霓

一

璞离开金水池已经百十个寒暑了。从那以后，全姐的山洞也就缺少了生气，尤其是山洞深处，越发生冷幽暗。这夜，全姐孤零零地坐在洞口，久久地望着外面幽暗的竹林。蜈家四兄弟很少见面，全姐的日子很单调。

在别的精灵看来，全姐是惬意的、快活的，山洞永远是春风沉醉之处。能与璞还有瑶、琪搭上关系，金水池没有几个人能做到。

全姐站起身，来到外面，抬头看着天河，心里想着璞。

璞一点儿消息都没有，他是不是还在筱园？残月深更，这时他在做什么？

山脚下传来一声凄清的鸟叫，全姐心里一动，看了看通往山下的那条小径。

全姐骤然听到一声呼唤，心中升起说不出的好奇。

应该到湖边看看，刚才有几片云朝巨石那边飘去，看看那里发生了什么。湖上从来就不寂寞，那里是众精灵的乐园，尤其在午夜。

全姐沿着竹林间的小径向湖边走去。

蓝黑的湖水一如既往地平静，星星映在水中，显出金水池特有的深邃。

刚出竹林，全姐便向巨石那边望去。

巨石安静地卧在岸边，前面有一个虚虚乎乎的影子，像是谁站在那里。全姐心里一动——奇人，他回来了？

的确是奇人。

全姐不想见奇人，大峡谷的经历犹如昨天。那天，奇人垂着头从茅屋里走出来，看了全姐一眼，默默地从她身边走过去。全姐不知道他心里想的是什么，除了恨，大概不会有别的。

全姐站在竹林边，有些犹豫，不知该不该回到竹林中去。

百十个寒暑，尘世间的人去的去、来的来，相见不见得还能认识。可奇人与全姐不同，他们能活过漫长的岁月，精灵没有风烛残年的困扰。

奇人也发现了全姐，在心里默默地和她打招呼。

全姐没有理由不见，便朝奇人这边走来。记忆中，奇人从来没有像今天这样大大方方地站在湖岸，那段日子他总是将自己隐藏在一团雾气之中。全姐的眼中，他不是一个正直之人。

全姐在离奇人十步远的地方站住。

奇人双手抱拳，说："全姐，久违了。"

全姐往前走了两步，算是回礼："兄台，久违了。"

奇人很满意全姐这样称呼他，看来他们之间的隔阂不是不可调和，岁月淡化了往日的不快。

像是久别重逢的老友，奇人有很多话要对全姐说。全姐知道此时的奇人非彼时的奇人，胭脂渡这个艄公和颜悦色、坦坦荡荡，黑鱼早已获得清白之身。

这里不得不提起飑。在大峡谷，他指给黑鱼一条出路。功成行满，水神涂掉了黑鱼文案上的两个灰点。飑怎么会知道黑鱼文案上的秘密？离开金水池的时候，他对黑鱼还是一无所知。到大峡谷没多少日子，他就掌握了黑鱼的底细。原因只有一个，那就是离。这个女人死心塌地投入飑的怀抱，当然也就把黑鱼不光彩的历史全都说给了飑听。在大峡谷、金水池，没有谁比离更了解奇人。

寒暄过后，免不了又提起大峡谷那场遭遇。奇人说那天蜈家四兄弟对他下了狠手，亮、明、宝、和其中的一个从他背上揭走两块鳞片，伤处至今不适。全姐对此并不知情，蜈家四兄弟也从未提起，但她相信奇人说的是真的。

奇人回头朝巨石那边看了看，心想那四个小鬼头已经听见了他说的话。

蜈家四兄弟就在巨石下面的洞内，奇人刚到来的时候就被亮发现了，他对明、宝、和说："冤家来了。"

都是宝惹的祸，混乱中他揪去了黑鱼的鳞片。事后，三兄弟全都责备宝，这下跟奇人的仇恨恐怕更深了。

宝也有些后悔，但一想起奇人利用部落首领丰和巫祝想置他们于死地之事，也就不在乎了。如今，他并不害怕奇人，只是不想再去招惹是非。他们觉得奇人很无趣，让人轻贱。

兄弟四个商量过后达成共识：不予理睬。

巨石旁边，全姐与奇人谈得十分投机。奇人问全姐："璞去了又来，为何这么快又离开了？"

这个问题还真的不好回答。全姐轻轻松松地把话题岔开："璞答应过我一件事情。"

奇人很想了解璞，认真看着全姐，期待她说下去。

全姐却沉默了。

如果有谁认为全姐心里装的全是情爱，那就错了。一个无生无灭的精灵早已超脱，心灵净化的程度是世人所无法理解的。璞离开的那个夜晚，全姐装作熟睡，生怕弄出一点儿动静影响璞的归去。尘世上，娈女与璞只相处了百余个日夜，璞和自己相守了十二个寒暑，足够了。璞踏上云彩的那一刻，全姐就站在山洞口看着夜空。水雾打湿了她的衣衫，分别不可避免，她只是有些伤感。

全姐不便说，奇人也不便再问。他们站在那里静静地看着湖面。

金水池的夜，雾霭弥漫，静得让人感动。此情此景，奇人、全姐的心思越发自然和天真。湖面闪过一道亮光，全姐仔细看去，一个中年女子的半身钻出水面。她披散着头发，一身青衣，手中还提着一个花篮，看见奇人和全姐，便朝这边走来。

全姐看了看奇人，问："她是谁？"

奇人说："蟹婆！是我约她来的。"

全姐出生在金水池旁的竹林，山洞就是她的家，从小到大很少离开这里，却从来没听人说起过蟹婆。

蟹婆来到岸上。奇人向前走了几步，将全姐介绍给蟹婆。

全姐跪在地上，谦卑地向蟹婆行礼。她面对的毕竟是水府里的精灵。

蟹婆放下花篮，扶起全姐："果然是个伶俐女子。"看来蟹婆对全姐一点儿都不陌生。她曾见过全姐，当初水神用荷叶解救全姐的时候，她就站在一旁，那时全姐已经失去记忆。

全姐懂得规矩，默默地站在一边，看着别处。

蟹婆将花篮交给奇人，说："用完早些归还，水神知道的话，多有责备。"

奇人说："这我知道。"

蟹婆冲着全姐道："后会有期。"

全姐慌忙跪下。蟹婆转身朝湖中走去，走着走着一头扎进水里，顷刻间消失得无影无踪。

奇人拉起全姐，说："我也要归去了。"

全姐看着奇人手里的花篮，很是不解，问："你从水府借来花篮，做什么用？

奇人说："前日，一个女子搭我的小船渡河，不小心头上的茶花落入水中。女子怪我行船不稳，让她损失了财物。我只好借来花篮，去水里给她打捞茶花。"

全姐说："一枝茶花，不至于此吧！"

奇人说："那女子是水中的精灵，既有本领，又有势力，我得罪不起。再说，茶花是件宝贝，上岸后她便向我讨要，不依不饶的。"

"知道在哪里落水的话，你潜入水底给她捞上来不就完了。"全姐说。

奇人说："你不知道，那茶花即使沉入水底，也不会留在原地，不知漂到什么地方去了。"

"我明白了。"全姐自言自语道。

奇人看着全姐说："你有没有什么事情要我帮忙，这花篮借来一次实属不易。"

全姐看着湖面，心想：我的事情远比一枝茶花复杂，花篮能帮上什么忙？

奇人很有耐心，看着全姐发呆。

全姐突然问奇人："花篮能不能把天上的东西取来？"

奇人想了想说："也能，不过得有人肯给。"

全姐说："璞答应给我一件东西。"

奇人问："什么东西？"

全姐欲言又止。

一次，璞和全姐去大峡谷看望飑和离，回来的路上他们提起孌女。无意间，璞说鼋婆带着他们从胭脂渡返回天河，分手时，孌女送给他一件东西。全姐一下动了好奇心，问孌女送给他什么宝贝。璞说算不上什么宝贝，是一件能盛装天河水的黑玉瓶。

这样都算不上宝贝吗？璞真是昏了头。全姐却动了贪念，索性道："那你把它送给我吧！"

璞想都没想便答应下来："送你也行，只是我把它留在筱园了。"

全姐认真起来："你回天上取来啊！"

见她认真，璞有些后悔，急忙解释："时辰不到，我怎么敢擅自回去！"

全姐好生失望。

奇人见全姐半天无语，便说："若无事，我该回去了，天亮之前还要去打捞茶花。"

全姐一下有了主意："等等！"

"你有事情？"奇人问。

全姐认真起来，说："你帮我一下。"

"怎样帮你？"

"去找璞。"

"今夜天地河水不能贯通，我连龙门都到不了，怎么可能见到璞？"

"你手里不是有花篮吗？帮我从璞手里取一件东西。"

奇人糊涂了："璞欠你什么东西？"

"一个黑玉瓶。"

奇人想了想，道："即使我把花篮抛上天去，璞不把黑玉瓶给你，也是徒劳。"

全姐很是泄气。

奇人说："不过我可以带你去一个地方，或许你能把璞叫到跟前，当面向他索要。"

全姐一阵欢喜，却又有些失落："我们现在都不能乘云，怎么去那个地方？"

奇人说："有这花篮啊！我们坐在里面，它把我们带上去。"

花篮居然能够把人带到天上，全姐欣喜得很："我想现在就去，行吗？"

奇人答应："当然行。"

"果真是个宝贝。"全姐赞叹。

奇人将花篮放在地上，身子一缩，率先钻进去。全姐向花篮里望了望，奇人身边晴光摇荡、飞花连绵，虽不宽敞，两人坐在里面倒也不显拥挤。全姐抓住花篮的提梁，沿着边缘滑了进去。

两人面对面地坐着，奇人要全姐坐稳，花篮升起来的那一刻可能会有摇晃。全姐直了直身子，期待着花篮飞离地面。

谁知半天都没有动静。全姐忍不住问奇人："花篮怎么还不起来？"

奇人说："从前都是我一个人，这次可能有些重了。不过我有办法。"

全姐听了，半信半疑。

奇人从花篮里探出半个身子，朝着大湖那边挥了挥手。

水波泛起，蟹婆带着三个虾姑径直前来。

一行人在花篮四周站定。

蟹婆对奇人说："这花篮能乘好几个人，我们大伙儿来帮你一把。"

奇人谢过蟹婆，将身子缩了回去。

虾姑、蟹婆将花篮托起，合力抛向空中。用的力大，花篮翻转着向上飘去。全姐无法坐稳，急忙站起双手抓住提梁，奇人也有些不知所措。

见全姐害怕的样子，虾姑、蟹婆全都笑了。

花篮飘了一阵终于稳定下来。全姐、奇人都松了口气，双双坐下来。

蟹婆、虾姑悄悄地返回湖中。

二

全姐通过花篮的缝隙向外望去，金水池已经距离很远，连亘的峰峦几乎看不见了。

奇人闭着双眼，像是在思索着什么。

全姐有些寂寞，就去数花篮里面的花朵。有人在里面坐着，那些花朵便缩紧身子挨在一起，既无神气，也无光彩，唯有一枝红色莲花流眸顾盼，显得不大安分。

她瞥了一眼全姐，只是随便一瞥，全姐心中便怦然一动。

红莲的眼神有一种奇特的魅力，韵味悠长，引人回味。

全姐不露声色地坐着，用心感应。红莲无比浓艳，却有一张俏丽的脸、一张温柔的脸、一张智慧的脸，神不知鬼不觉就有了躁动，有了迷惑。这张脸背后隐藏着无尽的秘密，直冲邈远天庭。

看着看着，全姐就厌了，她不想招惹是非。

全姐问奇人："我能够看见外面，那外面的人会不会看见我？"

奇人睁开眼睛，说："不会的，只有我们能看得见外面，外面的人根本看不见我们坐在花篮里面。"

花篮稳稳地向上飘去，全姐心中充满了期待。不管能不能见到璞，这都是一次绝妙的旅行。

前方出现一片彩云，全姐奇怪的是花篮竟然朝着彩云飘去。黄白色的云越来越近，花篮从彩云上面飘过。

全姐一下子想起两个字——云海。的确是云海，眼前除了云还是云。既然是云海就应该有云骥，可这片云海里什么都没有。全姐多么希望那里能够出现点儿别的东西，哪怕是一棵树，或是一只小兔子。

奇人对全姐说："这只是第一层云，我们还要往上去。"

全姐不知道往上还有什么，往哪里去只能依着奇人。

奇人胸有成竹，说："还有更奇妙的地方等着我们。"

花篮越飘越快，越飘越高。他们眼前出现了一大片灰白的云，比起刚才更加开阔，无边无际。

花篮还是没有停下来，向更高更远的地方飘去。

透明的、蓝蓝的云出现在他们面前，洁净得让人想融入其中。全姐心旷神怡，吐出一句话来："天下怎么会有这么好的地方？"

奇人纠正全姐："这里不是天下，你没看见太阳已经在第一层云的下面了？"

全姐十分惊奇，问："莫非这里就是天上？"

奇人说："还算不上。"他往前方的上空指了指，全姐顺着他手指的方向看去。

是一道星河，隐约可见连绵的峰峦。

全姐呆了。

奇人说："璞就在那个地方。"

不知什么原因，花篮停了下来。奇人对全姐说："只能到这里了。"

奇人第一个跳出花篮，全姐紧随其后。

湛蓝湛蓝的云，无边无际。

与平日里看到的云不同，湛蓝的云一动不动，因为纯净，看不出它究竟有多厚，站在上面没有一丝一毫隔山渡海的感觉。

身处虚玄之境，全姐心中充满了喜悦与贪婪，自觉是一尊白玉女神，而这片湛蓝的云天全都属于自己。

的确，除了奇人，这里只有全姐。

幸福的全姐陷入梦幻之中。

奇人知道全姐迷上了这个纯净之所，在这里待上一会儿不但心灵能够得到净化，身体也会变得轻盈。

很快，全姐就从梦幻中醒来。她的心思从对云的兴趣上转移到对璞的思念上来，并轻轻呼唤着璞。

璞当然能够听见。此时，他就在筱园，与公公在一起。他无法回应全姐，更无法离开。

湛蓝的云无声无息，一如既往地宁静。

全姐生出荒唐而又神魂颠倒的想法来：这四周生长着高高的竹子，竹的后面有一间小房子，璞就住在那里……

无边的寂静，让人的心灵得到净化。但全姐净化得并不彻底，她明白，璞不会来了。

全姐怔在那里，好失落。

她不甘心，努力搜寻璞心中的意念，就如同当年在山洞里搜寻离的意念一样。不同的是，全姐拼尽全力，终究一无所获。

一片云从星河边际飘出，奇人被那片云所吸引，赶紧告诉全姐："有人来了。"

全姐一阵心跳，心想云上面一定是她期待的璞。

云越来越近，上面分明站着一个女子。

全姐看着女子，不由得叫出声来："琪——"

确实是琪（小说《金水池》里有这样一个情节："璞——你在哪里？"琪的一声呼喊穿云裂石，惊动了全姐。晨风中，全姐跑向金水池，在巨石旁边扶起琪）。

又是一个意外，璞没有来，在这里她又见到了琪。

久别重逢，全姐拉着琪的手，说出一句话："你怎么知道我在这里？"

琪告诉全姐："这里不比红尘，你的心思无人不知。"

琪说得没错，站在透明的云端身心俱明，再无隐秘可言。

此刻，全姐正感受着那种说不清道不明的愉悦，身心融入瓦蓝如洗的云海之中。

琪、全姐，还有奇人，他们的缘分由来已久。

金水池边的那个夜晚,他们把山洞留给了璞和瑶。飑、全姐和琪全都躲开了,他们去了哪里?说了些什么?没有人知道。

刚才琪很随意的一句话让全姐心生惭愧,低头不语。

奇人没见过琪,对璞却一点儿也不陌生,当然也清楚他们之间的故事。此时,他不知怎样做才能使全姐摆脱尴尬。

琪问全姐:"你是怎么到这里来的?"

全姐把奇人介绍给琪:"这位是奇人,是他带我来这里的。"

琪冲着奇人道:"幸会幸会。"

奇人还礼,说:"我原本打算去一重天,在湖边碰见全姐,就越过那两片云来到这里。"

琪说:"来这里一趟很不容易,趁此机会我们到处走走。"

奇人求之不得,欣然应允。

全姐有些担心:"花篮怎么办?"

奇人说:"就放在来时的地方,它自己不会动,不用管它。"这是个愚蠢的决定,苦果很快就会到来。

琪挥将云彩一分为三,奇人、全姐各自站上去,跟着琪飘向西北。三人流星一般去得迅疾,很快眼前就出现一处院落,鲜花掩映着几间青瓦房。

三

"蓝姐姐,在吗?"琪冲着房子轻轻呼唤。

房门开了,从里面走出一个身穿蓝色罗衣、头插竹笄的年轻女子。

能够到此的人不是很多,这里的日子却生动有趣。年轻女子一点儿都不孤单,她有许许多多的同伴与好友,不知啥时候就有人来邀她出去。在别人看不见的、空无一物的空间里,空悠悠地飘去。

奇人从未到过这里，更不知道这非天非地之所还住着一位女子。尽管眼神不太好，奇人还是看出这位女子是一道蓝色的云霓。他明白了，为什么脚下这片云海全部都是蓝色的。

他只想对了一半，来时经过两片不同颜色的云海，那里各有一位颜色对应的云霓，只是他们没有碰见。

其实，每一片云海都很值得欣赏和玩味，要看你有没有这个机缘。

蓝霓温情如花，面带微笑，看着他们。

琪把全姐和奇人介绍给蓝霓。

蓝霓热情相邀，琪、全姐和奇人走进屋子。蓝霓推开户牖，再用一条竹竿支住，奇人、全姐有了一种豁然开朗的感觉。

蓝霓推开的看似一扇窗子，其实是点开了他们的一个心窍。这是他们来此最大的收获，只是蓝霓不会把它说破。

奇人规规矩矩地靠墙站着，全姐、琪和蓝霓坐在藤椅上说话。

从外面看，这几间青瓦房不是很大，里面却十分宽敞。北面靠墙壁的地方是一张单人床榻，西面墙壁下是一张带铜镜的妆奁，上面放着一盒胭脂、一盒水粉，却无眉笔、梳子一类的东西。

琪问蓝霓："怎么不见那几位姐姐？"

蓝霓说："早晨她们来过，刚好都去了瑶台，你们早来一会儿就有可能碰上。"

琪说："上次做村姑，雨后在部落看见九位姐姐的化身，想求助又没机会，十分无奈。"

蓝霓说："你和瑶去了金水池，看你们落地吃苦，实在无能为力。"

全姐内心寻思，既然蓝霓是一道彩虹，她们最多也只有七位，为何琪称她们九位姐姐？

别说全姐，就连到过一重天的奇人也不明白。

和琪不一样，奇人、全姐属于地上的精灵，没见过九位云霓，肉眼更是没法看见那两位云霓的化身。

一阵香风从窗外飘进来，蓝霓站起身向窗子走去。琪与全姐扭头看着她。

蓝霓探头向外望去，香雾迷离，许多花朵在半空中飘荡。

蓝霓转回身看着琪和全姐。

琪与全姐全都站了起来。

"你们俩谁带花来着？"蓝霓问。

琪看着蓝霓，说："我什么也没带。"

全姐也说："我是空手来的。"

蓝霓显得很自信，说："不是我这里的东西。"她将琪与全姐招呼到身前，"你们两个帮我看看它们的来历。"

琪与全姐刚来到窗前，一枝水仙就从她们眼前飘进屋子。琪一把抓在手里，看了看，说："这不是天上的。"

听她这么说，奇人吓了一跳。他想起了花篮，见蓝霓她们没有注意到他，赶紧跑出了屋子。

奇人来到外面，蓝霓、琪和全姐紧随其后。

天风飘飘，数十朵风铃、蓝铃、金钟结伴朝这里飞来。奇人镇定下来，他知道一定是花篮出了问题，否则它们轻易是不会飘出去的，更不会来到这里。

奇人的判断是对的。琪带着他和全姐刚刚离开，花篮在云的浸润下获得了活力，真性渐渐复苏，很快化身为一个道姑。在金水池水府，花篮就是一位精灵，名叫鬟彩。平时，她被丢进大殿的一个角落无人理睬，伴着她的只有无尽的寂寞。

叫鬟彩的花篮盛过许许多多花朵，里面也留下了许许多多花魂。奇人、全姐坐在花篮里，那些花魂规规矩矩，全都躲进花篮的缝隙里，只有无人的时候它们才会现身。

奇人不该把鬟彩丢下不闻不问，即使鬟彩守得规矩，那些花魂未必会老老实实待在里面。它们知道琪是天上的仙子，跟着她，或许就能飞升天上，不再受这樊笼的束缚。

鬟彩当然懂得这些花草的心思，利用它们的贪婪给奇人制造一点儿麻烦，这条黑鱼可没少打扰自己。

鬟彩打定主意，解开衣带，将怀中各种各样的花朵全部放飞，还嘱咐它们该去什么地方。

此时此地除了她再无他人，没有什么体面不体面的，邋遢一点儿也没关系。

最后离开的是一朵茶花。茶花问鬟彩："如果没地方可去，我还能回来吗？"

鬟彩信誓旦旦地说："去哪里都比我这里好，找到它们你压根儿就不想回来。"她说的是实话。那些放飞的花朵个个欢欣鼓舞，根本就没打算再回来。

茶花离开了，鬟彩嘴角漾出一丝诡异的笑。她掩好衣襟，慢慢系好衣带，望着越来越远的茶花，心中道：一群蠢货，不知天高地厚。

事情还远远没有结束。鬟彩转过身，看着来时的方向，又起了一个念头。

奇人转过墙角，他想知道是谁给自己惹了麻烦。

苍兰、木槿、海棠……就连白菊都没落下。

此情此景，奇人也没了主意，他没有能力将这些花朵全都赶回花篮里。而任由这些花朵四处流浪搅扰云霓，势必会引起一场大麻烦。祸首是奇人，蟹婆、虾姑恐怕也要受到牵连。

奇人必须补救！他豁出去了，借助云气现出真身，一条黑鱼摇着尾巴朝屋顶的红莲冲去。

红莲是第一个来到这里的，四周那些花朵全是它的追随者，制服了红莲，也就解除了这场危机。

红莲对黑鱼并不陌生，它知道这不是个好对付的主儿。在金水池时，它就听人说起过黑鱼，也知道他干过的那个勾当。在花篮里时，红莲也曾揣摩过黑鱼的心思，发现他并不像蚌说的那样不堪。不过，当黑鱼瞪着眼睛朝它冲来的时候，红莲还是吓了一跳。

黑鱼张圆了大嘴，像是要把红莲生吞下去。

这一幕被紧随其后的蓝霓、琪和全姐看见。全姐不是头一次见识奇人的凶狠。在大峡谷的茅屋里，奇人曾朝她举起明珠，幸亏离帮她脱身。

黑鱼咬住红莲，将它拖回地面。周围的花朵全都安静下来，一动不动地待在原处，看着黑鱼。

全姐不知黑鱼要怎样处置红莲，喊了一句："手下留情！"

黑鱼听见，尾巴一晃化回奇人的样子。他转身看着全姐，手里紧紧握着红莲不放。

蓝霓和琪知道奇人要干什么，不作声。

全姐问奇人："你抓住它做什么？"

奇人说："你还不知道，花篮把它们都放出来到处游荡，我必须把它们全都弄回去。"

全姐知道遇上麻烦了，四周看去，周围两三百枝花朵。天竺葵、扶桑、毛莨全都老老实实的，躲在远处的茶花起了溜走的心思。

琪是侍菊仙子，菊坡上有许多花朵，对这些并非凡间的面孔并不陌生。她想要帮奇人一把，当然也是在帮全姐。

琪挥起衣袖，那些花朵像是受到召唤，一起朝琪飘来。

奇人也放开了红莲。

红莲靠近琪,脸上带着委屈。

琪伸手抚摩着红莲,说:"带它们回去吧!这里留不下你们。"

红莲看着琪,点点头说:"我明白,来到这里也很幸运了。"

风铃、蓝铃、金钟来到琪的身前,说:"仙子,你来自天上,能不能赏给我们一点儿东西?"

这些花朵很难有来天上的机会,琪当然知道它们想要什么,而且她也愿意分享给它们。

琪张开双臂,将飘荡的花朵全都揽入怀里。花朵沾染了琪的灵性,颜色更加鲜艳。

在并不遥远的过去,瑶和琪来到人间的第一天,男人将瑶和琪扛在肩上送过河沟。分别时,瑶拥抱了那个男人。琪发现了瑶的秘密,问瑶给了那个男人多少灵气。瑶说,没啥能报答人家的,只能帮他那么多了。

此时的琪,心里满是怜爱。

短暂的相遇,可遇不可求,这对花朵们来说已经足够幸运,它们结识了一位仙子。

花朵们欢天喜地,却又恋恋不舍地离开了琪的怀抱。

琪看着远方,寻找花篮。

红莲来到奇人面前,屈身行礼,它一点儿也不记恨他。

奇人有些不好意思,说:"请勿见怪,归途中我们还是邻居。"

说到归途,全姐心里一急,问奇人:"花篮不会有事吧?"

奇人面露难色,说:"看不见了。"

琪看着奇人、全姐,说:"这些花朵你们可以带走,不过花篮不知去了哪里,我看了又看就是不见它的影子。"

花篮已经离开,独自躲进黄色云海,除了蓝霓谁也看不见。

蓝霓对琪说:"我知道她叫鬟彩,在黄云里面。我这就叫她回来。"

听她这么说,奇人、全姐稍稍放下心来。

蓝霓与花篮做心与心的交流。

"鬟彩,你且归来。"蓝霓说。

花篮就在黄色云海上,仰头看着那片蓝色云海,一阵犹豫。

蓝霓继续说:"鬟彩,你可听见?"

花篮当然听见,但她还是没有回应。此时,她天性中的固执纷乱汹涌,难以自拔。

蓝霓知道花篮有意躲避她,于是不再勉强。

这是个善缘,花篮没有机会了。

蓝霓对全姐和奇人说:"鬟彩不愿归来,我们姐妹只好亲自去请了。"

听蓝霓这么说,琪、奇人和全姐十分震撼。违逆蓝霓,花篮实在太愚钝了。

花篮的确缺少见识,不知道云霓的身份有多尊贵。要知道,尘世间的人是没有机会见到这九位仙子的,但他们全都见过彩虹,却不知那是云霓的化身。

蓝霓冲着瑶台的方向,默默地召唤其他几位云霓。

一条彩带从东方划过,彩雾弥漫,顷刻间,八位云霓来到蓝霓面前。

琪、全姐和奇人赶紧向她们行礼。

蓝霓把这里发生的事情告诉她们。香风飘飘,九位云霓各挥起一条衣袖,一道彩虹从黄色云海下面升起。彩虹在花篮头顶上空划过,花篮十分欣喜。被九条优美的弧线笼罩绝对是一件幸运的事情。花篮想起金水池,彩虹只在雨后出现,而且遥不可及。彩虹一点儿一点儿地收缩,直到将花篮完全淹没。绚丽的彩虹如同迷宫,花篮一下子迷失了方向。彩虹将花篮牢牢束缚住,花篮想挣脱,却什么都碰不到,直到这时它才意识到事情有些不妙。

飘飘荡荡，花篮被一种力量牵引着往前行进。

彩虹消散，鬟彩低头站在九位云霓面前。蓝霓对她说："鬟彩，刚才为何不回我话？"

鬟彩跪下来服软："我错了，后悔不已。"

"你起来吧！"蓝霓看不了对方委屈的样子。

鬟彩站起来，低头看着自己的脚尖。

面对鬟彩，奇人、全姐不知该做些什么。

鬟彩的情绪一直不好，水府除了大型聚会能够从角落里把她请出来，平日她没有任何展现自己的机会。偶尔露一次脸，水族们很快也就把它淡忘了。毕竟它只是一只花篮。全姐与奇人离开的那一刻，鬟彩变得烦躁起来，忽然生出胆大包天、让人吃惊的念头："一定要让你们知道我的能耐！"她抛出那些花朵，最后看了一眼琪等人飘去的方向，转过身一头扎向那片灰白色云海。

蓝霓叫过那些花朵，对鬟彩说："鬟彩，带上它们一起回去吧！"

鬟彩对着众云霓屈膝行礼。她张开双臂将所有的花朵揽入怀中，重新化回花篮的样子。

琪提起花篮，说："我也知道你的委屈，日后若有机会，我会将你带到菊坡，在那里你会得到许多好处。"

花篮听见，满心欢喜，琪见花篮情绪好转，便说："后会有期。"

琪将花篮交给全姐，挥袖招过来时的两片云彩，说："你们不必再乘花篮，驾云归去更快些。"

奇人觉得此时接近拂晓，心里早就着急，连连答应。

全姐恋恋不舍地跟琪作别，又冲每位云霓叩头行礼。

众云霓见全姐如此谦卑，满心欢喜，嘱咐全姐，日后有求，一定相助。

四

九位云霓中，琪与蓝霓交往最多，感情也最深。琪是个懒散的仙子，加上管园公公的放纵，她有很多机会跑到外面，这种待遇在菊坡独一无二，没有谁可以效仿。虽然那些菊都不大喜欢琪，可又拿她没办法。琪掌管着它们的日常，它们有苦难言。琪的交往很广泛，瑶自不必说，茶山上十几个仙子都与琪相知，就连蝴蝶、蜻蜓也都认识琪，见面时都要和她打声招呼。

琪认识蓝霓比认识瑶还要早。

一个早晨，琪把洒水的活计推给了琬。这种事情常有，侍菊仙子之间多有关照。琬十分随和，琪的很多过失都是她给隐瞒起来的。正是这个原因，琬也没少遭受金菊、黄菊的白眼。

那天，琪一个人来到天河边。不远处走来蓝衣、青衣两位仙子。琪回头一看，两位仙子冰肌玉骨、云气荡漾，虽然威严，却很和蔼，一眼就能看出她们的品位不凡。琪虽是个见过世面的仙子，但身份低微，在两位仙子面前有些不知所措。

琪屈膝行礼。蓝衣仙子上前一步，对琪说："你我同在天上，就免了这些俗礼吧！"

"一看就很有眼缘，你叫什么名字？"青衣仙子也走上前跟琪打招呼。

琪不再拘束，告诉两位仙子："我叫琪，在菊坡那边。"

蓝衣仙子说："我们两位是云霓，我叫蓝霓，她叫青霓，你就叫我俩蓝姐、青姐吧。"

这种机遇，琪想都不敢想。她怎么肯轻易错失？

琪双膝跪下，蓝霓赶紧将她扶起。

蓝霓问琪来这里做什么，琪说前些日子河面泛起水花，几个童女从水中出来到岸上嬉戏，不知今天还能不能看见她们。

青霓望了望河面，告诉琪那是几个鼋女，她们不常出来，得见也是偶然。

"既然如此，两位姐姐可否留步到菊坡小坐？"琪恳求道。

青霓说："我们九位出来已经有些时候，该回去了。"

蓝霓说："因为看见你，我们俩才绕路过来，与你相见。"

琪心生感激，更想得到两位云霓的护佑，她不会放过这个机会，便说："两位姐姐住在哪里？日后好去拜望。"

蓝霓说："你往下边看，那里有九重云海，叫作九重天，我们九位各居一重。到了任何一重都能见到我们。"

琪顺着她的指引望去，九重不同颜色的云海相互错开，并不完全重叠，如同彩色的云梯悬在空中，只是这云梯宽得无边无际。

蓝霓对琪说："你看见了？"

琪说："看见了，那里是天地分隔的地方。"

蓝霓说："不错，世人不识这个所在，误以为天有九重。"

琪问："第三重是蓝色，可是蓝姐姐的住所？"

蓝霓夸奖琪道："你很有灵性。"

两位云霓问琪还有没有什么事情，琪想了想说她什么事情也没有。

蓝霓、青霓转身踏上云彩，极目那片云海，风声瑟瑟，身影迅速消失。

琪望着天河水色，想着两位仙子主动来结闲缘，心胸豁然开朗。琪不想马上回到菊坡，便沿着河岸一直往前走去。寂静的天河处处堪恋，前后再无他人，琪轻轻地哼唱起来。

菊坡幽处，花草欣然。

萦惹眼，菊篱乱蝉。

朝来河岸，非望蒙眷。

和风舞袖，乐天真，结闲缘。

蛾眉轻展，遄促无闲。

真梦里，乖违流连。

春衫香满，一笑人间。

却寻归路，会行与，见高鬟。

没过几个寒暑，琪的身边就有了瑶。瑶给琪的影响是多方面的，最成功的是改变了琪的幼稚与任性。当然，瑶也因为琪改变了自己的命运，那都是后来发生的事情。

琪是个爱哭的仙子。瑶生命垂危，琪趁着夜色去金水池寻找璞。一天之内，琪四次落泪。每一次落泪的原因都不一样，有欣喜，有感动，有悲伤，有恐惧。

那个夜晚，繁星点点，天河很安静，也很明亮。为了瑶，琪默默地祈求上苍，她没向云霓求救。但一条紫色的流星从北天划过，琪惊出一身冷汗。她抬头向北天看去，一道、两道、七道……八道，一道道明亮的流星划过夜空坠向四面八方（如果你看过《金水池》，当记得天空只出现这九道流星，或许这就是偶然，然而偶然与偶然的叠加也就成了必然）。

琪不知道那是瑶的希望。夜空中，九位云霓各抛下一条彩带为瑶赐福。

九位云霓对琪的照拂无微不至，她们是看着她离开天上的，琪的双脚若踏上尘途，云霓再想帮她亦是无能为力。

琪来到水边蹲下身子，伸出一只手指轻轻搅动河水。平静的水面泛起一圈圈涟漪。

这个动作有些过分，它扰动了天河的宁静，许多神灵都会被其吸引，看这里到底发生了什么。

即使有神仙从这里经过，也都是云来云往，轻易不会搅扰天河。琪简直就是个孩子，可爱又淘气。

琪也意识到自己的行为不妥，于是站起身，认真地欣赏起天河来。

天河平静得像一面镜子，没有丝毫流淌的痕迹。与尘世间的河流不同，天河不可以随便用来涤垢。即使是云霓，取天河水也只能伸手向空中画一道水线，用多少取多少。

没有人知道天河也能解除苍生的厄难，尤其是他们身染沉疴、焦渴万分的时候。

但这只限于大有善缘之人。

五

送别全姐和奇人不久，琪又去找蓝霓。

九重天，还是那间小屋。

两人面对面地坐着，蓝霓问琪有什么事情。

琪说她喜欢上了蓝霓身上的云气。

蓝霓当然明白琪的心思。云气是云朵的精华，琪向她索取，她没法拒绝。

琪也是考虑了很久才来这里的。

蓝霓挥了挥袖子，云一下子将琪围了起来。

琪一动不动，闭着眼睛，承受着。她感觉到了，蓝霓屋内充满了蓝色透明的云气，云气先是将她笼罩起来，继而化作水流在身上流淌。琪感觉自己飘浮着，一阵风就能把她给吹跑似的，然而她又感到了一种从未有过的踏实。

不一会儿，云气散尽。琪睁开眼睛，与来时相比，看不出有什么变化。

蓝霓约琪去各处走走。琪得了好处，便不再流连，向蓝霓告辞。

走出屋子，琪想着自己和九位云霓一样自身带着云气，就有了一种灵魂升华的快意。在蓝霓的注视下，琪唤来一片云彩，站了上去。她想去哪里就去哪里，天高地阔。

蓝霓看着琪，心想：只是给了她一点点云气，她就能把它发挥到极致。

琪乘着云气朝天上飘去，菊坡倏然而至。

对蓝霓来说，将身上的云气分出去一些是举手之劳；对琪来说，却相当重要。琪因此有了一个本领：利用身上的云气，她随时随地都能把天地之间的所有云彩唤至身旁，并把自己隐藏起来。再出天门时，不但没人能够发现，即便落地也能再次飞升。

全姐没有这样的机缘，和奇人一样，他们只属于金水池。

琪是幸运的，和蓝霓结下了不解之缘。

第二章　鮀女

一

晨风吹拂着大河，白雾茫茫。

奇人坐在大河边，一脸的疲惫。白白忙活一个多时辰，茶花就是不见，鮀女一会儿就要上门纠缠，奇人头都大了。草径中的虫鸣、树林里的蛙叫实在让他心烦，到处都在催命。

与蟹婆有约，花篮必须在太阳出来之前归还，过往都是这样。奇人不敢耽搁，四顾无人，一头扎进水底，僻静处留下真身，提起花篮跃出水面。在山口，奇人也曾像今天这样进入太虚，不幸的是，留在茅屋里的真身被雨和叶撞见。奇人慌忙赶回，设法迷惑了雨和叶，这才避免一场大麻烦。

这条路奇人走了无数遍，眨眼之间即可到达金水池。不过，那次离开金水池去大峡谷寻找离和飑，他足足用了两天的光景。

那时候的奇人，心里的贪念正闹哄哄地生长着，为了一块玉符，做起了不光彩的勾当。遗憾的是，金水池那么多精灵，没有谁去提醒他、制止他。

在大峡谷，奇人的幻想破灭。飑告诉奇人从这里往东有一条大河，他可以在那里修行。奇人对这条大河一点儿都不陌生，根本用不着飑的指点。

因为那个过错，奇人独守寂寥的大河。眼看熬出头来，谁想到又遇上这么一场麻烦。

太阳马上就要出来，奇人在巨石旁边停伫。四周静悄悄的，他慢慢走进湖中。蟹婆早在水底等候，从奇人手里接过花篮，问："捞到茶花没有？"

"没有。"奇人的情绪十分低落。

蟹婆仔细看了看花篮，对奇人说："茶花好像不在河里。"

奇人打起精神，问："你看见什么了？"

蟹婆说："你上当了。"

奇人还想追问，蟹婆急忙制止他，说她得赶紧将花篮送归原处。

一个虾姑游了过来，蟹婆将花篮交给她，嘱咐她千万不要出了差错。

奇人看着蟹婆，说："我也觉得哪里不对。"

蟹婆笑了，说："水中无论什么宝贝花朵，花篮都能把它找到，除非……"

奇人大瞪着眼睛，努力回想在胭脂渡这两天的经历。

二

奇人一个人孤零零地住在大河边，没日没夜地渡人过河。即便睡下了，只要有人叫，奇人也会在最短时间走出茅屋。有时听见外面的脚步声，他也会主动出去。离开金水池，奇人的性情变得越来越温和，当年山口的气象全然不见，那个手拿芭蕉叶子替人消灾、说一不二的青脸男人远去了。

在不同的地方，不同的时间，就有不同的奇人。

近百个寒暑，他换了好几副面孔。

午后的阳光从窗子照进茅屋，刚睡下的奇人向阴暗处挪了挪。与其说他讨厌这光亮，不如说是害怕那光亮带来的燥热。胭脂渡又多了几十个部落，炎热的中午也会有人过河。有时忙起来，奇人一整天都不能回到水底享受一下清凉，这让他十分难受。

"船家——"像是女子在呼喊。

奇人睁开眼睛，坐了起来，透过窗口向外望去，果然不远处站着一个女子。

"船家在吗？"女子的声音十分好听。

奇人向来对年轻貌美的女子不见得有什么想法。他与离走得很近，两人可以合伙打劫，却没动过那个念头。

可怜的奇人半分空闲也没有。他赶紧套上鞋子，从茅屋里钻了出来。

女子一身靛青色粗布麻衣，头上高高绾起一个髻，用一根竹簪别住，鬓角处插着一朵粉红色茶花，手里还提着一个和麻衣同样颜色的包袱。

奇人觉得她有些面生，不像附近部落里的人。再仔细看，女子柳眉轻挑、凤眼细长，气质出众。

奇人问："花容可要过河？"

"正是。"女子眼里含笑。

"这就送你。"奇人绕开女子，朝大河走去。

女子转身跟上。

岸上拴着一个大竹排，那是人多时用的，撑起来很费力气。奇人看都没看，径直朝独木小船走去。

他解开缆绳，请女子上船。

女子有些迟疑，说她害怕小船摇晃。

奇人跳上船尾，用竹篙将船身抵住，女子小心翼翼地爬上船头。

她刚坐好，奇人就问："花容要去哪里？"

"对岸。"女子似乎不愿与奇人搭讪，背对着他。奇人的心思全在划船上，也不多问。

阳光下，女子鬓角上的茶花散发着耀眼的光彩，奇人目光被它所吸引。虽然嗅不到什么气息，但奇人却总是觉得茶花里有什么东西。

自从来到胭脂渡，奇人死心塌地地扮演好自己的角色，每天打交道的都是部落里的人，茶花就是茶花，虽有犹疑，他却不上心。

这条独木小船平日能坐三四个人，此时只有他们两个，吃水很浅。奇人轻巧地挥动竹篙，小船离了岸边，往河中心漂去。

上游方向漂过来一截枯木，两人不言不语，一齐朝枯木来的方向看去。

小船就要通过河中心，枯木越来越近，一旦相撞，小船必毁。奇人使劲划水，想让小船躲过枯木。枯木还是碰到船尾，小船一阵摇晃。女子扑倒在船头。

奇人费了好大劲才把小船稳住，女子转过身来，两眼直直地盯着奇人。

那是一双充满怨恨、带着惊恐的眼睛。她好像是在控制自己的情绪，不想过多地怪罪奇人。

"对不起，吓着花容了。"奇人内心愧疚，只能好言抚慰。

女子抬手摸了一下鬓角，惊呼："茶花！我的茶花不见了？"

奇人的心思全在那截枯木上，危险过去才注意到女子的鬓角——插着的茶花的确不见了。

"大概是掉进河里了。"奇人说。

女子变了颜色，一边哭一边叫："你赔我宝贝……"

奇人见她可怜，宽慰说："花容，千万别伤心，到了岸上我多给你摘上几朵就是。"

"那不是茶花，是一件宝贝。"

奇人蒙了，女子的茶花居然是件宝贝。他认真地打量起这个女子。

女子眼梢上吊，犀利的眼神让人不寒而栗，语气也失去了温柔。

不是奇人眼拙，女子的容貌与刚上船时比的确有了微妙的变化。

她是谁？奇人知道自己遇上麻烦了。

女子冲着奇人伸出一只手，厉声道："把宝贝还给我。"

她的话不知从哪里来的震慑力，让奇人感到心虚，单那伸过来的一只手就散发着非同寻常的野性，纤细的手指犹如射过来的一支支利箭。

小船轻轻地摇晃，每一个角落都充斥着女子的锋利。奇人有些窝囊，但他还是不甘心，说："花容可是说笑话？"

女子提高了声音："没人和你说笑话，我知道你是谁。"

到了该摊牌的时候，女子老练且有章法地步步紧逼。

奇人吓了一跳，说："我就是一个摆渡的。"

女子笑了："黑鱼，你就别再跟我装糊涂了。"

奇人急了："花容，你到底要干什么？"

女子一本正经道："黑鱼，我问你，枯木过来你不避让，险些让我落水，是何居心？"

奇人内心升起一片凄迷，这境遇在胭脂渡还是头一次。

"花容，我已经尽力了。"他声音明显有些苍老。

女子不屑："算我命大，躲过了这场灾难，但落水的宝贝你必须得赔我。"

"茶花落水，无影无踪，你让我如何赔你？"

"这我不管，你不赔我宝贝，我就跟你没完。"

"没完又怎样？"

"让所有部落的人都知道你是条鱼，一条倒霉的黑鱼。"

奇人听她这么说，一时不知如何应对。

"还愣着干什么？赶紧下水寻宝啊！"女子催促。

奇人镇定下来，问："告诉我，你是谁？"

"首领的女儿。"女子只说了这一句，并没有告诉奇人自己的名字。

奇人盯着女子的眼睛，内心的虚弱淡然远去："不对，你也是条鱼，一条鲍鱼。"

女子有些得意："你说对了，我就是鲍女，不过茶花你总是要赔的。"

奇人觉得寻找茶花不是什么难事，就不与她争竞，说："我试试看。"

"这就对了。"鲍女也不想继续纠缠。

奇人问："你还要过河吗？"

鲍女十分干脆，说："送我回去。"

奇人说："回哪里去？你直接下水不就得了。"

鲍女一本正经，"不忙，我还得回一趟部落，告诉首领茶花被你给弄到水里去了……"

奇人心里一紧："鲍女，你也忒狠了些。"

鲍女面带微笑，又恢复了来时的妩媚。她的确很美，情绪的变化也快。她的执着、她的任性，更胜一筹。

"算我倒霉。"奇人掉转船头。

鲍女转身坐着，面对奇人。

奇人的竹篙不短不长，既可以用来撑船，也可以用作进攻时的武器。

鲍女眯着眼睛，显得很松弛。

奇人觉得鲍女对他怀有戒心，说："你用不着提防我。"

鲍女接过话来："我也不相信你会起什么坏心思，只是想和你说说话。"

"有什么可说的？"奇人揶揄她一句。

鲍女说："在胭脂渡，你已经三次化身艄公，什么时候是个头儿啊？"

奇人不冷不热，说："这跟你有什么关系？"

"当然有关系，万一你哪天溜了，我找谁讨要茶花？"鲍女半开玩笑道。

"找不到茶花，我哪里都不去。"

"这我就放心了。"

就在两人说话间，小船漂到了岸边。

鲶女站起身来，说："多有得罪。"

奇人心里不痛快，说："走好不送。"

鲶女上岸，站在高处看着奇人说："明天这个时候我来取宝贝，你可别让我失望啊！"

奇人立在船尾，看着她，没说话。

鲶女转身离去，秀丽苗条的身材，不紧不慢的步子，和来时一样好看。可奇人觉得她一点儿也不美，漂亮的躯壳全被她糟蹋了。

这是一场什么样的遭遇。

鲶女越走越远，留下一船生猛。

明天，明天……鲶女当真会来？奇人有些恍惚。曾有一妇人把包袱落在船上，几个寒暑过去，也不见来取。

鲶女不是那妇人，妇人不声不响地去了。可鲶女有些发急，甚至有些发狂。她的后背同黑暗粘在一起，心里注定没有一点儿光亮。想几句话就把她给打发了，绝无可能。

奇人回到茅屋，感觉就像走进古墓。茅屋的空间不是很大，伸手就能够得到屋顶，墙壁的三面都开着窗子，奇人仍感到气闷。

干草铺上，丢着奇人捡来的一只埙，那是渡河人遗失的。他从未吹过埙，只是从部落那里听到过。

奇人坐下来，拿起那只埙，放在嘴边：噗……噗……那声音如同他的心情一般糟糕。

他丢下埙，站了起来。

坐也不是，立也不是，奇人无法泰然。

天黑了，这注定是个难熬的夜晚。

奇人躺下来，怎么也睡不着。鲶女说茶花是件宝贝，既然是宝贝，多半会沉入水底，不会随着水流漂走。

欠债还钱！奇人起身往河边走。从茅屋到岸边只有百十步远，越走越近，奇人的脚步声传得很远。

他脱下草鞋端端正正地放在船上，光脚走进水里。

一阵清凉。

他在水中急切地寻找，茶花杳无踪迹。

已近午夜，奇人钻出水面，望着岸边那条小船发呆。小船很有耐心地轻摇着，像是在说：别费劲了。

奇人有些恍惚，开始怀疑这是不是鼍女开的一个玩笑。很快他就否定了这个想法，她能跑去部落做首领的女儿，绝非等闲之辈。她还会来的。

来就来，到时候再说。

奇人上岸，从小船上拾起草鞋。

三

鼍女，一个水中之灵做了首领蕰的女儿，看似荒唐。

在鼍女的记忆里，部落里无论男女，到了一定的年龄都会死去。而且，他们的日常充满了艰辛和不确定性，有些尚未成年就死掉了，有些是因为病痛或者意外死掉了。精灵则没有这种困扰，他们远离部落，懒得搭理这些为了衣食整天奔波的人群。

鼍女更是如此。

几年前，大河边上蕰的部落出现一种疾病，族人先是发热，继而昏睡，殁者十之有三。巫祝说这是有人得罪了神灵，上天降罪部落。蕰让巫祝禳解，巫祝说将几个染病的男人投进大河灾难可解。蕰听了十分生气。她派人四处寻访救人的办法。

很快，鼍女就被巫祝发现。那天，鼍女一个人在河岸边徘徊，巫祝见她气质不凡，便问她从哪里来。鼍女说她的部落在遥远的山外，因为避祸流落至此。巫祝问她叫什么，鼍女说她没有名字。巫祝又问她有没有给人消灾治病的办法，鼍女说这一路她见过许多害这种昏睡病的人，她能够让那些染病的人迅速好起来。

鼍女身上散发着一股香气，淡淡的，让人嗅之感到愉悦。巫祝一下就入迷了，当即把鼍女请回部落。

蕴问起鼍女的身世，鼍女说她的部落不复存在，已经无处安身。蕴同情鼍女的遭遇，许诺只要她能够治好所有族人的病，将来就把部落首领的位子传给她。

面对首领的同情，鼍女不知是哀是怨，是欢是喜。她的举止，是从头到尾的单纯，也是从头到尾的清雅，朴实无华。

鼍女采来草药，煎汤给染病的族人服下，没过几天那些染病的族人先后痊愈。鼍女说她不想接替首领的位子，只要蕴把她当作女儿就可以了。蕴喜不自胜，当即认女，还给她起了一个名字——风。

鼍女说她散漫惯了，不可能整天留在部落。蕴给予她足够的自由，无论何时她想去哪里就去哪里，谁都不许过问。

鼍女总是独往独来，这是她的积习，没有人感到奇怪。蕴给她腾出一间茅屋单独居住。她有时也会在茅屋里过夜，凭借蕴的宠爱，平日里没人敢去打扰，她把更多的时间留给了大河。

鼍女走进部落，源于不安分的天性，但后面发生的事情证明，的确给她带来了好处。

对三百多岁的鼍女来说，大河才是她真正的家。

鼍女一族在大河的势力不强，经常遭受他族的欺凌。鼍族老幼皆被邻里歧视，但鼍女是个例外。鼍女极度自尊，少有交往，却有一个忠实的朋友——花鳖。

花鳖五百多岁了，性情温和，胭脂渡的水族没有谁肯冒犯她。鼍族因为争夺一块草渚与鳜族起了冲突，鼍族败下阵来。老鼍忍气吞声地带着老幼另寻安身之所，鼍女与几个年轻气盛的鼍男商议找机会与鳜族拼命。当晚，花鳖独自来找鼍女。花鳖告诉她，为了大家的利益牺牲自己一点儿都不值。

鼍女沉吟不语，显然被花鳖的一番话打动了。

花鳖问鼍女是否了解奇人。鼍女回答十分简单：奇人就是一条黑鱼。花鳖告诉鼍女：黑鱼离开金水池在胭脂渡化身船家已百十个寒暑，如今功德圆满，湖神说不定哪天就会召他回去。当年，鼋头加害璞，是金水池化解了鼋头的血气。鼍女说她知道这件事。花鳖告诉鼍女：金水池是个好去处，但不是谁都有机会在那里栖身，除非能得到黑鱼的帮助。

鼍女陷入沉思。

半晌，鼍女吐出两个字："太难……"

花鳖给鼍女指了一条出路，很是离奇。

鼍女听后，使劲咬了一下嘴唇。

机会来了。

一种可怕的疾病毫无征兆地在蕴部落蔓延开来，蕴心急如焚。花鳖再次找到鼍女，把救人之法教给她。

奇人离开胭脂渡的日子越来越近，花鳖告诉鼍女：该出手了。

她们开始谋划，几个年轻力壮的鼍男成了鼍女的得力帮手。寻找合适的枯木，再把它投进大河不是一件容易的事情，背地里花鳖不但出谋划策，也出了不少力气。大功告成，鼍女便来渡口见奇人。

身边这么大的动静，奇人却毫无察觉。

四

午后，送走一拨人回来，奇人将竹排拖上岸拴好，直起腰望着如梦似幻、飘向天边的游云，一副心不在焉的样子。

鮀女来了。她已经在远处观察了半天，从奇人略显疲惫的身影上看，他心里一点儿都不轻松。

奇人根本就不是在观赏原野风情，只是摆个姿态。他想让鮀女明白：再大的纠纷，也应该以一种高雅文明的方式来解决。表面看，鮀女扮演了一个贪心强盗，拦住一个一无所有的穷汉，还非得从他身上刮下点儿油水不可。

鮀女的心思，奇人不懂。

大河边上，并不只有他们两个，不用担心局面会失控。这场游戏，鮀女是有计划、有预谋的。她不是一个人前来纠缠，水上水下隐藏着许多双眼睛，无论何种状况出现，奇人都很难占得优势。

近百年的艄公生涯，奇人遭遇过许多精灵，全都是快活而舒畅的照面。少有蛮横的精灵，即便有，也禁不起几句好话态度很快就会软化下来，一直相安无事。与鮀女的这场遭遇，奇人感到一种失落与懊丧。

鮀女来到奇人身后："兄台请了。"

"家妹儿请了。"奇人转过身来。

奇人这样称呼她，鮀女感到十分意外，虽心里受用，脸上却一点儿表情也没有。

"茶花可曾寻回？"鮀女问得很直接。

奇人赔着小心："昨日戌时入水，子时归来，一无所获。"

鮀女耐着性子问："兄台还有什么打算？"

奇人实话实说："实在寻不到，也没办法。"

鮀女有些烦躁:"兄台想要耍赖,是不是?"

听她这么说,奇人的情绪也开始变坏,想息事宁人是不行了。

"你想怎样?"

鮀女步步紧逼:"一是赔我宝贝,二是首领带人来拆毁茅屋,将你驱逐出去。"

"随你便!"

见奇人来了脾气,鮀女淡定下来:"那就试试看?"她知道多说无益,从奇人面前轻盈地走过去。

奇人沉浸在烦恼之中,懒得看她。鮀女离开了好一会儿,奇人才回过神来。自己碰上一个不讲道理的主儿,不对,应该说是给人捉去放在瓦罐里煮上一万滚的主儿。

鮀女觉得奇人在诅咒她,停住脚步。

她有了一种挫败感,隐隐约约的,并不十分清晰,只是在心头一拂而过。

前面就是土丘,过了土丘就是蕴的部落。是回部落,还是去见花鳖?鮀女想了想,还是先去见花鳖。

花鳖在靠近大河的一片芦苇丛里,鮀女拐了个弯,来见花鳖。

鮀女走进芦苇丛深处,花鳖正伏在草丛里打瞌睡,听见脚步声,睁开眼睛。鮀女将刚才去见奇人的事说给花鳖听。

花鳖听了,又给鮀女出了一个主意。

这个下午,奇人很少讲话,渡人过河也很慢,上岸时太阳已经偏西。他把竹排拴好,见茅屋前面站着十几条汉子。

该来的终于来了!奇人心里犹豫,是在这里等他们过来,还是自己主动上岸?

没啥大不了的!奇人朝他们走去。

十几条汉子一字排开,努力营造震慑的氛围。

他们都带着豪横的熟面孔,此时亲切荡然无存。奇人见了,反倒觉得有些滑稽。

"各位想必是要过河,我这就送你们去。"奇人站在他们近前。

领头的汉子向前走了几步:"你把人家的宝贝弄到水里去了,又不尽力寻找。首领要我们留在这里帮你……"

提高的声调本身就是一种力量,又是一句咬一句,压迫感十足。

"茶花一天找不到,我们就一天不回去。"

"你到哪里,我们就跟你到哪里。"

"就是!"

几个汉子附和着。

奇人低下头去,看着眼前一条条粗壮的黄黑色带着汗渍和许多泥点的大腿,沉默了。跟这些人讲道理,怕是不行。那一个个横眉立目的样子,也不像是来讲道理的。他们就是首领派来挤对他的。

汉子们个个咧着嘴,眼里全是嘲弄。他们也在观察奇人,什么状况下可以考虑动粗。看上去这个倒霉的船家有些胆怯,预想的激烈冲突很难发生,这多少让人有些遗憾。

奇人明白自己的处境,变得小心起来。离自己最近的一个汉子攥紧了拳头,早就有动手的念头——真的挨壮汉两拳头,奇人自己形象受损,百十个寒暑的辛劳也就失去了意义。与鮀女的争端本来就有不确定性,谁知道未来会怎样。

这群幼稚可笑的汉子,充其量就是鮀女手上把玩的东西,糊弄过去再说。

奇人无能地微笑着说:"承蒙不弃,我们这就一起下水寻宝,也好对首领有个交代。"

领头的汉子听说要一同下水，感到害怕。别说下水打捞茶花，站在船上他都提心吊胆，下水就是白白送命。他后悔接了这桩差事，就连首领也没想到船家会有这么一出。

他指着身后的矮个汉子："你，一会儿跟船家下水。"

矮个汉子有些不情愿，问："大家一起来，为何就我一个人下水？"

"就你下过河。他们掉水里全都得淹死。"

矮个汉子嘟嘟囔囔："大家都不去，我也不去。再说，这一天一夜茶花随水不知飘出多远，上哪儿找去？"

其实，矮个汉子一点儿都不怕水，他是担心遭到暗算，水下他可不是船家的对手。来到这里后，他就一直盯着奇人看。奇人上了年纪，可长发和胡须乌黑乌黑的，尤其那抹小眼神更是深不可测，越看越让人害怕。

领头的汉子也没了主意。

奇人冲矮个汉子说："天近黄昏，就是下水什么也看不见，不如回去好好歇息，明日再来理会。"

"就是嘛！"矮个汉子赶紧迎合。

奇人说："忙了一天，我也累了。若再下水，恐怕我这条老命也是不保。"

领头的汉子又去问大伙儿。

大伙儿的意见出奇地一致：回去告诉首领，船家说夜间不宜下水。

不费吹灰之力，十几个汉子全都离开了。奇人没有回茅屋，而是朝树林走去，那是娈女住过的地方，极为僻静。因为璞，娈女一把火烧掉了茅屋，遗迹还在。

奇人拣一块空地坐了下来。

太阳完全沉没，暮色沉沉。面对墙壁的残痕，想着娈女在这里修行的奇景，奇人心中的积郁全都消散了。

用不了多久他就要离开这里，胭脂渡的日子值得回味。

林梢月色，奇人喜欢这样的寂静，此间犹如同金水池的竹林。想到金水池，自然会想起蟹婆，那是奇人唯一的知己。

对！应该把自己的遭遇讲给她听，只有她才能帮自己渡过难关。

看来是要回金水池一趟了。

说走就走。

星光满天，蟹婆答应把花篮借给奇人。

五

捞不到茶花，不是花篮没起作用，蟹婆感觉奇人的事情有些蹊跷，背后隐藏着不可言说的秘密。

奇人也相信自己陷入了一场迷局，这不是一次简简单单的遭遇。百十个寒暑，鼍族男男女女包括上了年纪的倒是见过几位，全都老实巴交的，掀不起任何风浪，偏偏没见过这位古灵精怪的鼍女。

水中之灵居然做了部落首领的女儿，鼍女究竟图什么？她绝不是一般的精灵，大河边两次碰面，她把奇人的那份自信给彻底瓦解了。

在金水池，奇人从没遇到过如此难缠的精灵。奇人讨厌她，却又欣赏她。鼍女的强势不是以高高在上、与人格格不入的方式体现出来的，而是将人逼入绝境、穷追不舍的那种强势。

奇人感到一种虚弱、一种无奈。

再次来见蟹婆，奇人顿生愧怍。水上水下，这是他做梦都想不到的怪事。不虞之患，必须求助蟹婆。

在蟹婆眼里，奇人受到算计是完全可以理解的，胭脂渡的经历让他少了许多心机。那里与金水池不同，水上水下，处处都有纠葛。

奇人迈不过去这道坎，他心里想什么当然瞒不过蟹婆。

蟹婆的慷慨出乎预料，她对奇人说："我陪你走一趟。"

"去大河？"

"嗯！"

奇人心存感激，却说不出一句感激的话来。其实他也用不着感激，蟹婆、奇人自幼相知，不分彼此。

说走就走。

霞光给巨石增添了鲜艳，湖上的波光闪闪烁烁，天完全亮了，早起下湖的人已经撑起了小船。

哗啦一声，两人钻出水面，露出半个身子。

小船就在他们旁边不远的地方，撑船的人被吓了一跳，这场面他还是头一次碰到。

匆忙之间，他们忘记隐去身形，这个举动断送了撑船人的生计。他直接返回岸上，此后再也没敢下湖捕鱼。

看见也就看见了，正好让部落里的人知道：神灵无处不在。

水面升起一片云雾，两人踏上去。蟹婆在前，奇人在后，胭脂渡倏然而至。

太阳已经升起，大河一片绯红。蟹婆站在岸边，对奇人说："事情比我想的还要复杂。"

奇人搭不上话，只能静静地听。

蟹婆冲着河面横看竖看。那个秘密，渐渐清晰起来。

"看见大河，我才知道蛇女受了指使。"蟹婆继续说。

水下，花鳖一阵难堪，蟹婆的出现完全出乎她的预料。秘密被人戳破，花鳖脸羞得通红。既然躲不掉，不如赶紧出去请罪。

水面荡起一道波纹，花鳖露出头，向蟹婆这边游来。

花鳖登岸，化成妇人的样貌与蟹婆见礼。

"婆婆金安。"

"免了吧！"

花鳖把鮀女的事情简单地告诉了蟹婆。蟹婆说："其实你也用不着给她设这迷局，我认识鮀女，想去金水池并非没有可能，只要水神允许，自有她的地方。"

花鳖赶紧回身，冲着大河招了招手，一条鮀鱼在水面上打了一个挺，化身女子的模样来到岸上。

鮀女来到蟹婆跟前，屈膝跪倒。

"小女冒失，万望婆婆饶恕。"

蟹婆笑了。

"小鮀，我想知道，茶花现在何处？"

鮀女从衣袖里取出茶花，双手捧起给蟹婆看。

"它原本就没有失落。"

奇人被她给气乐了。花鳖看着奇人，眼神有点儿怪。

蟹婆说："事情都过去了，今后好自为之。"

鮀女连声答应："再也不敢了。"

她的确再也不敢了，这一次就足够了。

花鳖冲鮀女微微点头。鮀女看着她，眼中充满留恋。

奇人不在意地看了一眼花鳖："我也该走了。"

花鳖明白奇人这句话的意思，立即感到一阵失落。

鮀女跟着蟹婆离开大河，去了金水池。金水池包容了她的过失，蟹婆的提携至关重要。多年以后，鮀女与奇人相遇又提起这场遭遇，奇人并没感到委屈，鮀女也不认为那场伎俩多此一举。

奇人很想知道茶花是不是件宝贝，几次问她，鮀女都没有正面回应。不过从那以后，鮀女再也没佩戴过茶花。

茶花是花鳖采来插在鲵女鬓角的，作为道具只有短短几天的时间。花鳖说粉红色的茶花能给鲵女带来好运气，女鲵相信花鳖，自己也觉得茶花自带一种诡异的迷幻。茶花的阴柔之美亦体现了鲵女的性情，也迷惑了奇人。因为茶花，奇人又急又气又怒又愧。

后来的一段日子里，奇人对粉红色的茶花特别敏感，甚至有些排斥，尽管那些茶花异常美妙动人。

花香本是寻常，金水池四周浓荫遮蔽，奇人不时地来到岸上竹林边和水族一起享受那伴着花香的清凉。在精灵们永不衰老的活力里，再续取一份活力与快乐。

不知不觉中，奇人喜欢上了茶花。

鲵女未来的日子是快乐的，几乎不再感到紧张焦虑。金水池所有的精灵过得都很惬意，不似胭脂渡有许多不如意的事情。在这样的环境中，她发现自己很渺小，直到结识了全姐，她才知道原来自己要学的东西还有很多很多。

第三章 仰晴

一

亭亭玉立的仰晴无处排遣过剩的情感。草丛里的蚱蜢、树上的天牛、水洼里的蟾蜍，都能勾起她的万斛闲愁。

仰晴生长在山口，已逾两百个寒暑。

她是一株海棠，山坡下土路旁挤占着许多同伴。春天，海棠树绽开粉红色的花朵，远远看去宛如粉红色的彩云，引来许多飞虫。这时的仰晴，还是个十几岁的女子。

在金水池，花草树木化成的女子多得惊人。她们与部落里的女子不同，自成自立，从小到大得不到一丝的溺爱。但你千万不要以为她们在哪里扎下根去，就再也动弹不得了。她们随时可以离开，去任何地方，无拘无束。仰晴喜欢安静，常常远离山口，独自登上山顶。三三两两的茅草屋袒露在她的视野里，人们从那里走出来，走进旷野，走进溪流，去找能够果腹的东西。

有时，仰晴也跟在女人们身后。她们去山坡上采摘野花，仰晴也学着她们的样子将野花插在头上，这是她最快乐的时候。

从去年开始，仰晴不快乐了。

她很少与同伴说话，总是心事重重的。

渐渐地，仰晴开始远离同伴，金水池岸边的花草树木常见她坐在湖边垂泪，尤其在太阳落下去的时候。水中，小虾小蟹也靠近岸边，偷偷看她。

仰晴伸出双手，向左右拂了拂散乱的长发，露出没有一点儿血色的面庞。

她的眼神空洞。小虾小蟹看了半天，看不出什么名堂，便转过身，朝水深的地方游去。

一天，仰晴沿着湖边往前溜达，整整一个白天也不知走出多远。上岸后，树深林密，人烟稀少。她找了一块空地坐下来，望着月亮从东方一点点地升起。

近处生长着几株香茅草，空气中浮荡着一种好闻的气味。几只不大安分的蚱蜢不停地叫喊。仰晴听得出它们是在互相调侃嬉戏。蚱蜢也看着仰晴，清凉的天空下，它们快活又舒畅。

夜越来越深，仰晴发现了天空的异常，头顶上几颗星星一直看着她，光芒不断变化。仰晴的眼睛迸出少有的神采，她站起来，冲着那几颗星星张开双臂。

星星确实在看她，并没有给她一点儿指引。仰晴以为自己得到了那几颗星星的眷顾，坚信星星对她的许诺：早晚会把你带到天上去。

这个错觉对她影响颇深，此后很长的时间里，人们看见仰晴随便站在一个地方，脸朝天空仰着，进入忘我境界。

天亮前的荒野，很冷清，叫喊一夜的蚱蜢全都打起了瞌睡，仰晴则兴致勃勃。

太阳升起的时候，仰晴往回走去。

路过几个部落，人们不知仰晴是从哪里来的，怕她孤单，想把她带回去。这时，仰晴的脸上泛起血色，问他们："你们可曾看见过神仙？"

人们察觉她有些异常，还是回答："没见过。"

仰晴一本正经地说："我就是神仙。"

人们交换着眼神，试探地问："你是哪里来的神仙？"

仰晴说："我是天上的神仙，你们全都跟我走吧！我把你们带到天上去。"

她一身麻衣麻裙，双足赤裸，与部落里的女子没什么两样，可说话的腔调很特别，虽然好听，却让人感到费解。

一个流浪的村姑，神志也有些不清，越端详越觉得她内心阴沉。人们失去了兴趣，各自走开。几个好奇之人还是站在远处观察，看她去往什么地方。

结果让他们很失望，走着走着，仰晴神不知鬼不觉地消失了，没人知道她去了哪里。

部落里的人糊涂了。

更多的时候，仰晴坐在巨石旁边看湖。经过几次接触后，人们开始疏远仰晴，原因很简单：她是个来历不明的女子。

仰晴也不是每天都能看见，有时几个月都不会露面。当人们快要把她淡忘的时候，她又出现了。飘忽的影子，好诡异。

山口人来人往，仰晴见人就说她见过月宫里的仙子，仙子们全都喜欢她，说不定哪天就会把她带到天上去。

说说倒也罢了，每当月圆之夜，仰晴就把自己打扮起来，跳上巨石向天仰望，直到一抹红霞从东方升起，才默默离开。

就连花草树木都说仰晴癫了。

一天，仰晴来到竹林旁，看见几只蟾蜍。她弯下腰，对它们说："我要带你们几个去天上看看。"

蟾蜍吓坏了，四散逃命。

仰晴遗憾地说:"这些蟾蜍好没见识。"

今夜,金水池岸边所有的花草格外快活,他们看见仰晴花枝招展不紧不慢地朝湖边走去。

仰晴两眼看着湖面,不知在想什么。

月亮升起来,照在湖面上,波光粼粼。水中几只小虾又蹦又跳,好像感觉不到仰晴的存在。的确,仰晴把自己打扮成女子,但她还是一棵海棠树,不会伤害它们。仰晴从未伤害过任何生灵,可她飘忽的眼神看上去很混沌。

岸上,孤独的老柏舒展一下筋骨,慢腾腾地来到仰晴跟前。

"仰晴,回山口去吧!没人会把你带到月亮里面去。"

仰晴瞥了老柏一眼,说:"会的。"

老柏知道仰晴与璞有过交往,不过她的认知出现了错位。

那时,璞刚刚来到金水池,住在半山腰的山洞里。一个夜晚,璞来到湖边,看见一群女子在湖边嬉戏,其中就有仰晴。璞怕惊扰她们,转身离开。仰晴发现了璞,几番打听得知他来自天河边上的筱园,便想和这个少年建立一种联系。仰晴把璞叫住,问他可有什么事情要她帮忙。璞告诉仰晴,他是因为瑶才来到金水池。璞的坦诚让仰晴十分感动。她和同伴用去两三个寒暑到很多地方寻找瑶,全都无功而返。璞感激仰晴的热情和辛劳,视她为知己。璞第二次降临金水池时,答应仰晴日后找机会带她去天上看看。

这件事仰晴牢牢地记在心上。

远处,仰晴的几个同伴正朝湖边走来。老柏看见,直接迎了过去。

月光下,老柏和同伴交代了几句后,便转身离去。

同伴们离海棠越来越近。

仰晴没有注意到身后,一个同伴蹑手蹑脚地来到她的身后,用力将她推进了湖中。

二

仰晴原本不是这个样子的,她有许多要好的同伴,离她最近的一个同伴经常远足,每每都给她带回一些新鲜别致的故事。仰晴也将酿好的花露洒在同伴身上,淡淡的清香似有若无,那一刻满足与快乐从同伴心底涌出。远近的花草树木都很开心,虫儿也温馨无比。

一年前的春天,山外来了一位名叫悉节的老叟,身后跟着几个自称徒儿的年轻人。悉节头圆颈短,行动迟缓。他的徒儿个个眉毛斜飞,衣影斑驳,走路有点儿飘忽。同伴告诉仰晴,悉节的徒儿可能是几只甲虫。至于悉节,同伴们看得并不真切,他隐藏得实在太深,不过隐约感觉悉节是条善于爬行的虫子。

仰晴相信同伴的眼力。

一只爬行的虫子带着几只会飞的甲虫在山口游荡并不奇怪,金水池有许许多多的精灵,无论土著还是移民,只要守规矩就招人喜爱。

仰晴是个例外,她不喜欢虫儿,这也是同伴将自己的发现告诉她的原因。同伴还告诉她一定要多加小心。

自从听到这消息,仰晴有点儿不安。她企盼虫儿千万不要往她这个地方来。从这天起,她开始留心身边每一株海棠,看见一片卷曲的树叶,心不由得猛地一沉:是不是有虫儿躲在里面?她左看右看,直到弄清什么也没有,只是虚惊一场。

仰晴没见到悉节和他的几位徒儿,即使见了,她也未必识得。日子一天天过去,同伴也不再提起虫家的事。就连悉节究竟是不是一只虫子,也懒得去想。

悉节带着徒儿在山口附近安顿下来，那里有一处废弃的茅屋。奇怪的是，自从他们住进去，那座茅屋从未升起炊烟，莫非他们不食人间烟火？

仔细想想，还真没见过悉节等人搬运过谷米或其他食物。

很快就有了传说：夜深人静之际，悉节与他的徒儿躲在茅屋里吸食花蜜。这绝对是个大发现。

山口是出入金水池的必经之地，没几天岸边所有的部落都知道这个秘密了，就有人上门想探个究竟。悉节对此并不在意，还让几个徒儿展示各自的本领。

当年奇人坐在山口狭窄的土路边上做过的勾当在悉节徒儿那里都成了小把戏，悉节有中生无、穿墙遁影的本领让部落里的人赞叹不已。

一个部落的首领不以为意，派人来请悉节。悉节带着徒儿大大方方地走进部落，首领将一堆石头摆放在悉节面前，要他说出其中那块含有青玉。悉节随便扫了一眼，便指出其中一块。首领叫人砸开石头，里面果然含有一块青玉。

所有人都看呆了！

悉节是神仙降临，他的徒儿也不再是甲虫。部落里所有人都这么说。

虫儿与花草树木语言相通，在山口盘桓一个月后，悉节发现了仰晴。

那天，仰晴去了金水池，傍晚回来的路上被悉节的一个徒儿下绊儿跌了一跤。

仰晴从不会发怒，最多就是白了那徒儿一眼。悉节见了，嗔怪徒儿顽皮，又过问仰晴伤着没有。仰晴反倒有些局促，道声"无碍"便转身离开。

与刚才不同，她走起路来一瘸一拐。

"花容，你的膝盖跌破了，我来为你疗伤。"悉节将仰晴叫住。

他的眼力着实不错，隔着麻布裙就知道仰晴伤在哪里。

仰晴不想与这伙儿来历不明的人搭讪，却没法拒绝对方的善意，何况她是一个比谁都更加随和的人。

"花容留步，疗伤要紧。"悉节提高了嗓门。

这时，仰晴才觉得膝盖疼痛难忍，也顾不了许多，坐在路边一块石头上让悉节查看。

几个徒儿围过来，悉节要他们走开。徒儿们不敢违拗，各自转身去四周看风景。

仰晴的膝盖擦掉一块皮肉，已经不再流血。

悉节从口袋里掏出一个拳头大小的瓦罐拔去木塞，又从路边揪下一小截草茎，在瓦罐内搅动几下，草茎便沾上了白色的粉末。悉节细心地将粉末抖落在仰晴的伤口上。

瓦罐里的粉末好像是精心为仰晴准备的，一阵清凉过后，她膝盖上的疼痛彻底消失，随之而来的是一种莫名的愉悦。

仰晴有点儿飘飘然，看着悉节，问道："师尊，刚才抹在伤口上的是什么？"

悉节笑笑，说："说了你也未必知道，这是许多种香草种子制成的搽粉，不但能够疗伤，还使人耳聪目明，你已经体验到了。"

仰晴定了定神，感觉自己与受伤之前相比明显有了变化，可她又说不清这变化究竟来自哪里。

悉节说："你只用了这一点点，若是再用上几次，你会看上去更加年轻，容颜也会越来越美。"

仰晴听得迷迷糊糊，对瓦罐里的搽粉有了更深的期待。

"师尊，我的伤还得抹多少次搽粉？"

"这一次就够了，过些日子就完全好了。"

仰晴沉吟不语。

悉节看出仰晴想得到更多搽粉，这也正合他的本意，只是他不想轻易就把搽粉送给仰晴。

"这搽粉很多人都想得到……只是他们没有你这样的机会,如果你肯和别人分享,可以把它送你。"

仰晴眼睛一亮,向悉节屈膝行礼。

悉节抛掉手里的草茎,将瓦罐递给仰晴。

仰晴接过,轻轻地抚摸着。她的鼻子凑近瓦罐,闻了闻,的确有一种淡淡的幽香。

悉节笑眯眯地说:"别忘了与你的同伴一起分享。"

"我会的。"仰晴快乐地答应着。

这时,悉节的徒儿们全都转过身来,看着仰晴将瓦罐揣进袖子,脸上带着似有似无的笑。

悉节瞪了他们一眼,徒儿们稍稍正色。

仰晴满心欢喜,走开了。

悉节和徒儿们又盘桓了一会儿,回住处去了。

仰晴可不想与他人分享瓦罐里的搽粉,哪怕是一点点,如此神奇的东西用一点儿少一点儿,不可能再次获得。她将瓦罐藏在袖子里,不敢随便拿出来。然而,藏是藏不住的,离仰晴最近的几个同伴率先发现她身上有一股好闻的香气,那香气向四周弥漫开去,引起了更多同伴的注意。

月光温柔,虫鸣鸟唱,离仰晴最近的同伴来到她身边,问:"仰晴,你闻到一股香气没有?"

仰晴故作不觉:"没闻到啊!"

同伴肯定地说:"香气就在你身上。"

仰晴拂了一把自己的衣裙,说:"也许是吧!"

同伴伸手拉起仰晴的衣袖,说:"不对,你袖子里有东西。"

仰晴急忙遮掩,说:"一个小瓦罐而已。"

同伴坚持要看那个瓦罐，仰晴扭过身去，要她等到明天早上。同伴见仰晴别别扭扭一点儿也不爽快，也不再勉强，回去歇息了。

仰晴感到这些同伴都是她的麻烦，不如赶紧离开，找一个安生的地方。

她的本命只是一棵树，因而不能长久离开，只能就近找一个不被人发现的地方把搽粉藏起来。在金水池想找这样的地方并非易事，到处都是眼睛。在没有找到落脚点之前，巨石是最安全的地方。

已经是午夜，仰晴观察四周，同伴全都睡了。她踮着脚尖轻轻地移动，上了土路后快步向湖边走去。凡是她经过的地方，花草树木都被吸引，疑惑地看着她。

四周静悄悄的，仰晴爬上巨石，看着大湖。这里无人打扰，她安静地坐着。

她不知该到哪里去藏搽粉。

晨曦微露，几个同伴循着香气来湖边找她。

仰晴跳下巨石，头也不回地朝山上走去。

同伴还是赶了上来。

"仰晴，听说你得了一罐搽粉？"

"搽粉在哪里？让我们看看，好吗？"

仰晴支支吾吾，说："那是疗伤用的。"

同伴中有人马上提出异议：

"搽粉能使人年轻。"

"还能使人漂亮。"

"仰晴，送给我们一点点吧！"

……………

同伴们知道得一点儿都不少，仰晴不情愿地掏出瓦罐。

"不像你们说的那样。"仰晴自言自语。

几个同伴将仰晴围住，七八只小手一齐伸讨来。仰晴摇了摇瓦罐，拔开木塞，将少许搽粉抖落到每个人手心里。同伴立刻把手送到鼻尖去闻，香气淡淡的，一点儿也不浓烈，却让人十分沉迷。瞬间，每个人都感到了无与伦比的欣快，身心清爽。

大家你看看我，我看看你，又看看仰晴。

仰晴似乎比谁都要漂亮。

同伴心中有了不甘。

一个同伴说："仰晴，能再给我们一些吗？"

其他同伴随声附和："是啊！仰晴，有福同享，我们一直是这样。"

仰晴将瓦罐揣回袖子，说："已经没有多少了，我还要用它来疗伤。"

同伴们并不满足，将手中少得可怜的搽粉涂抹在脸上，眼巴巴地看着仰晴。

仰晴有些害怕，说："别这样看着我，行吗？"

同伴们心生不快。

"仰晴，大家没少帮你，你得了好处，怎么把大家给忘了？"

"仰晴，过去你可不是这个样子的。"

…………

大家的委屈、怨恨一齐袭来，昔日的好伙伴全都成了冤家。仰晴承受不起，恳求说："我已经送过搽粉，你们咋还缠着我？"

见证了仰晴的吝啬，再相持下去实在没什么意思，失落的同伴只能离开。

回去的路上，同伴心生恨意，全都责怪仰晴。

同伴走远了，仰晴长出一口气。她走进竹林，偷偷拿出瓦罐，用手指蘸了些搽粉放在鼻尖闻了闻，又是一阵清爽。

她一遍遍地想：搽粉的好处，同伴们是咋知道的？

其实用不着多想，仰晴离开不一会儿，悉节的几个徒儿就把这件事情宣扬开了。

仰晴的厄运从此开始。悉节送搽粉给仰晴，也是别有深意的。

三

悉节与徒儿是虫家的两个部族，住在遥远的崛矶岭。崛矶岭林木稀疏、雨水稀少，虫家饱受困扰。

干旱持续，草木枯死，虫家的日子一天比一天艰难。

悉节有许许多多徒儿，均以杂树为家，崛矶岭不是虫家的乐园。

很久以前的某个夜晚，熟睡中的悉节梦见了自己的先祖。先祖告诉他崛矶岭向南有一片大湖叫金水池，那里群山环抱、林木萧森，荆棘丛生、藤葛缠绕、飞禽走兽和睦相处，是所有虫家向往的地方。

悉节决定离开。

虫家有虫家的规矩，没有虫族首领的允许，虫家连最短距离的迁徙都不被认可。悉节几次努力都失败了，那种铺天盖地、浩浩荡荡的大迁徙本身就是愚蠢的。

悉节听一个过路的虫家说想在金水池定居并不容易，那里有许许多多的关隘，每一道都可能把他们拦下。即使能够到达那里，一旦被发现也会遭到驱逐。不过，还是有少数虫家靠本领行走天下，最终在那里留了下来。

虫家最后这句话让悉节看到了希望。在崛矶岭，悉节颇有些名气，别的虫家去得，悉节也去得。

经过反复观察和筛选，有本事的徒儿不过二十几个，想把他们全部带走是不可能的。

悉节把自己的想法告诉身边最亲近的几个徒儿，徒儿们蹬腿亮翅，谁都不说话，急切溢于言表。说走就走，用不着做什么准备。

一个雨天，当虫家全都躲起来的时候，悉节带着六个徒儿悄悄地离开崛矶岭。他们翻山越岭、涉水渡河，一路向南。半个月后，悉节一行看见了山口。那是金水池的门户，更严格的盘查就在眼前。悉节有些紧张，一旦山口精灵拒绝入境，那他连回去的颜面都没有。

把守山口的精灵对这几位生面孔一点儿也不排斥，甚至主动示好。悉节放下身段，几句好话就和守山口的精灵成了知己。精灵们还详细介绍了金水池的风土人情，并给他们指定了住处。

悉节尚留一点儿颜面，他的几个徒儿弓腰屈膝，千恩万谢。想不到如此顺利——若不是那位先祖的指引，怎么能够发现这片乐土？

没有一个朋友的悉节与徒儿们大大方方地走进山口，在土路旁找到那间茅屋。屋内小桌小床、瓦盆瓦罐整齐干净地摆放着，然而他们根本就用不上这些。

对悉节来说，茅屋并非理想居所，山口里面绿云红雾般的海棠树才是他们向往的地方。

海棠树个个清高，不是随随便便就能搭上关系的。想让她们名正言顺地接纳悉节一行，可要花上一番心思。

悉节早有准备。崛矶岭一位年长的虫家将精制的搽粉送给悉节。搽粉几乎能够迷幻所有树木，被迷幻的树木从此不再排斥虫家。作为回赠，悉节从身上拔下一把绒毛交给那位虫家。

仰晴的幼稚和私心害了自己，却也阻止了这种祸患迅速扩张和蔓延。

悉节有些失望，事已至此再也没有别的办法。初来乍到，行事不可太过张扬。

仰晴变了。她喜欢上了各种小虫子，天上飞的、地上爬的都成了她关爱的对象，她也因此失去了同伴。

独享搽粉，仰晴没有越来越漂亮，性情却越来越古怪。她抬头看天上的云朵，云朵飘去了，她就闷闷不乐；不管在什么地方，也不管什么时候，只要见到地上枯萎的花，就泪水盈眶。

仰晴又开始胡思乱想，觉得所有伙伴都在疏远自己。既然如此，她就主动和她们划清界限。她斩草挖土，开辟出十步见方的小花园，四周用竹子扎起一个篱笆。仰晴看着围好的篱笆，心里好受了许多。

对于她的举动，同伴们看得目瞪口呆。悉节与徒儿，则个个欢喜。

仰晴做的正是悉节想要的——既然不被更多的海棠树接纳，那就固守这片篱笆围起来的小天地吧！

离开山口的茅屋，悉节和终徒儿不再抛头露面，安安静静享受着仰晴的庇护。

仰晴对此一无所知，她已被迷了心窍。同伴多少还是有点儿同情她，来到仰晴跟前。

"仰晴，拆除你的篱笆，我们愿意和你在一起。"

"仰晴，甲虫就在你的园子里，小心它们爬到你身上。"

仰晴看了她们一眼，随即低下头，一点儿反应也没有。同伴们发现仰晴发丝纠结、杂乱无章，眼里少了往日的神采。同伴们觉得悉节说的全是谎话，仰晴完全被蒙骗了，得想办法救救她。若非她的贪念，附近所有海棠树都得像她这个样子，想想都后怕。

同伴们想不出拯救仰晴的办法。驱逐悉节也不太可能，毕竟他是金水池的客人。

海棠树们陷入两难之中。

悉节坐不住了，想从仰晴那里夺回瓦罐，把搽粉全都抖在这些同伴身上，不能让她们坏了自己的好事。

想要从仰晴那里夺回瓦罐一点儿都不难，难的是那些同伴个个起了疑心，不分日夜轮班监视，悉节很难下手。一旦张扬出去，他和徒儿就没法在金水池生存下去。

四

不要以为年轻的仰晴和上了年纪的老柏只在思维和情趣上不同，他们都生长在金水池，差别却不是一点半点。

心灵温厚的老柏喜欢安静，从不去管身边的闲事，邻居也只是几棵小草。看腻了绿水青山，听倦了松风鸟语，老柏倒头就睡，一觉醒来，水天云雾一片迷离。老柏来了兴致，就着湖上的水汽随意漂泊。老柏常去海上。一天，他发现烟霞横生的羊獗山，那里有一个叫雾谷的地方，一看就是个好去处。

雾谷山洞内住着一位祖师，门下有百十个弟子，老柏就是其中之一。

老柏跟随祖师几十个寒暑，金水池的花草树木少有知道。

但全姐知道，她与老柏有些交往，湖中的精灵们更是瞒不过去的。

月光照着大湖。

仰晴看着湖水，嘴角漾着莫名其妙的笑，这神态让人十分不解。她想不到同伴在背后出现，更想不到同伴会把她推入湖中。因为她，金水池的奇妙再次显现。

就在这个地方，飑把璞推进湖中，湖水荡涤了鼍头注入璞体内的血气，璞得救了。此时，仰晴同样在这个地方落水，相信这不会是最后一次。

一场拯救与被拯救的场景在金水池中演绎，那是老柏的安排。

仰晴落入湖中奋力挣扎。其实，她根本没必要挣扎，她的同伴一齐下水，将她引向湖水深处。仰晴没有沉没，她根本就不会沉没，海棠树就是仰晴，仰晴就是海棠树，她和她的同伴都没有理由沉没。

湛清的湖水拥抱了仰晴，一阵清凉从她心底升起。同伴们七手八脚地帮仰晴洗去脸上的搽粉，又从她袖子里掏出瓦罐，向湖心抛去。

幽灵般的瓦罐沉没了，一切化为乌有。

金水池波澜重重，仰晴干干净净。月光底下，仰晴走出混沌，神志一点点地恢复。同伴们欢欣鼓舞，为了唤醒仰晴不遗余力。

岸边，跟踪而来的悉节还有众徒儿全傻眼了。仰晴醒来，他们的好日子也就到头儿了。悉节不为自己做下的事情后悔，只是对未来感到忧心。

徒儿们无奈地看着悉节，悉节的目光有些暗淡。

"仰晴醒了，我们怎么办？"

"是不是赶紧离开这里？"

…………

悉节皱着眉，说："好不容易来到这里，我们不会离开的。"

他站在那里，想走又有点儿犹豫，不知这里接下来会发生什么事情。

仰晴看着同伴，问："我们怎么走到水里来了？"

同伴笑嘻嘻地说："是你把我们引到这里的，湖水清澈，正好沐浴。"

仰晴说："我怎么一点儿记忆也没有？"

同伴说："上岸后，你就想起来了。"

仰晴思索了一会儿，灵性终于被唤醒。她看着同伴，说："幸亏你们几个不离不弃。"

一个顽皮的同伴拉着仰晴上岸，又帮她抖去麻裙上的水珠。仰晴的眼里闪着星光，几百个日子不算很长，那段浑浑噩噩已经成为过去，她终于找回了自我。

金水池让她知道刚刚过去的事情缘何而起，自己缘何形单影只。那个让她不堪的悉节该怎样面对、怎样谴责呢？仰晴不知道。

仰晴又变回原来的模样。月光下，山口那边一株海棠树在暖流中复苏生长，满身青色。

悉节做的事情超出许多精灵的想象。他对仰晴这样一个少女的戏耍，可以说是肆无忌惮。他的行为放在任何地方，都是不被允许的，且要受到惩罚。

仰晴落入圈套，背地里悉节和徒儿沾沾自喜。金水池默认了悉节，雄风荡然，这就是本事。

湖岸正在发生的事情，颠覆了悉节和众徒儿的信心。

那边，悉节与他的徒儿想要溜走，老柏将他们叫住。

"悉节留步。"

悉节停下来，转身等候老柏。他十分清楚，来者绝非等闲之辈。

老柏来到近前，说："悉节，老柏有礼了。"

悉节双手抱拳，谦卑地弯下腰来："老伯，晚生流落此地如有得罪，尚请海涵。"

老柏摆了摆手："你的事情，我都知道了。"

悉节的徒儿个个低着头，一脸的沮丧。

悉节说："惭愧，惭愧……"

老柏说："且到前面一叙，如何？"

悉节说："承蒙不弃，愿听教诲。"

老柏在前，悉节一行在后，来到一棵柏树下面。众人席地而坐，老柏告诉悉节一件事情。

就在悉节来到山口的时候，虫神已经打算接纳悉节一行，后来发生的事情，整个山口的精灵都感到遗憾。虫神也改了主意，不再接纳悉节。若事情到此为止还算可以，众多海棠恨意难平，都想和悉节讨个说法。

悉节一阵心虚，请求老柏帮忙化解危机。老柏笑笑，告诉悉节此事还得靠他自己。悉节明白老柏的意思，还是努力寻求对方的帮助。

金水池岸边遍地的花草树木，老柏不是一家之主，他能做的十分有限。悉节陷入困境，也没法置之不理。

老柏看了看大湖，告诉悉节，仰晴和她的同伴正在巨石旁边。

悉节硬着头皮与老柏一起朝大湖走来。见悉节过来，仰晴和她的同伴个个冷若冰霜，不肯看他一眼。

仰晴强忍怒火说了句："师尊又来送搽粉吗？"

悉节面有愧色，说："都是我的错，都是我的错……"

老柏来到仰晴跟前，说："仰晴，悉节是真心来给你赔罪的。"

悉节知道仰晴再也不好糊弄，只能认真赔罪："悉节糊涂，铸成大错，接受仰晴与众海棠责罚。悉节再无颜面留在金水池，今夜就带徒儿离开。"

听悉节这么一说，仰晴动了恻隐之心："你别说了。"

她原本就没有什么心机。

悉节与众徒儿转过身去，倏然不见。

山口那边几只甲虫抓着海棠叶子，扇动几下翅膀向远处飞去。虫家也打了个激灵，沿着海棠树的树干一路下滑，直坠草丛。

茅屋被收回，把守山口的精灵站在门口，催促悉节和他的徒儿赶紧离开。

悉节不发一语，也无话可说。他毁在了自己手里，也差点儿毁了仰晴。

众多精灵看着悉节一行朝山外走去。他们的离开是不光彩的，被动的，是被人驱逐的。

淳朴的金水池，容不得虚伪与奸猾。

五

一天早晨，仰晴来到巨石边，老柏正站在那里等她。

细雨霏霏，金水池一片迷离。这样的天气除了渔夫，湖上再也看不到别人。

一片云飘了过来，老柏伸手拉了仰晴一把，两人一起站到云端。

云飘了起来。

湖岸边，花草树木都看着他们。刚刚摆脱厄运，仰晴的表情一如既往地灿烂，没有一点儿泫然。

仰晴问："我们的本命是一棵树，失去了，也就没有了归宿，是这样吗？"

老柏说："真有那么一天，一切都得重新做起。"

仰晴说："那时候，我们的功夫全都化为乌有。"

老柏说："也不是那样。不过，哪怕是一株草，也不愿意枯萎。"

仰晴望着远方，部落、绿野、飞鸟……离开了金水池，仍有一番天地。她想起璞。璞曾答应带她去一次天河，都这么久了，还是没有实现。

见她如此出神，老柏知道她在回忆什么，还是问："你在想什么？"

"天河。"仰晴脱口而出。

老柏："想想也就算了。"

仰晴："璞答应我的。"

老柏无语。他相信璞只是说说，但仰晴当真了。

璞从不打诳语，这件事对仰晴来说，机缘远远没有到来。

风鼓荡着仰晴青白相间的麻裙，像是蝴蝶扇动翅膀。寻访羊源，浏览雾谷，是她这次出行的唯一目的。山口那边柔韧而脆弱的海棠，三三两两，轻语呢喃。她们脚下的花草，正应和着虫鸟的鸣叫，在这个没有阳光的早晨打发寂寞。

第四章　虫祸

一

离又来到金水池，是全姐把她找来的。全姐去了一趟大峡谷，费了一天多的光景才见到离，那时，离就躲在巨蟒的山洞里。

本来全姐可以直接呼唤离，离也能够听见，但她没有那样做，而是选择一点儿一点儿地寻找。大峡谷中，凡是离出现过的地方，或隐或显、或明或暗，总会留下她的身影。全姐看不见，是她没这个能力。

见到全姐，离十分惊讶，如此僻静的地方，全姐是怎么找到的？全姐说是循着她的气息来到这里的。

离现在的生活连全姐都没有想到，分开百十个寒暑，离束起披散的长发，粗糙的麻衣裹着丰盈的身子，那种成熟女人的气息越来越让人痴迷。水性杨花和不够狠毒统统留给了过去，机警敏捷、敢作敢为令人刮目，这恰恰是全姐最看重的。还有她骨子里的魅惑，让天下女人嫉妒。

她们之间一如既往地亲密，女子之间的友情犹如春日天空里飘飞的一缕白云，纯净而悠长。

大峡谷不算长，也不算短。全姐在一处松林前站住，抬头望着林后陡峭的崖壁，觉得离就在这附近。她穿过松林，沿着崖壁边缘寻遍所有能够隐身的场所，还是没发现离的身影。这里既给仝姐失望的感觉，又让她觉得前方有着更大的希望。

晨曦微露，离醒了过来。静坐一会儿，她走出山洞来到溪水边，在那里洗洗脸，然后爬上坡顶看日出，这是她自幼养成的习惯。

霞光下，是离深黛色的身影。仝姐是在峡谷对面的坡顶发现她的。太阳升起来，离走进一片矮树林之中。

离的身影很快就消失了，气息仍浮荡在早晨清凉的空气里。仝姐就是循着这若有若无的气息，找到她和巨蟒居住的山洞的。

离之所以要躲藏起来，都是因为巨蟒的主意。

巨蟒的心思很简单：离是个性情中人，爱打抱不平，放她出去容易吃亏。把她看护起来，是对她的保护。离留在巨蟒身边已经十几个寒暑了。

离也习惯了这种日子，毕竟巨蟒已经年迈，需要她的陪伴。还有一件事顺便提一下，奇人是巨蟒的一位老友。当年，奇人为了获得玉符将离诓去金水池，此后两人再无来往。如今的奇人并未如他想象的那样糟糕，离开大河经过这里，奇人在溪流边停留了好一会儿，还是不好意思去见老友。

巨蟒不许离去大峡谷以外的任何地方，但对仝姐是个例外，离当天就跟着仝姐离开了。

大峡谷蜿蜒的溪流旁有一条人迹罕至的小路，那是猎食者与被猎食者拼尽全力踏出来的。离和仝姐走在上面，感觉不到悲，也感觉不到欢。坡上的苍松翠柏见证着谷底发生的一切，不言不语，笑对春风。

荒谷的岁月，大峡谷捏造出一个个既幼稚可笑又匪夷所思的故事。

二

仝姐遇上麻烦了，确切地说是蜈家四兄弟给她带来的麻烦。机缘凑巧，几天前亮、明、宝、和的同宗晚辈支来到金水池。天还没有亮，这四个小鬼头就跟支一起去了砀山。没到晌午，宝自己跑了回来。宝告诉全姐，因为介入虫家争端，亮、明、和被一个少年困在砀山。

听了宝的诉说，全姐除了疑惑，还有些紧张。一个少年居然能把蜈家四兄弟给困住，一定是有些来历的。无论这四兄弟做了什么不该做的事情，解救他们责无旁贷。不过，砀山风云莫测、危机四伏，全姐有些忌惮。

那年，如果不是为了救瑶，如果没有飑在身边，她是万万不敢纵火烧山的。

再说，虫家领地之争也不是她能够化解的。当务之急是怎样做才能把亮、明、和从小童手里解救出来，但凭自己的能力完全没有可能。

全姐陷入深思。

平日里，蜈家四兄弟很少与人交往，遇到难处没有谁肯出头帮助。一次，亮、明、宝去了山外，和在湖边与几个水卒发生争执。和明显吃了亏，人家拉着他的胳膊使劲往水里拖。和倒在地上耍赖，岸上水下许多精灵围过来看热闹，一个个都有点儿幸灾乐祸。和知道一旦被他们拖到水里，非弄个半死不可，急得他大声叫喊。

听见和的叫喊，亮、明、宝及时赶了回来。和的麻衣差不多已经被水卒剥去，半裸着身子苦苦挣扎。虽然是奇耻大辱，亮还是忍了。水卒也给了亮足够的面子，道声"误会"后返回湖中。

敢与水卒发生冲突，似乎也只有和了。全姐听说了此事，却跟没听说一样。她根本就不会去管这种闲事。看得出，全姐与蜈家四兄弟已经有了距离。

蜈家四兄弟个个自认为是男子汉，其实没人把他们放在眼里。这倒不是说亮、明、宝、和的品行不佳，而是四兄弟来到世上就一路孤傲、一路迷惑地生活，除了全姐，真算得上是无朋无友。

全姐想起奇人，如果他能出手相救她就不会这么为难了。奇人已经回到金水池，近在咫尺，全姐没法求他，原因众所周知。

全姐又想起离。上次飚和璞一起离开时，她来过金水池，已经过去百十个寒暑。

必须找到离！眼下也只有这一条路了。

巨蟒的理解，全姐很是感动。

但，巨蟒还是告诉离和全姐不要卷入砀山这场是非。虫家的事，自有解决的办法。亮、明、宝、和四个曾放火烧山伤及无辜，当有此报。离和全姐听了，再无言语。

这次，巨蟒能放离出来，全姐已经十分高兴。一路上，离牵着全姐的手，两人并肩前行，山路虽然崎岖，她们却都觉得心里有股暖流流过。

支与久夫妻俩出生在砀山，已经两百多岁了。山脚下两块高大的岩石几乎抵在一起，中间透着不宽的缝隙，支和久就住在岩石底下。夫妻俩抬头就能看见一线蓝天，下雨的时候水流顺着岩石坡面倾泻下去，形成一道丈把高的水线。这块终日不见阳光的地方在别的精灵眼里就是洞天福地。砀山是一个很难不让精灵产生想法的地方——即使最不靠谱的胡思乱想，甚至想入非非，总比没有想法要好。

一个上午，支与久两口子的家园被一群蜘蛛看上，岩石旁生长着几棵不算高大的松树，既能遮风又能避雨，是个理想的栖息地。为首的是两兄弟危和兀，而且他们已经开始行动了。

危家族原本住在砀山以北的山脚下，是蜘蛛大家族的一个分支。危家族居住的地方有一片水塘。水塘不算大，却十分幽静，四周高低的杂树迎风弄姿，危家族躲在树丛里睥睨飞上门来的小虫子。夏天，翠绿的莲叶长出水面，部落里的人把这里当作消遣的好地方。人们讨厌蜘蛛，尤其是那毛茸茸的身子和四对乌溜溜的小眼睛，一旦被发现必被除掉。蜘蛛既愤怒又恐惧，但很难摆脱被杀戮的命运。去年起，山北不知从哪里移来好几个部落，族人们在水塘旁斩草种谷，杂树差一点儿被砍光，危家族的栖息地也越来越小。危和蜘蛛家族首领商议后决定带着自己这一支离开。几经辗转，危家族游荡到山南，发现蜈蚣家的这块祖产。

阳光照在两块岩石上，阴影下有一小片草地。风过处野草下隐约露出几条虫家爬过的痕迹。四周静悄悄的，却不像无主之地。

兀说："别走了，没有比这更好的地方了。"

危没说话，望望头上的几团浓绿，再看看两块岩石。这是个极幽静的地方，在这里落脚，总觉得不大踏实。

兀看着一棵爬到松树身上的藤萝、一朵朵紫色的花朵，十分顺眼。他活动了一下筋骨，说："反正我是不走了。"

危家族所有成员全都看着危。危的八只眼睛闪着坚毅的光芒，嘴里吐出两个字："安家。"

危家族开始行动。岩石底下，久正在唱歌。

　　风流妾，俊秀郎。
　　瞑目张，百足长。
　　萤光彩气争月魄，
　　行云行雨窃晚阳。
　　草露湿衣当否戾，
　　霜风塑骨自疏狂。

门外正发生的事情，支与久两口子丝毫没有察觉。

不到一个时辰，危家族就在支的家门口张起多张大网。久发现外面有些动静，叫支出去看看。蜘蛛家张开的大网将夫妻俩的大门封锁得严严实实。支看得目瞪口呆，这简直是不宣而战。支不认识危和兀，于是压住心头怒火，对吊在网上的危说："你们是从哪里来，这叫我怎么出入？"

危静静地吊着像是睡着了，整个危家族没有一个人理睬支。

支昂起头，提高了嗓门："我在跟你说话。"

危瞪起了眼睛，"你在嚷嚷什么，没看见我在睡觉？"

这是个傲慢的家伙，支得好好跟他商量："尊长，你把我家门给封死了。"

"是吗？我怎么没看见？"他耍起了无赖。

支耐着性子说："尊长，我家祖祖辈辈住在这里，你行个方便，到别处去吧！"

危爬到蛛网上，居高临下道："我管不了你什么祖宗八代，我看中的地方，没有谁敢跟我争。"

支的脸涨得通红："想打劫是不是？"

危摇晃一下身子，蛛网颤了颤："随你怎么想。"

支爬上松树，他想扯断危刚粘好的蛛丝。

一旁的兀不干了，他比支还要麻利，蹿上树干一口咬住支的下半截身子。支疼痛难忍，扭头去咬兀。兀的口一松，身子一缩坠落在地。

支拼命了，跳向地面，奔兀而去。

兀胖得像个圆球，没有支那么灵活，一条后腿被支狠狠咬住。兀拖着支，勉强爬了两步就没了力气。支摇晃着脑袋就是不肯松口。眼见兀的后腿不保，危红了眼，箭一般地扑向支。

危家族全都扑了过来。

支抵不住危在背后的袭击，何况危身后还跟着一群毛茸茸的家伙儿。支败下阵来，想逃回去。兀可没给他机会，牢牢地挡住他的去路。在危家族的围攻下，支向山下逃去。

外面发生的事情,久全都知道了,且看得心惊肉跳,可她没有胆量出去。兀爬到支家的门口,朝里面望去,黑溜溜的大眼睛放着凶光。久扭头就跑。其实她犯不着跑,兀圆鼓鼓的身子根本就挤不进来。

兀高兴得笑出声来,冲着支的家门,唱了起来。

怨蹯腹,

行路迟。

嘲风弄月争肴馔,

闭口藏舌鉴胆识。

蛛螯不谄诈,

斗巧何须直。

危望着支逃去的方向,骂了句:"不中用的东西!"

兀转过身来,冲危说:"我看见一个女眷在里面。"

危朝那边看了一眼,对家族的每一个成员说:"守住,不许放她出来。"

三

支逃出一箭地后,停了下来。

一只乌鸦从身后飞过来,落在支身旁的矮树上叫个不停。这只黑色的东西见证了这场争端,也在讥笑支。支更怕了,怕被乌鸦盯上小命不保。庆幸的是,身旁有一块裸露的岩石,支赶紧躲了过去。

乌鸦一时半会儿不会飞走,支更是不敢出来。

久怎么样了?大白天的,只要久自己不出来,对手大概不会把她怎么样。支这么想是有道理的,刚才的遭遇证明蜘蛛跟自己一样,不到天黑是没法化身的。

因此，久现在是安全的。

支想起了金水池，巨石底下的四个长辈——亮、明、宝、和。这四位都是响当当的硬汉，只有找到他们把蜘蛛撵走，自己和久才能过上消停的日子。

支计算了一下，从这里爬到金水池差不多要一整天的时间。他偷眼看了一下树影，快到晌午，时间根本不够用。

树上的乌鸦不停地聒噪，支心急如焚。

一阵窸窸窣窣的声响，一条蜈蚣在草丛里穿行。支抬头一看，原来是邻居吞在这里闲逛。吞的住处离支的住处很近，两人并没有什么来往，见面打声招呼而已。

吞的一对褐色大眼睛在草丛里闪烁，老远就看见支了。支蔫头耷脑，身子紧紧贴着地皮。吞爬到支跟前，问他在这里做什么。

支哭丧着脸把自己的遭遇讲了一遍。吞沉吟不语，这条光棍对久很有好感，总爱在支的门口晃荡。听说支遇到麻烦，吞起了一种心思：如果蜘蛛能够把支给终结掉，未必是坏事。

吞打起了久的主意。

支希望吞能帮他一把，吞满口答应。他开始了解这伙儿蜘蛛的来历。

吞问："那帮家伙是从哪里来的？"

支答："不知道。"

吞问："咬你的那个家伙儿叫什么名字？"

支答："不知道。"

吞问："你打算怎么解救久？"

支答："今夜咱俩去部落里偷些火种，再寻些干柴。趁他们睡熟放上一把火，把蜘蛛全都给烧死。"

吞说:"这真是个好主意!"

接下来,吞和支开始谋划。商量的结果是,支去部落寻找火种,吞去附近寻找干柴,天黑之后再回到这里会合。

树上的乌鸦呀的一声飞走,吞说:"我们趁此机会,赶紧离开。"

从岩石下面爬出来,支向山下部落爬去。吞在原地停了一会儿,估摸支已经走远,便向支家的方向爬去。

危趴在网上,正在歇息。午后的阳光照在身上暖洋洋的,没有一丝风,蛛网一动不动。危十分舒适,心理上也生出一分安全感。

睡梦中,危听见有谁在身边说话,睁眼望去,原来是兀,他还带着一条蜈蚣。

危正了正身子,问:"那是谁?"

没等兀说话,吞赶紧抬头介绍自己。

"我是吞,支的邻居。"

"干什么来了?"

"我有要紧的事情告诉您。"

"嗯,说吧!"

吞扭头看了一眼支的家门,压低了声音。

"今天夜里,支要来这里放火。"

"当真?"

"我可是冒着生死来向您禀告的。"

"你为什么要把这么重要的事情告诉我?"

…………

支正爬行在通往部落的草地上。光溜溜的土路他不敢走,否则他就有可能成为飞鸟的猎物,何况此时还有太阳的炙烤。

一只毛毛虫挡住支的去路,问他为何这么匆忙。支喘着粗气说:"我急着到部落里去看一个亲戚。"毛毛虫见他声音嘶哑,一副干渴的样子,告知前边有一株枫杨树,树下是一片水洼,先喝点儿水歇上一歇。

支抬头看了看枫杨树,树影偏斜,不用到天黑就能到达附近的部落。再说,盗火种总得在人家睡下之后,白天根本行不通。

毛毛虫把支引到水洼边上,支伸过头去喝水,身后的毛毛虫使劲推了他一把,支一下子落入水中。

毛毛虫迅速朝枫杨树爬去。来到树下,他回头看了一眼水面。支的半截身子已经没入水中,估计是再也爬不上来了。他放心地朝树上爬去。

支又气又怕,挣扎着将头露出水面。

毛毛虫安闲地趴在树丫上,像是什么都没有发生。

支瞪着一双大眼,望着树上的毛毛虫,心中翻滚着恶毒的诅咒:"毛毛虫,你就是一坨鸟屎。"现在,毛毛虫是有道理的,支是没有道理的。其实道理很简单,这里是砀山。

毛毛虫一边晒太阳,一边喜滋滋地看着支在水里挣扎,他也不知道为什么想要将支置于死地。

飞去的乌鸦又飞回来,落到枫杨树的树枝上。它发现了一旁的毛毛虫。毛毛虫吓得一哆嗦,赶紧拿出看家本领——装死。

乌鸦可没那么好骗,叼起毛毛虫扇了两下翅膀,飞走了。

支是幸运的,他没有沉入水底。一阵风从水上刮过,将他送到了岸边。支揪住一棵小草终于爬上岸,可筋疲力尽的他绝对不敢在这里歇息。他抬头看了看枫杨树,树上很安静。支怕乌鸦再飞回来,一头钻进了草丛。

那边,危和吞已经达成交易。这个下午由吞带着危家族成员去寻找干柴,傍晚时候吞就可以进入支家与久相会。

吞高兴地跳了起来,立刻照危的吩咐去做。

黄昏时分,吞来见危,说:"干柴已经备齐,就在两箭地的山坡上。"

危满脸带笑，说："干得不错。"

吞看了一眼支的家门口，说："已经没我的事了，我这就去见久。"不等危允许，吞拔腿就跑。

兀挡住吞的去路，说："别急，事情还没有办完。"

吞看着兀，一脸的疑问："干柴我都准备好了，剩下就是你们自己的事情了。"

兀十分认真地说："干柴是准备好了，到了夜里我们自己也会把它拿到这里。可你不在场，支怎么会出现？"

吞脖子一梗："那我不管，我这就去见久。"

兀有些不耐烦，一把拉住吞："等支来了，落入我们的圈套，那时你才能去见久。"

吞十分不快，说："说好了的，你们怎能言而无信？"

危一下子变了脸，说："你必须得把支给引到这里，否则我就告诉支是你出卖了他。"

吞愣了，原来自己上了贼船。事已至此，只能把坏事做到底。

兀放开吞，说："你好好想想，不除掉支，有你的好日子吗？"

吞眼前一亮："对呀！原来咱们是一根绳上的……"

兀使劲踹了吞一下，说："什么一根绳上的，多不吉利。"

吞满脸堆笑，赶忙赔罪："不会说话，不会说话，你千万别见怪，别见怪……"

四

这个下午，支去了好几个部落，寻找火种不是一件难事。部落里的火种都保存在石窖里，远离茅屋，轻易就能得手。然而想把它带走并不容易，支必须找到瓦罐一类能够盛放火种的器皿。

大概是害怕被人偷走,几乎每个部落都不把瓦罐放在外面。天快要黑了,支心里十分着急。

支钻进一座茅屋,仔细察看。角落里放着一个盛水的瓦罐,大小也算合适,可茅屋外面又进来四五个男女,看上去他们要在这里过夜,根本就没打算再出去。

众人挤在一起,有说有笑。

支不想在这里浪费工夫,顺着墙根,爬出门去。

天完全黑了下来,在另一个部落里的支终于发现了他想要的东西——一个丢弃在茅屋外面的破瓦罐。远处一片蛙鸣,部落的人都已经睡着。

支心中升起一个念头,他要变成一个灵巧的男人,尽管算不上身强力壮。他凝望着天上的星光,黑暗中化身成一个青年男子。

如果有必要,每个夜晚支都会这么做。在砀山,这是每个精灵都具备的本领。精灵们一边看风景一边游荡,不管天气如何,想去哪里就去哪里。

听着蛙鸣,支从地上爬起来,一点点地接近埋藏火种的石窖。结果如愿以偿,支提着装满火种的瓦罐朝砀山走去。

第一步是要找到吞,支相信吞一定在分手的地方等他。不出所料,夜色中一个邋遢的男人出现在支面前,他就是吞。

"你咋这么晚才回来?"吞有些焦急。

支看了看天说:"一点儿都不晚。"说着放下瓦罐。

吞说:"柴火我都准备好了,就在不远处,我们赶紧过去吧!"

支说:"时辰还早,等他们全都睡下再动手不迟。"

吞说:"还等什么呀!刚才我都看过了,他们睡得死死的,一点儿动静都没有。"

支相信吞,提起瓦罐,跟着吞朝山坡那边走去。

走着走着，支慢了下来。吞见支没跟上来，催促说："你今天是怎么了？磨磨蹭蹭的。"

支小声说："我有点儿怕。"

吞哼了一声，说："祖宗的家业都让人家给占了，还怕这怕那，真窝囊！早知你是这个样子，帮你做啥？"

这句话让支颜面尽失，也刺激出他无穷的勇气："我怕过谁？"

吞笑了，说："这就对了嘛。"

砀山的夜晚，静得让人心慌。蓝黑的天底下，两块高大的岩石黑黢黢的，完全失去了往日的祥和。支越往前走心里越发毛，总觉得身后有些不太平。

支的恐惧越来越重，他想放弃这次行动，随后停下来，想和吞再商量商量。

不知什么时候，吞不见了。

支瞪大眼睛向前看去，隐隐约约似有无数条身影在晃动。

他急得大叫："吞，你在哪儿？"

身后传来一阵脚步声，支回头一看，一个汉子朝自己扑来。

"你的好兄弟吞把你给出卖了！"汉子瓮声瓮气地大叫。

支的恐惧瞬间消失了，抡起手中的瓦罐朝汉子砸去。火花四溅，汉子闪到一边。支丢掉拴瓦罐的绳子，朝山脚下跑去。

"别让他跑了。"随着危的一声叫喊，十几个黑影一齐朝支扑去。

毕竟是支跑得快，危家族围捕支的计划失败了。

摆脱死亡，支没有一丝一毫的喜悦，有的只是伤心和愤怒，此后他又多了一个仇家——吞。

草丛里的蜻蜓、蝴蝶、蚱蜢见证了这一切，无不鄙夷地看着支。支不在乎外人的眼光，劫后余生，这已经很完美了。砀山的每个精灵都不安全，每天都充满了不确定性，不知道灾祸什么时候发生，更不知道灾祸从哪里来。就像毛毛虫，正午还优雅地晒着太阳，估计现在已经成了一堆鸟粪。

支深信，只有金水池的几个长辈能使他摆脱困境。平日里没有什么要紧的事情，他从不去麻烦他们。此时，支看看自己慌张的双脚想，在太阳出来之前，差不多能跑出一个往返。

说走就走，这是最后的希望。

蜈家四兄弟来到砀山，天还没有亮。亮故技重演去部落要来火种，明、宝、和每人手里攥着一把硬实的干柴。

晨风中，危懒洋洋地挂在网上，家族成员全都歇息了。

昨晚，吞去了支家，这对支来说是一件十分丢脸的事情。兀对附近的虫家说，吞和久这对新夫妻和蜘蛛家族达成一致，共享脚下这片土地。

这件事已经传得沸沸扬扬，支大概不会回来了。

支是一定要回来的，他正在草丛里往回爬。亮、明、宝、和四兄弟近在咫尺，危对即将到来的危险一无所知。

蜈家四兄弟点燃了火把，带着置危家族于死地的快意朝两块岩石这边冲来。亮冲在最前面。

"慢来慢来……"一个少年挡住蜈家四兄弟的去路。

亮、明、宝、和停住脚步，不解地看着少年——只见他十三四岁大，头上三个鬏髻，麻衣下一条青色麻布裤，赤着双脚。

亮知道遇上了麻烦，知趣地丢下火把，明、宝、和也学着他的样子，将手上的火把丢向一边。

少年说话了："我奉主家之命在此等候你们多时了，四位暂且蹲下。"

蜈家四兄弟蹲在地上，看着少年。

亮问："敢问你的主家是谁？"

少年回答："青崖长者。"

亮不知道青崖是什么地方,更不知道谁是青崖长者,问:"为何拦住我们四个?"

少年说:"你该记得,那日为了解救瑶,你兄弟四个在这山脚下放火。大火过后,又拦住巫祝不让离去。"

蜈家四兄弟知道此事,却不知道这与少年有何瓜葛。

亮说:"我四兄弟做了一件好事。"

少年说:"生灵涂炭也算好事?你们兄弟四个罪孽深重。"

宝想辩解,被亮止住。

少年说:"前嫌未解,你们兄弟四个又起杀心,实在不该。"

亮是聪明的,想赶紧脱身,说:"遵你教诲,我兄弟四个弃恶从善,这就回转。"

少年转身看着身后,叫了声:"你们赶紧过来。"十几个小童立刻现身,将亮、明、宝、和团团围住。

"放他们其中一位回去。"少年发话了。

宝看着亮,说:"我这就回去找全姐。"说完,立刻钻出人群。

"请吧!"少年指了指那两块岩石。

事已至此,亮、明、和只得接受现实,在众小童的敦促下,三人一步步朝前挪动。岩石前面,危家族看见少年,个个惊慌失措。

少年看着他们,说:"你们哪里来的,赶紧回哪里去。"

危拔腿就跑,兀和他的家族成员紧跟其后,仓皇逃窜。

亮、明、和被十几个精灵押解着朝岩石后面走去,被关进一道狭窄的岩缝里。

吞听到了外面的动静,急忙出门察看。

蜘蛛家族全都不见了,一旁看热闹的小虫子把这里发生的事情告诉了他。

大事不好,支马上就会回来。吞的恐惧很难用语言去形容。他头也不回地朝山上逃去。

五

远远就看见宝、全姐和离三人朝山脚这边走来，少年带着十几个小童起身迎接。

全姐不认识少年，不过见那阵势就明白他正是自己要见的人。宝悄悄地告诉全姐，就是他拘禁了亮、明、和三兄弟。

百十个寒暑过去了，缘分让他们在砀山相遇。

少年告诉全姐，他叫嘻。当年那把大火让他重生。全姐耐心地听着，毕竟自己有求于人。

他们在一处空地坐下，宝在一旁站立。

微风习习，花香阵阵，他们的思绪又回到过去。少年敞开心扉，把自己的情况完整告诉给全姐和离。全姐感叹嘻的造化，也替瑶感到惋惜。嘻告诉全姐，瑶的到来绝非偶然，她成就了身边的每一个人。因为瑶，全姐才能现身金水池。如果没有这个机缘，也许全姐永远不会与璞、飏他们相见。瑶离开了，可有一件事情至今没有完结。

全姐不明白嘻说的是哪件事，又不好多问。离似乎想到什么，却又怕嘻给说出来。全姐不忘自己此行的目的，开始替亮、明、宝、和求情。嘻说来时主家有过交代，若想赦免蜾家四兄弟，必须拿回一件宝物。这时，全姐才明白嘻说的那件事情是什么。她看着离。

离是个聪明女子，知道该怎样去做。她从腰间解下玉符，交给全姐。

全姐知道这块玉符的重要性，那是离对飏的全部念想。她接过玉符，心里涌动着难以言说的情感。为了蜾家四兄弟，交出玉符实在是不得已。全姐知道，今日自己欠离很大的人情。

嘻从全姐手里接过玉符，看了看说："我也该回去了，后会有期。"全姐、离站起，与嘻作别。他们身后，重获自由的亮、明、和朝这边走来。

四兄弟来到近前，离、全姐和他们说了几句话后各自散去。

离直接回了大峡谷，全姐去了山洞。蜈家四兄弟觉得这次砀山之行很无趣，支的事情到此为止，这里没有什么事情了。

刚走出不远，支从背后追来。支知道事情已经了结，要四兄弟在砀山聚一聚。

亮委婉地拒绝了。

随后，四兄弟丢下支，一声不响地去了，气氛显得很沉闷。

支看着他们的背影，心中泛起一丝失落。

四兄弟人影渐小，支慢慢地走回自己的住处。

吞缠磨了久两天的工夫，在支没回来之前跑掉了。久没怎么样，吞根本就不敢把她怎么样。久不愿意支去寻找吞复仇，支想来想去也就算了。此后，他们再也没有看见吞，吞去了山北之后再也没有回来。

支不去报复吞，不代表吞就能安生地度过余生。砀山的每个地盘都被瓜分了，吞出现在哪里，哪里就瞪起警惕的眼睛。他在石缝、树林、草丛里穿行，努力寻找一片属于自己的天地。

天完全黑下来的时候，他发现山坳里倒着一截枯木，挨地的一面树皮腐烂开裂，他小心地钻了进去。

迷迷糊糊地，他睡着了。

他梦见了久，久眼泪汪汪地向支诉说吞欺负她的事。支咬牙切齿，说他一定要找到吞……

吞被吓醒了，想着支会不会找到这里。

起风了，一大片黑云朝这边涌来。吞知道这场雨一定不会小。

一声炸雷，暴雨如注。

水流奔腾而下，不一会儿，枯木就浸泡在了水里。

吞赶紧爬了出来。

这不是一个好的栖身之所，怪不得没有谁愿意在此居住。吞十分懊恼，他发狂了，一把一把掐自己身上的肉。掐肉不解事，又去扇自己耳光，扇得眼冒金星才住手。

早晨，雨过天晴。

去哪儿？吞陷入了迷茫。砀山极不安全，支说不定哪天就会找到这里。即使支找不到这里，这里的土著也很难容忍他。

他的坏名声已经传得沸沸扬扬。

砀山的氛围并不洁净朴素，每天都能听到让人胆寒的惨叫，随处都可能碰到残忍的事情。想了一会儿，吞还是决定远离，继续往北，走到哪儿算哪儿，死到哪儿都无所谓。

这次砀山之行全姐与蜈家四兄弟的关系明显有了变化，不似过去那样紧密，语言的交流都有些勉强。至于为什么，很难说得清楚。回到金水池后，蜈家四兄弟就很少去全姐那里了。日子越久，他们就越显得生分。

一段光阴如烟如云渐渐散了，人与人、虫与虫、兽与兽不大可能长久地维持纯洁温情的关系。

离曾经问全姐，那年如果没有自己和奇人的事情，飏会不会离开她？全姐笑了，聚散全凭缘分，没有如果。百十个寒暑之后，至今这句话仍然适用。

这是一个好天气，故事也是一个完美的结局。和金水池一样，砀山的蛇虫鸟兽、花草树木也有自己的欢歌与哀伤，云里风里也有他们的消息。部落里的人过着庸常单调的日子，对身边发生的这一切一无所知，当然不能体会其他众生的心情，更无法发现他们生命中的非凡之美。

第五章 龙女

一

太阳被一层薄云所笼罩，耀眼的金色已经变成红色，河水暗淡下来。岸边的柳条最早知道黄昏，一天的热闹全被晚凉带走，接着又是一整夜的寂寞。

龙女从大河中心露出头来，四顾无人，踏着水波朝岸边走去。

河中心一只小虾朝岸边游来，见龙女远去，纵身一跃跳到岸上。小虾伏在岸边，顷刻间化成一个小童，他定了定神，站起身看着龙女。

龙女朝岸上的树林走去。

小虾向下扯了扯麻衣——慌忙中穿了件并不合体的麻衣。幸亏天晚，若是白天很容易被人看出破绽。对小虾来说，更换衣裳是件很麻烦的事情，他得返回河里重新幻化一次，真是那样他就很难跟上龙女了。

小虾不会那样做。龙子有过交代，必须让龙女留在视线之内。

他不紧不慢地跟在龙女身后。快到树林的时候，龙女停了下来。小虾赶紧转身看着天空，尽管天空什么都没有，他还是看得专心致志，好像压根儿就没注意到龙女。

龙女微微一笑，一下子隐去身形。小虾偷眼看时，龙女早就没了踪影。

他想去树林里看看,但觉得徒劳。他想了想,还是赶紧回去告诉龙子:龙女被他跟丢了。

小虾急忙向河边跑去,等待他的将是一顿严厉的训斥。

转过树林,龙女来到一处空地前。女鼋爬出草丛,站起身,朝龙女走来。

"女主,小鼋恭候多时了。"

"遇上点儿麻烦,耽搁了。"

女鼋不明白龙女的意思,随便说了句:"不晚,天还没有黑下来。"

她今天穿了一条麻布长裙,虽然粗糙却也合体,将苍老的身躯完全遮掩住。

龙女惦记身后,回头看了看,小虾没有跟上来,即使跟上来也毫无用处,没有一片云彩肯驮他。

天边,太阳收走最后一丝光线,只留下一片浅浅的红色。龙女挥起衣袖,朝那红色挥了两下。

一道红色云雾弥漫在龙女身边,与她的黄裙相映,化成一片胭脂色的云朵。女鼋站在龙女身边,看那胭脂色载着龙女缓缓升起。

不愧是胭脂渡,脚下的云彩都是胭脂的颜色。

龙女拉了女鼋一把,胭脂色的云一下子将她们包围起来。两人的身影半隐半现,飘浮在野花盛开的草地上,最后穿过林梢,飘进遥远的暮色。

二

女鼋很悲哀,躲进芦苇丛,哪里也不去。来河边喝水的松鼠见了女鼋,一下子就钻进草丛。高枝上的乌鸦朝这里一看,也会立刻飞去。鼋家族三个一群,五个一伙,小声叽咕着。

水上水下，全是傲慢歧视的目光。女鼍不受待见。

女鼍看上去十分苍老，原本风姿绰约的女子，几天就成了步履蹒跚的老妪，那是因为她吃了岩缝里长出来的一片灵芝。

奇人走后，胭脂渡再也没有渡人过河的艄公。部落里的族人都是自己划着小船过河。鼍家族安分守己，大河里的生灵不再受他们的袭扰。

河滩上，芦苇的叶子轻拂着女鼍的鬓角。迎面吹来的风带来野花的清香，女鼍上岸，漫无目的地朝前方的树林走去。树林是个避暑的好地方。

倏忽无意的一瞥，女鼍发现一只白兔儿卧在大石旁的草丛里。

女鼍想走开，去西面的土丘转一转，老友赤蟒就住在那里。白兔儿却躲在大石后面，露着半张脸朝女鼍窥视。这是从未有过的事情，女鼍改变主意，一步步朝白兔儿走去。

没等女鼍来到近前，白兔儿蹦蹦跳跳地离开了。

灰白色的大石袒露在女鼍面前，她贴着它坐了下来。

旁边一点儿赭色引起女鼍的注意，石缝里生长着一株灵芝。女鼍兴奋万分，她一下子明白过来，原来白兔儿守在这里也是为了得到这棵宝贝。

灵芝也在看女鼍，满身尽是哀怨。

女鼍盯着它，目光中流露出几分贪婪。

灵芝有些烦躁，心思像火一样摇曳，试图让女鼍放弃。

女鼍微微一笑，冲着灵芝，说："还是为我所用吧！"

她一把拔起灵芝，看了看，轻轻咬了一下。

灵芝的伤口流出殷红的血。

女鼍咬下一小片灵芝，品尝着，没什么滋味。

灵芝黯淡下来，像花草一般睡去。女鼍有些不忍，重新将它插进石缝。

女鼍很快就察觉到身体发生的变化，衰老正不可抗拒地侵蚀着她。

她悄悄返回大河。

两天后，她的头发变得灰白，手臂也生出许多褶皱。

愁肠百结，女鼋伏在芦苇丛里，低声哭泣。

女鼋开启了自救。午夜时分，她一个人走出那片芦苇。月儿皎洁，照着女鼋。她在河边的一块空地坐下，神情似少女般宁静。

她相信咬破的绝不是灵芝，而是一个尚未出世的精灵。奈何它也遭遇了不测，此时流连在石缝中，何等悲哀，何等幽怨！

精灵把自己全部的怨毒投给女鼋，但女鼋并不记恨它，她压根儿就没觉得其中藏着一个惊天秘密。

灵芝是大河龙子们的杰作。

大河在芦苇的注视下，默默流去。水声淙淙，女鼋的心性一点点地沉寂下来。她希望星月的清辉能洗去灵芝带给她的怨毒，化解这场危机。

这是当下女鼋唯一能做的。

胭脂渡有女鼋往日烂漫的遗迹，夜夜的花香、夜夜的星辉，见证着她笨拙的身躯不知不觉中化成一个飘忽的精灵。从此，女鼋放浪狂妄又柔情万缕，妩媚中隐藏着难以雌伏的雄心。贪心使她遭遇了这场不幸，结果不可预知。

女鼋看了一眼星空，随后闭上眼睛。

斗转星移，一个时辰过去了。女鼋觉得身子十分轻松，那种不致命的衰老苦痛悄然不见，她已经重获往日的清灵与活力。

女鼋一阵兴奋，觉得自己已经彻底解脱。

她睁开眼睛，轻轻抚摸着自己的脸，枯老的皱纹仍停留在脸上。借着月光，她又瞧见自己灰白的头发。

这都是岁月最苦最苦的残痕，很难逆转。

女鼋怔怔地望着大河，一直到东方发白。

"大不了做回鼋。"女鼋眼里透出一股倔强，一下子站了起来。

她一步步朝水边走去。

所有精灵都看着她。

露冷夜寒，女鼍看了看它们，轻蔑地一笑。

她一纵身跃入水中。

回到水中，她仍旧是一条鼍。

河水的深处，一双双凸起的、凹陷的、惊讶的、温和的、炯炯有神的、无精打采的眼睛，全都盯着女鼍。

她不在乎它们，从容地从河床上划过，那里的淤泥很柔软，踏在上面会感到浓厚的欣慰，她好像忘掉了刚才的烦恼。

前面是一片丰茂的水草，女鼍停了下来。这是她轻盈之梦开始的地方，之前她曾历经五百个寒暑的磨炼。早晨，在龙女的帮助下，女鼍脱去躯壳，换上新的装束走出大河。阳光下，女鼍如少女般妖娆。

这是一番脱胎换骨的改变，也是女鼍最美的时刻。龙女告诉女鼍，能走出这一步实属不易，当洁身自爱，远离贪欲和是非。

女鼍披着墨绿色的麻衣站在岸上，蹁跹于姹紫嫣红的花草丛中，引来周围一片羡慕、一片嫉妒、一片不屑。一年又一年，女鼍忘记了龙女的教诲。

女鼍游进那片水草，身子伏在一片斜坡上，幻想着太阳升起的时候重新做回少女。

太阳被一片浮云遮蔽着，风吹着芦苇，一只燕子从河面掠过，消失在远处的树林里。蜻蜓、蝴蝶、蚱蜢开启了一天的活动。女鼍伏在水中一动不动，期待着阳光穿透云层的那一刻。

一条小船从距离女鼍不远的地方划过去，激越的水声催促着女鼍：快点儿出来吧！

女鼍紧紧闭着眼睛，她必须控制住自己，没有阳光的照耀，她是无法做回少女的。

太阳从云层里钻了出来，无数条金线穿过水面照在女鼍身上，她的眼前一片明亮。女鼍不再犹豫，哗啦一声跃出水面。

然而，她的期望落空了——她仍旧是一个年迈的老妪。

女鼍浑身颤抖，好像心都不跳了。这绝不是一件小事，也许过不了多久，她就和许多鼍家族成员一样，衰老得不成样子，最后寻一处僻静的地方，静静逝去。

那年，鼍头被璞击晕后随波流去，被河水冲到岸边。山洞内只有女鼍留在他身边。十年后，鼍头康复，女鼍这才回到胭脂渡。

此时，女鼍想到鼍头，或许鼍头能够帮自己找回过去。但她很快就否定了这个想法。鼍头那点儿本事连璞都斗不过，怎么可能帮助自己。

那就只剩下最后一个依靠——龙女。

然而，龙女不是谁想见就能见得到的。她是白龙的第十四女，云来雾去，已经几十个寒暑没看见她了，更不知道她现在何处。即使知道她在何处，龙女又肯帮助自己吗？

龙女帮女鼍脱离笨拙的躯壳纯属偶然。那天，龙女从金水池归来，看见女鼍百般扎挣，遂助她一臂之力。事后，龙女谢绝了女鼍虔诚的跪拜，独自返回驼骆山。

大河以西，女鼍朝一块高朗的土丘走去。当年，嫠女站在上面盼望璞的到来。如今，一条赤蟒住在那里。

走着走着，女鼍停了下来。她突然感到某种来自心灵深处的虚弱。

赤蟒是帮不了自己的，他还没有脱去笨拙的躯壳。

女鼍好难。

三

驼骆山，碧峦翠峰，山脚下有一处楼阁。大门外的茅亭下，一只青犴守在那里。

院子里，盘蜷的老松，花影、树影混成一片。夜，静极了。

龙女推开朱门，来到院子中间。

有青犴的守护，任何山灵都不会上门打扰，龙女躺在柔嫩的草地上，看繁星，听松涛，过着浪漫的日子。

天宇之下、云涛之上的驼骆山，峰峦层叠、玲珑俊秀，松柏枝叶扶疏，遍地岩隙，没有固定的道路。山脚至峰顶由一个个小峰峦重叠而成，山势挺拔却不险峻。

神秘幽雅，却无奇崖削壁，故曰神山，见之者福寿双全。

站在这里凝眸一刻，尘世数天。花巢娘娘——九色凤凰的后裔居半山之上。花巢娘娘身边除了龙女，还有几十个随她修行的侍女。

龙女很少离开这里，即使是胭脂渡，她也很少去。因为花巢娘娘有过交代，龙女要在这里为她看管镜花池。

不知哪天，镜花池来了一条小小的蜥蜴。山中的许多精灵会不时地光顾镜花池，龙女并未把它们放在心上。直到有一天，小蜥蜴被青犴逮住并送到她面前，她才发现这条蜥蜴的不同寻常。

小蜥蜴说他来自遥远的胭脂渡，是一位全真把它带到了这里。全真要它告诉龙女，胭脂渡的女鼋可怜无告，每日都在请求她的帮助。

龙女知道小蜥蜴说的都是实话，这些日子尤其到了晚上，忧郁如同乱丝搅扰着她春水似的平静，芦苇丛里的相逢留下了牵绊。

龙女知道要对女鼋伸出援手，何况这里还牵扯着未曾谋面的全真。但龙女不能擅自离开，她需要花巢娘娘的恩准。

晚风吹来环佩声，一朵白云从半山腰向这里飘来。龙女知道有人来传送消息，心中一下子充满了期待。

果然，花巢娘娘派来一位侍女。侍女告诉龙女明日就可以离开，镜花池由她暂时管理。龙女不清楚花巢娘娘是怎么知道她和女鼍之间的事情的，又为什么这么快就让她离开。其实，这都是那位全真起的作用。

关于全真，后文再做交代。

龙女抬头向空中望去，繁星点点，透着清冷。这清冷，直浸龙女的心，也包裹着远方女鼍的灵魂。

虫鸣蛙叫，暮夜清风。龙女转身望着北斗，七星的背后如一池深苍的湖水，明澈深邃。

第二天一早，龙女离开驼骆山，她没有忘记带上那只给她送信的小蜥蜴。没多久，她隐约望见了大河。小蜥蜴要龙女把它留在这里，大河那边有许多缺陷和恶迹，它需要遮掩自己的行踪。

龙女照它说的做了，选择一片草木茂盛的坡地落下。

小蜥蜴告诉龙女，与百年前相比，如今的大河表面平静，但不少水族更加顽劣，想要顺利帮助女鼍，当避开它们。

龙女微笑着，说这些她都知道。小蜥蜴松了一口气，放心离开。它刚才的话好像天幕一角，被疾风吹起。龙女有了不安，此行是不是先去见一见自己的家族，还是……

沉吟了一会儿，龙女决定去找女鼍。

她重新踏上云彩，还没升到半空，大河那边就有了回应。两位龙子已经在前方迎接龙女。

顷刻间，烟雾弥漫，细雨飘浮，龙家族众多成员回旋在河面之上。

真是瞬息万变，这场面龙女很不愿意看见，但她还是做好了应对的准备。

此刻的龙女面对家族成员，一点儿都不感到亲近。

大河岸边，一位龙子朝龙女拱手行礼："霜待儿，家父叫我来此等候。"

龙女笑着答应："兄台先请，我奉花巢娘娘之命，去一个地方，少顷便来。"她不管龙子答不答应，朝河对岸那片树林飘去。

龙子迅疾，很快就超越了龙女，并伸手拉了她一把。烟云变态，刚才还是细雨霏霏，霎时一片空明。龙女脚下的云彩消散了，她落到地上。

河面钻出许多头来，像天上密布的星星。龙女一阵厌恶，却又忍不住欢喜。她拒绝引领，独自朝河中心走去，身影一闪就潜入水中。水下并不昏暗，白龙的府第坐落在河底最深处。这里没有花草树木，白玉琢成的宫殿外，虾姑、蟹婆漫无目的地游荡，消磨着时光。

一只花蚌先一步走进宫殿，禀告白龙，龙女到了。

龙女进来，白龙敷衍几句，便把她晾在一边。她的到来，白龙好像一点儿都不在意。龙女待了一会儿，找借口向白龙告辞。

刚把龙女接进来，一时半会儿她也不会离开，龙子们各自散去。

龙女漫不经心地走出宫殿大门，几个小虾立刻围过来，问她要去哪里。龙女说她要随便走走。

小虾们表现出少有的热心，要陪着龙女。

龙女无奈，依了它们。

十几个小虾跟着龙女，顺着大河逆流而上。

前方就是那片芦苇，女鼍会不会在那里？龙女细心察看每一个角落。她故意弄出些动静，想引起女鼍的注意。

女鼍果然在那里。听见水响，她瞪大眼睛朝这边望来。只见来人身着对襟青色锦衣，发髻被高高绾起，发间插着一根亮闪闪的银钗——那就是龙女。

女鼍冲出芦苇丛不顾一切地扑倒在龙女脚下，声泪俱下。

"龙女，你可来了。"

龙女故作不识："哪里来的婆子，挡我道路？"

几个小虾立刻过来，驱逐女鼋。

若不是有龙女在场，小虾们看见女鼋早就逃之夭夭，那可不是一个谁都敢惹的主儿。

女鼋抬起头说："我是女鼋，你把我给忘了？"

龙女眉头紧皱："我不认识你。"她又看着小虾，"你们躲远点儿，我要教训这个大胆的婆子。"

小虾们知道龙女的厉害，害怕伤及自己，都躲到了一边。

女鼋跪在龙女面前，可怜巴巴的。

龙女俯下身低声说："到树林里去，到姿女住过的那个地方等我。"

女鼋感激地点点头。

小虾们全都看着这边，龙女不敢多说话。

不知为什么，龙女好像生气了，一掌打在女鼋脸上。女鼋倒在泥里。龙女柳眉倒竖，呵斥女鼋："走远点儿，别让我再见到你。"

她转身叫过小虾，返回水府。

女鼋赶紧溜进芦苇丛。

龙女刚刚回到龙宫，花蚌就把几个小虾叫了过去，询问龙女去了哪里。小虾据实相告，花蚌听完，转身去见龙子。

几个龙子凑在一起一番商议，觉得龙女是有意去见女鼋的，很可能已经帮了女鼋。

龙子们十分懊恼，眨眼的工夫就给龙女钻了空子。一个龙子干脆出去，一把揪住小虾，问它龙女到底跟女鼋说了什么。小虾说它什么也没听见，只见到龙女打了女鼋一掌，女鼋连滚带爬地跑了。龙子舒了一口气，回来把小虾看到的内容讲了一遍，众龙子这才放下心来。

龙子们为什么偏偏和女鼍过不去，甚至阻止龙女与之接近？这一切都源于女鼍的自以为是，是她使自己陷入困境。女鼍刚刚获得人身不久，几个龙子在河上嬉戏，风浪掀翻一条小船，渔人落水丧生。女鼍为那渔人鸣不平，将龙子的过失诉告天庭。为首的一位龙子获罪，龙身压在大河底下三百年不得解脱。获罪的龙子奄奄待毙，其他龙子对告发他们的女鼍恨之入骨。后来，他们想出了一个主意，一个龙子化成白兔儿守候灵芝，女鼍无知，落入龙子的圈套。不出意外，女鼍过不了一年就会因衰老而死去，这也是龙子千方百计阻止龙女与女鼍见面的原因。

女鼍命不该绝，龙子的勾当被一位全真看在眼里。他带着小蜥去了驼骆山，小蜥找到龙女。

龙子惹出来的祸，该由龙女帮忙化解。

一连两天，龙女都安安静静地留在龙宫，哪里也不去。小虾小蟹恭恭敬敬地伺候着，龙女心里十分焦急。

龙子们也没有放松警惕，轮流监视。

下午，白龙召唤龙女。作为父亲，他仔细地询问了龙女这些年的经历，毕竟他们难得见上一面。龙女小心地看着父亲，父亲的神色很凝重，银须白发中包掩着一些不快，两人的谈话都刻意回避那个不争气的、被压在水底的龙子。

作为龙家族，虽然旭日初升、万象鲜明，也会有艰难险阻、崎岖山径。

白龙当然知道龙女此行的目的，便问："你打算什么时候去做那件事？"

龙女并不避讳自己的真实意图："越早越好。"

白龙想了想，说："一会儿我把他们召集在一起，你好脱身。"

龙女感激地望着父亲。

白龙告诉女儿，女鼍中毒已深，尘世无法化解，只有天河才能够使她获得重生。

龙女点点头。

白龙叫过一只老鳖，要他先把龙女隐藏起来。龙女随老鳖离开后，白龙叫来花蚌要她去召集龙子。

龙女怀着无言的忧思和救人脱离苦海的梦想，钻出水面。

女鼍望眼欲穿，终于等来了龙女。

想要带女鼍进入天河绝非易事，白龙也没指给龙女一个明确的路径，她只能依靠自己，还有女鼍的运气。

四

龙女有多大信心拯救女鼍，就不用追问究竟了。她们两人踏上一片云彩，很快就看见了金水池。暮色苍茫，巨石安静地卧在那里。龙女看着巨石默默祈祷，愿此行圆满。巨石与人的灵魂息息相通，它用清新的惠风，将龙女和女鼍送得更高更远。

九重天，天地之间的一道关隘。那是九色云彩叠加的一条通天大路，路两旁盛开鲜花，花香扑鼻。守门的黄衣力士卧在影壁下，独自坠入神秘的梦境。他那鲇鱼般的大嘴巴十分可笑。龙女忍住笑，带着女鼍一点点地向前移动。

云彩飘过，带来的微风搅扰了黄衣力士的酣梦，他想睁开眼睛，却又沉沉地睡了过去。他曾因失职坐了五百年的天牢，罪愆满日，又带着这副容颜复职（他原来不是这个样子）。他又要失职了。

女鼍十分害怕，一只手紧紧地抓住龙女。脚下的路清明如镜，飘在上面，霞烟盈尺。女鼍的内心由害怕转为赞叹，继而为能有这样的际遇而欣喜。的确，如此纯净的地方走过一次，不但心灵能够得到净化，身体也会变得轻盈。作为尘世的一个精灵，不是谁都有这样的机会。

九色透明的云海撩动着女鼍的心绪，她多想在这里多留一会儿。在九重天，无论是谁，他的一举一动包括心思全都清清楚楚地展露着，没有任何秘密。幸运的是太阳也在九重天下，这里正好是夜间，黄衣力士已经睡着。

龙女见女鼍心思涣散，不由得握紧了她的手。她们的身后，一絮一朵的云彩正朝这里飘来，龙女心里一动，带着女鼍奋力向上飘去。背后是两位仙子，身旁轻拢着白纱般的薄雾，她们刚好从金水池归来，去往天河。

黄衣力士醒过来，立刻将两位仙子拦住。一位仙子朝他摆摆手。黄衣力士便不再理会她们，站在路旁等待后面的人。

龙女心里一动，对女鼍说："我们遇见贵人了。"

女鼍不解，问："贵人在哪里？"

龙女说："就在身后。"

她们停下来，等着两位仙子。

两位仙子越来越近，一位娉婷袅娜，一位绰约多姿，龙女心生爱意，迎着她们，微微屈膝："两位玉女，小龙有礼了。"

两位仙子赶紧还礼："原来是龙女，幸会幸会。我叫琲，她叫瑁，在天河岸边一起守护艾地。"

龙女也把女鼍介绍给琲和瑁。

两位仙子邀龙女和女鼍一起前行，龙女趁机将女鼍的遭遇告诉琲和瑁。

琲听了，觉得此事不难。此时，天河就在眼前，还有河边那片连亘的山峦，只是时辰尚早，人还没有安定下来。瑁建议先到艾地待上一会儿，到了子夜再行动不迟。

龙女欣然应允，四人朝艾地而去。

很快就望见艾地门口那两盏神秘恬静的灯火。这里与菊坡有些相似，到了夜里就不再派人守门。

烟云变幻，风月清淡，果然是天上的艾地。沿着道路拾级而上，两旁散散漫漫生长着数尺高的艾草。有些艾草并未睡去，看着夜里归来的四人。

琲好像想到什么，一边前行一边寻找着什么。

她在一株锦艾旁蹲下，不管锦艾乐不乐意，从它身上揪下一片叶子来。

瑂知道琲要干什么，对皱紧眉头的锦艾小声说："别舍不得，她们与你结个善缘。"

篱笆后散落着几间青瓦小屋。四人进门，琲陪龙女二人坐下，瑂拿上从锦艾那里讨来的叶子去到灶上，很快就端着一盏煮好的汁水走进来。

琲告诉女鼍，艾草煮来的汁水能化解血气之毒，但需要一些时日。女鼍感激不尽，一口口服下，随后定了定神，用心体会自己的感受。

龙女谢过琲和瑂后，和女鼍准备离开。

瑂推开窗子，看了看夜色，回头说："时辰到了。"

女鼍率先走出屋子，龙女跟在她身后，两人挥手与仙子告别。

琲和瑂道声"珍重"，看着她俩离开。

出了艾地，龙女和女鼍朝天河走去（来时的云彩已经消散）。走着走着，女鼍情不自禁地发出一声叹息。这叹息，不是悲凉，也不是无奈，而是她感受到了天地之间的温情与豁朗。一个胭脂渡的精灵，能受到两位仙子的眷顾，让人艳羡。叹息过后，女鼍不再感到失望悲伤，她已经拾起信心与希望，眼前一派明光。

天河越来越近，龙女引着女鼍避开许多双眼睛。她做事低调，自幼在大河长大，从不得罪任何人，当然任何人也不会得罪她。

星空在旋转，大河流动着水样的亮光，这些只有龙女能够感受得到。在女鼍心里，天河如同胭脂渡，只不过宽了一点儿。来到近前，她惊呆了。天河的气势压得她透不过气来，她不敢靠前，仿佛哪怕微小的一步都是对天河的冒犯。

畏惧使她不敢看那河水，这不是凡间的河流。

龙女站在天河岸边，心生敬畏。她一遍遍祈祷天河能荡尽女鼍身上的污垢，并令其脱胎换骨。

天河，包容了女鼍。

是时候了。龙女转到女鼍身后，用手一推。

女鼍扑进水中，却不见一片水花。

龙女长出了一口气。

一阵清凉浸入女鼍的骨髓，她衰竭枯萎的肌肤一下子充满了活力，一种鲜活的、敏锐的感觉渐渐苏醒。

此时的她，轻快得如同婴儿，一头扎向更深处。

毕竟来自胭脂渡，女鼍野性未泯。她快速旋转身子，眼中星光缭乱，水下一片银蓝。她感到十分惊奇，在这里视线没有尽头，能够看得很远很远。她习惯了胭脂渡的漫漶，一时还不能领略天河的澹湛。

龙女安静地看着女鼍。

水中的神灵眼睛瞪得如一盏盏明灯，他们好像都没把女鼍这一番折腾当回事，静静地待在原地一动不动。

女鼍越来越远，龙女有些焦急，心里一遍遍地呼唤女鼍不要去更远的地方。

龙女好想进入天河把女鼍拉回岸边，但她没有那么做，只是站在岸边耐心等待。

女鼍陶醉了，忘记走出了多远，也忘记了时辰。

天河的夜，一点儿都不寂寞。水下一张张俏丽的脸、温情的脸、含蓄的脸，半隐半现，却又留意着身边发生的事情。

女鼍终于出现了，在离岸很远的地方，她身上也散发着银蓝色的光，那是天河的颜色。

龙女望着女鼍的脸——她又恢复了少女般的容颜，头发和以前相比更加乌黑。

女鼍怡然自得，丝毫没有从天河里走出来的意思，好像她原本就属于这里。

因为有龙女在身边，她才敢大胆流连。相比之下，奇人就没这个机会，还没到龙门就被拦了下来。

天河虽是夜晚，并非什么都看不见，要适可而止。龙女朝女鼍做了个手势，示意她赶紧上岸。

女鼍摆脱了任性，她知道上天的恩赐都有定数，不能过多索取，遂迅速朝岸边游来。上岸后，她抖去麻衣上的水珠，问龙女："我们怎样回去？"

龙女看看星斗，说："时间还早，我带你去一个地方。"

女鼍欢喜不尽，能在天河里沐浴一回已经万分幸运，龙女还说要带她去的那个地方一定别有深意。

龙女冲着天河挥了几下衣袖，天河的水汽化作一片云彩从远处向这边飘来。收集云彩对龙女来说易如反掌，她本身就善于兴云布雨。

一大片云彩飘上河岸，两人迅速登了上去。

云向正北方飘去。女鼍十分乖巧，什么都不问，期望龙女能把她带到更为奇妙的地方。

她们飘得很高，脚下除了宫殿还是宫殿，金碧辉煌却不见人的身影。女鼍明白，夜静更深，神仙们全都睡下了。

一连飘过两座天门，龙女都没有停下来。

前面出现一座阁楼，龙女慢了下来，一点点地降落。

女鼍看清了门楣上三个大字——凌云阁。

两人悬在半空。

女鼍不解地看着龙女，两人小声对话。

"这是什么地方?"

"藏典籍的地方。"

"能进去吗?"

"不能。"

"那我们来这儿做什么?"

"凌云阁,见之有喜。我们来沾点儿喜气。"

女鼍一下就明白了龙女的用意,认真地打量起这座楼阁。

果然名不虚传!凌云阁的四周白云翻飞、香雾萦绕,华彩中透着庄严。

两人围着凌云阁转了一圈,发现楼阁前方最低处伏着一座石雕的神兽。两人看了半天都叫不出它的名字。突然,神兽抬起头来看着她俩,龙女、女鼍不禁凛然,赶忙寻路飘回。

东方欲晓,龙女不再流连,带着女鼍朝来时的方向飘去。风声瑟瑟,九重天倏然而过。极目水云,归星湖就在前面。二人心胸开旷,再无顾虑。

须臾,她们看见了胭脂渡。龙女一下子想起给她带信的全真,对女鼍说:"你知道是谁去了驼骆山把你的事情说给花巢娘娘的?"

女鼍说:"不知道。"

龙女说:"你想知道是谁吗?"

女鼍说:"当然想知道。"

龙女想了想,说:"其实,你应该知道。"说完,她将女鼍留下,一人向着东北方飘去。

五

太阳升起来的时候,女鼍出现在大河边,风姿绰约。她几乎天天到树林去,学着娈女的样子在一块空地上默坐。

她曾想接近奕女，奕女友善地拒绝了。奕女是值得亲近、尊重的。但女鼍也切切实实地感觉到天地之间、精灵与精灵之间的一种距离。何况那时鼋鼍两家势如水火，互不相容。

女鼍很想知道是谁去了驼骆山，引来龙女相救。龙女明明知道，但她却不道破，这是在考验女鼍的悟性。

女鼍冥思苦索。

灵光一闪，她一下子明白过来：原来是土丘下的赤蟒。女鼍感觉自己的头脑很空，却又想用什么就有什么。想来这就叫作空灵，不愧是在天河里走了一遭。

女鼍似乎把胭脂渡的所有精灵都比了下去——其实不然，她的才能无法与全姐和离相比，更何况性情方面她还有许多缺憾。她还会不会像过去那样狂放，面对别人的种种短处、丑恶与劣迹时会毫不留情地去揭露？

通过这次遭遇，女鼍一定会改变，龙女对她的影响不可谓不深。

龙女很随和，也很有人情味。另一方面，龙女很大气，颇具风范。正因如此，她才会去驼骆山。

天河的确给女鼍带来了成就感，也实实在在地影响了她的未来。

一年之后，压在大河底下的龙子提前获释，返回龙宫。

第五章　龙女

第六章　巫祝

一

夏是个衰老的女人，也是控制力很强的女人。在金水池，部落首领由女人担当已不多见。山口内外，女人过了五十岁几乎就是个废物。夏还是稳稳当当地掌控着这个部落，说一不二。

夏的部落中三十岁以下的女人还有八九个，身子都不是很好，最小的女子薰也总是生病，半死不活的样子。部落里已经十几年没有小孩出生了，忧愁写在夏的脸上。人丁不旺，对哪个部落都是灾难。

部落一天天没落下去，夏很是心焦，头发都白了。她找来巫祝，说想做个交易，用薰从别的部落换回两个能生育的女子。

巫祝还不满二十岁，是个言听计从之人，平日里夏怎么说他就怎么做。这回他的反应让夏很意外——他坚决反对。

薰是夏的孙女，夏能舍得，巫祝却舍不得。在巫祝看来，即使薰能换回两个能生育的女人，也是吃亏的。

薰瘦瘦的、高高的，虽然只有十几岁，她的漂亮在金水池无人能比。见到薰，巫祝就有一种无法遏制的冲动。薰有一种不可捉摸的凛然，巫祝不敢冒犯。

巫祝一职是两年前从过世的老巫祝那里继承来的。老巫祝很多年前就瘫痪了，部落里的事情都是夏说了算。即使老巫祝身体健全，也得看夏的脸色行事。

夏问巫祝，还有多少粟米，能不能从别的地方换回一两个能生育的女子？巫祝摸摸自己的头，表情非常难看，夏觉得他和老巫祝一样，既好笑又无能。

山口内外至少几百个部落，和璞在的时候相比，几乎所有部落首领都是男人。女人是可以用来交易的，长相一般且不能生育的女人可以带去山口，换取粮食、兽皮甚至生火的木炭。漂亮的女人很少用来交易，尤其是具有能生育的。

在夏的逼迫下，巫祝答应先拿出些粟米去山口看看有没有部落同意交换。去年干旱，金水池周边几乎所有部落都没有足够的粮食，半人重的粟米差不多就能换取两个能生育的女子。

巫祝到装谷物的茅屋里看了看，粟米和大麦差不多能吃到秋天。

打定主意，巫祝叫过两个汉子，一人肩扛一袋粟米去往山口。那里是金水池通往山外的门户，人来人往。曾有人把粟米摆在路边，当即就把能生育的女子领回了部落。

巫祝的运气不大好，一连两天都没交易。太阳偏西，巫祝和两个汉子回到部落。

不是巫祝不尽力，首领当然不会责怪他。第三天，巫祝和两个汉子照样待在山口。快中午的时候，十几个汉子带着两个女人从山外走来。这两个女人，一个瘦瘦的，怀里抱着一个婴儿；一个不胖不瘦，脸皮皱巴巴的，年龄似乎大了些。他们在巫祝面前站住。

巫祝的眼睛集中在两个女人身上，仔细地打量着。不胖不瘦的女人，能生育的可能性不大，另一个瘦得皮包骨头，一看就知道她怀里抱着的不是自己的孩子。

这两个女人都不能要！巫祝一脸的失望。

一个汉子摩挲着年纪偏大女人的脸蛋儿，问巫祝："怎么样？"

"不咋地！"巫祝摇了摇头。

汉子指了指瘦女人："看见了吧？这可是生了孩子的。"

"谁能保证那孩子是她生的？"

…………

汉子们不停地纠缠，目的就要是拿走巫祝脚下的两袋粟米。巫祝推说自己决定不了，要先回去跟首领商量，成与不成明天再说。

汉子们却不想等，催促巫祝即刻把女人带回部落，交给首领，粟米留在山口。

巫祝一口回绝了汉子们的要求。

汉子们有备而来，不由分说将巫祝三人按在地上，其余的人扛起粟米，带上两个女人大摇大摆地朝山外走去。另几个汉子看不见同伙的身影了才将巫祝等人放开。

巫祝吃了大亏，不甘心，便跟在几个汉子身后，想要弄清楚他们是从哪里来的。汉子们想来个彻底解脱，从路边捡起石头冲着巫祝几个没头没脑地砸去。保命要紧，巫祝一伙儿像三只受伤的野兔，一拐一瘸地往回逃去。

汉子们丢下石头，从容地走出山口。

回到部落，巫祝指着头上肿起的大包向夏诉苦。

夏皱起了眉头。

丢了粟米，女人没换到，夏很生气，让巫祝明天去山外把粟米夺回来。挨了一顿揍，巫祝十分郁闷，夏的冷漠与豪横令他难以忍受。巫祝不再唯唯诺诺，直接告诉夏，自己无能为力。

第一次受到顶撞，夏很没面子，叫过几个男人来，将巫祝关进了一间茅屋。

二

天黑下来了，巫祝一碗稀粥都没喝到，饥饿难耐。然而，他还惦记着薰，不知她吃饭了没有。

巫祝为什么如此记挂着薰，只有他自己最清楚。

薰不会主动搭理巫祝，包括所有男人。平日里，薰不是去看大湖，就是一动不动地坐在茅屋后的一棵桂树下，看地上的小虫子爬来爬去。

男人们去找她，跟她说话，薰也只是听着，一言不发。她心里清楚，一旦搭理他们，对方就会变本加厉，接下来什么事情都有可能发生。讨好女人、祸害女人，是男人的天性。

冷漠有时并不管用，男人们的纠缠是没有底线的。一天，薰在树林边乘凉，一个男人悄悄地出现在她背后。薰吓了一跳，慌忙站起来。男人像疯了一样不顾一切地扑向她，企图把她拖到树林里。薰大声呼救，惊动了茅屋里的女人。见有人冲出来，男人犹豫了一下，转身钻进了树林。女人把薰送回茅屋。从那天起，薰很少走出屋子。

一天，有人告诉首领，薰生病了。

薰没有生病，她是有意地饿着自己。整天一副病恹恹的样子，男人们便不再纠缠她了。

四年前，薰刚满十岁，金水池来了一位婆婆。那是春日的一个上午，薰跟部落里的人去湖边。巨石四周围着好多人，婆婆端坐在巨石上面。

前面的人正在和婆婆说话。

"婆婆从哪里来？"

"从天上来。"

"婆婆来这里做什么?"

"告诉你们一个不好的消息,金水池会有一场山火,尤其是山脚下的部落更要做好防范。"

薰好不容易挤到前面,从人群的缝隙里露出一张小脸。婆婆看见,把她叫到巨石前面。

"我认识你,你叫薰。"

"婆婆认识我?"

"是的,我还知道你的过去。"

…………

薰愣愣地看着婆婆。

婆婆对薰说:"你愿意跟我走吗?"

薰点点头。

部落里的人赶紧挤过去,把薰给拉走了。看着薰的背影,婆婆很无奈。

薰低着头,一边走一边哭。

婆婆是不是神仙,金水池的人辨不清楚。可她认识薰这件事,就让人有些迷惑。不过她说这里将要发生一场山火,这可是一件了不得的大事,人们忧心忡忡。晌午,人们带着疑虑各自散去。婆婆独自在巨石上坐着,不知是何时离开的。

这年秋天,就在人们快要淡忘婆婆的话的时候,金水池发生了一场山火,竹林旁山脚下的茅屋几乎全被烧光。哀鸿遍野,人们才想起婆婆的告诫,觉得她是位神仙。

今年春天,婆婆又来了。她站在巨石前面,几个渔夫看见,上前和她打招呼。

"婆婆来这里做什么?"

"来度一个人。"

"度什么样的人？"

"反正不是你们。"

消息传开，薰按捺不住，偷偷地去了湖边。就像当年的雨和叶，薰很想让神仙把自己也带走——她讨厌部落里的男人。

婆婆端端正正地坐在巨石上，薰低头站在下面，祈求婆婆把她带走。婆婆告诉薰：随时可以去找她。

薰问，到哪里去找？

婆婆说，出了山口，一路向北，只要你不放弃，总会找到的。

薰不相信。

婆婆说，她每时每刻都看着薰，薰的一举一动她都知道。

薰的内心稍稍安定下来。

婆婆又叮嘱了薰几句，便离开了。

回到部落，薰为外出偷偷做着准备。不知是谁向夏走漏了风声，夏十分生气，要让薰尝尝自己的厉害。

薰结结实实地挨了一顿吊打，巫祝求情后，薰被放了下来。

夏说她对薰的恩情比山高、似海深，薰必须不停地生孩子，去还债。

男人们欢乐开怀，薰失魂落魄。

夏叫过来几个女人把薰看管起来，夜里还安排男人轮流在外面监视她。

起初，男人们还算尽心竭力。日子久了，男人们就有些熬不住，个个叫苦。夏便把这活计推给巫祝。巫祝是个老实人，不敢得罪夏，便把这件苦差事应承下来。

不识好歹的巫祝被关了起来，夜里没人监视薰。首领想了想，觉得倒像把巫祝给养起来了。对！不能让他享受清闲。

夏叫过一个女人，要她把巫祝给放出来，夜里继续看着薰。

关起来的巫祝十分焦灼，躺在干草铺上，心里不住地骂首领。的确，男人女人全都进入梦乡，他还得睁大眼睛竖起耳朵为大伙卖命。女人来到茅屋前，解开门上的绳索，把首领的意思告诉了巫祝。在女人面前，巫祝变得十分乖巧，他控制住自己的情绪，讨来一碗饭吃，接着到薰的茅屋前面守夜。

薰十分苦闷，有时一天不吃不喝，连行走的力气都没有。

巫祝趁机告诉薰尽快做出改变，积攒力气。后面的事情，他可以帮忙。

薰一下子看见了希望，不再苦恼，为逃离部落做最后的准备。

巫祝选择了背叛，闷声不响的背叛。部落里的人谁都没有察觉。

薰的身体一天天好起来，心里也在盘算离开部落的日子。

几乎每一天，夏都要把巫祝叫去了解薰的情况。巫祝有意替薰做些遮掩，然而几个女人却把薰的日常告诉了夏。

薰跟谁都不说一句话。

薰吃光了瓦罐里的饭。

薰的气色好了许多。

…………

巫祝和女人们说得并不一致，夏有了疑惑，毕竟薰担负着为部落传宗接代的重任，马虎不得。

夏没有惊动任何人，自己来看薰。

薰的茅屋里只有她一个人，夏进来的时候，薰躺着，两眼望着屋顶想心事。

看见夏，薰痛苦地呻吟起来。

夏在薰的身旁坐下，问："咋成了这个样子？"

"浑身……全都……痛……"薰有气无力的，很难说出一句完整的话来。

夏皱起了眉头，扫视了一下四周。墙壁被打扫得干干净净，木墩、瓦盆、瓦罐擦得干干净净，铺盖也叠得整整齐齐。

这些活计都是谁做的？

夏仔细观察薰的脸，发现上面有了红晕。

简单安抚了几句，夏便离开了。看似什么都没发生，其实夏已经有了主意。

薰看着夏钻出门去，心突突地直跳。

三

上弦月下去了，只有星星旋转在夏季的夜空。茅屋后面的树林黑黢黢的。风掠过树梢，发出阵阵呜咽。薰感到孤单，凑到小窗前看着外面，小声呼唤："小哥——小哥！"

巫祝躺在窗前的干草铺上，两眼望着深邃的星空，草丛里的虫鸣声让他心慌意乱。听见薰在叫他，巫祝浑身颤抖，赶紧爬了起来。

他冲着窗口说："我在。"

"能听见我说话吗？"薰的声音有些发颤。

巫祝回头看了看，说："在外面说话不方便，能进屋里去吗？"

"也行。"薰犹豫了一下，还是解开了门框上的绳索。

巫祝弓着腰溜到门口，又回头看了看，才钻进茅屋。

黑暗中，薰跪在地上。

巫祝伸手向前摸索，碰到了薰的肩膀。薰把他推开："我们逃走吧！"她有些急切。

"什么时候？"

"现在？"

"明天行吗？"

"恐怕不行，首领来过了。"

"首领说什么了？"

"没说什么，可我怕……"说这句话时，薰哆哆嗦嗦的。

听说夏亲自来见薰，巫祝感到紧张与担忧。逃走并不难，难的是逃到哪里、怎么生存，这些他都没有想好。

然而不逃又不行，薰不想坐以待毙，巫祝也不想。

十四年前，夏在湖边草地上捡回一个女婴，给她取名薰，对外声称是自己部落女人生的。

薰对这一切应该有记忆，可不知哪个环节出错了，她没能将湖边这段记忆保留下来。她相信夏说的话全都是真的。随着年龄的增长，她对身边这些亲人越来越疏远，与他们似乎有着天然的隔阂。她总是喜欢一个人去草地、竹林玩耍，见到青蛙、蟾蜍特别欢喜，一旦回到部落，就会觉得茅屋里装满了寂寞。

夏和部落里的人并没有疏远她，他们坚信薰早晚会成为认命的女人，一个怀里抱着孩子，身前身后跟着一群孩子的女人。然而，薰却无视他们的存在，冷漠孤寂一天甚于一天。

薰确实显得格格不入，选择离开一点儿都不奇怪。

她对巫祝并不排斥，看见他就像看到了一种希望似的，心中有说不出的依赖，哪怕只是无意中想起他。今夜就更加不同，巫祝绝对是她的依靠。

四目相望，却又看不清彼此的脸，但两人都知道对方心里在想什么。见巫祝不说话，薰哭了。

没人相信天真活泼的薰还会哭泣。

巫祝见不得她如此委屈，但他实实在在地见到了——应该说是听到了，一下子有了担当。

"别哭了，我们这就走。"

薰果然不哭了，一下了抓住了巫祝的胳膊。

巫祝的血沸腾了，为这个柔情似水又霜雪凛然的少女，他豁出去了。虽然不是什么惊天动地的大事情，却也改变着她的命运和整个部落的生活秩序。今夜如果不帮薰实现她的愿望，巫祝的灵魂将永远得不到安宁。

"你先在这里等着，我出去看看。"说完，巫祝钻出门去。

她十分听话，乖巧地跪在那里，等待他的归来。

蓝黑的夜空下，低矮的茅屋静得如同坟墓，巫祝蹑手蹑脚地从所有男人居住的茅屋旁走了一遍。大家都已熟睡，但巫祝还是有些紧张。

巫祝抬起头，看着夜空，心中生出一丝眷恋。他的母亲，就埋在茅屋后的树林里。这一去，他再也不可能回来看她了。至于老巫祝，和他没有那么深的感情。巫祝想不出来，究竟谁才是自己的生父。

巫祝眼里流出了泪水。

薰等了半天不见巫祝回来，便爬出屋子，四处张望。

巫祝回来了，越来越近。薰朝他奔了过去。巫祝轻轻地拉了她一把。

草木似乎也没了精神，整个部落都在沉睡。

两个人谁都不说话，急匆匆地朝屋后的树林奔去。

对薰来说，这一刻无异于小鸟飞出牢笼、困兽跳出陷阱，心里有说不出的兴奋与激动。

两人的脚步都很轻，微弱的动静，也为虫鸣所掩盖。

穿过树林，他们加快脚步，朝山口走去。

这一刻，薰期盼了很久。一个年轻的男人带着一个少女在夜色的掩护下，快步走出山口。

金水池越来越远，薰的心却越来越开朗。

忽然，一股凉意深重的野风吹来，薰打了个哆嗦。

究竟要走到哪里才能见到婆婆？她的脚步慢了下来。

天还没亮的时候，他们来到砀山脚下。巫祝看着薰，薰看着巫祝，两人一下子陷入窘境。

巫祝说他先去附近的部落讨点儿吃的，然后在山里搭一个窝棚，安顿下来再说。

薰不同意，说婆婆无时无刻不在看着她，只要翻越了砀山，或许就能见到婆婆。

巫祝只见过婆婆一次，对她的身份充满了疑惑。他告诉薰，神仙是可遇不可求的，这样漫无目的地寻找很是傻气。

听他这么说，薰心头生出一种悲切，有气无力地坐在草地上。

她朝山上望了望，山上除了树木，没有一丝人气。荒野之上，只有他们两个，再无他人身影——那是从未有过的空虚，从未有过的落寞。

她没了主意，也没了力气，身子瘫了下来。

太阳升起来了，山脚下许多部落都飘起了炊烟。

巫祝推测夏肯定已经发现他们不见了，部落里的人或许正朝这里赶来，还是早点儿翻越砀山，到了山后再做打算。

巫祝的话，惊心动魄，薰一下子站起来，深藏内心的勇气和智慧正在慢慢苏醒，没错！当务之急不是寻找婆婆，而是彻底摆脱首领的追赶。

她不再犹豫，沿着一条小路朝山上走去，巫祝紧跟其后。

此时的部落，已经走出慌乱。来不及做早饭，首领派出所有男人朝砀山这边追来。男人们全都知道，薰和巫祝只能朝这个方向逃跑。当然，按照规矩，巫祝必须被除掉，这一点绝不含糊。

夏留在茅屋里，坐也不是立也不是，心口闷得像压着一块沉重的石头。她想钻出屋子到外面透透气，但她还没站起来就摔倒在地。

她死了，死得干净利落，绝不拖泥带水。这符合她做事的风格。

一个女人来给夏送吃的，发现她倒在地上，嘴角还流着口水。

她被吓坏了，摔了陶碗，连滚带爬地逃出屋子。

此时，部落里没有男人，女人们面面相觑，谁也拿不出一个主意。不过，薰和巫祝的出走，她们并不介意。

薰的头脑十分清醒，她知道必须尽快翻越砀山，走得越远越好。

巫祝跟在薰的身后，看着她窈窕的身影，脸颊一阵阵地发热。藤蔓缠绕，枫松相间，砀山出奇地寂静。半个上午，他们来到山顶。

薰说累了，想歇一下。巫祝看了看四周，说这里不行，得找一个隐蔽的地方。

他们在一处长满灌木的斜坡处停下。薰累坏了，自己寻了一块空地背对着巫祝躺了下来。巫祝在她身旁坐下，看着远处。

人迹罕至的砀山，到处都是没膝的荒草。野风不时地刮过，荒草起伏不定。巫祝的心如同荒草，向着不同方向翻滚着。

就在这个时候，夏派出来的人全到了山脚，苍莽的山林让他们停下脚步。草丛里，一只兔子被他们惊起，向着山上逃窜。他们往前追了几步便站住了。林深草密，兔子很快就没了踪影。所有人都直挺挺地站在山脚下。

薰和巫祝就如同两只兔子，早已消失得无影无踪，哪里去找？

领头的男人长叹一声："让巫祝捡了个大便宜。"

所有人全都看着他。

领头的男人朝地上吐了一口唾沫，说："别费力气了。"

他率先往回走去，男人们呼啦一下全都跟上了。

下午晚些时候，他们回到部落。

夏的死，并没给谁带来悲痛。听不见她的呵斥，族人的情绪会更加舒畅、更加轻松。那个领头的男人霸道地宣布：从现在起，他就是这个部落的首领；部落里不会再有巫祝。

他一脸的兴奋，谁心里梗着，就让谁梗着去吧！没有人向他发起挑战。

夏、巫祝还有薰，谁死谁活都不重要。

没有什么仪式，天黑之前，夏就被草草地埋了。

四

薰眯起眼睛看着天空，看着看着便没了精神，不由自主地闭上了双眼。她太累了，该好好休息一下了。

巫祝仔细地打量着薰，心里涌动着无法遏制的冲动。

薰的眼睛闭着的时候像是两条黑线，睫毛长长的，高挺的鼻梁下，嘴角微微上翘。

就像花朵诱惑着蜜蜂，薰也在诱惑着巫祝。

巫祝往薰的身前凑了凑。

他又看见了薰白皙的手臂。

此时，他只觉得眼睛不够用，薰整个人都好看，在部落时他从没有机会这样近距离地看她，从脸颊到胸前，从胸前到小腹，最后他的目光停在薰手上。

薰的五个手指，光滑细腻。

巫祝怎么也想不到，自己和薰在部落之外还能有独处的机会。一路上，薰那不绝如缕的气息让他感到迷乱。此时此刻，他觉得自己是天地间最幸运、最有成就的人。

薰均匀地呼吸着，沉沉睡去。

巫祝忍不住伸出手，还没碰到薰，就感到她的身体散发着一股寒气——尽管山上凉爽，也不至如此。他犹豫了一下，还是抓住了薰的手。

薰的手的确很凉，比凉更可怕的是她醒过来了。但她没有抽回自己的手，只是瞪着眼睛看着巫祝。

巫祝一下子定住了，发现薰的眼睛很可怕。她虽然看着巫祝，眼神定定的，一点儿光彩也没有。

她这是怎么了？巫祝有些发蒙，但就是不想放手。

薰的容颜渐渐有了变化，嘴巴大了许多。

巫祝以为自己眼花了，眨眨眼，努力地去看。

薰的脖子变得很粗，样子越发难看。

巫祝被吓得不轻，一下子将她松开。

薰又恢复了原来的样子。

巫祝的心咚咚直跳，怎么会有这种事情？！他甚至起了疑心，从昨晚到现在，与自己相伴的到底是不是薰？

不过，有一点是明确的——从现在开始，他再也不敢打薰的主意了。

巫祝站起来，要和薰保持着一定的距离。

薰坐了起来，对刚才发生的事情一无所知。

巫祝偷眼看她，薰貌美如故。

她到底是不是薰？这个念头毒蛇般噬咬着巫祝的心。昨晚，没等自己返回茅屋，薰就出来了。巫祝十分后悔他没能进屋看看——或许那个真正需要帮助的薰此时正守在茅屋，望眼欲穿。

想到这儿，巫祝打了一个寒战。他甚至怀疑自己是不是被眼前这个薰给算计了。

巫祝越看越觉得她不像薰，那么她究竟是谁？

薰歇够了，站了起来说："我们走吧！"

"到哪里去？"巫祝装起了糊涂。

薰看着巫祝说："你不是说早点儿翻越砀山，到了山后再做打算吗？"

巫祝壮着胆子说："现在我不想到山后去了，我要回部落。"

薰慌了，巫祝这么快就改变了主意，这是她始料未及的。她认真地看着巫祝，想从他的眼中找到答案。

巫祝被她看得发毛："别老是盯着我看。"

薰万分不解："你是怎么想的？"

巫祝言辞闪烁："我什么都不想，咱们还是回去吧！流浪的日子不好过。"说这话的时候，他的声音有点儿飘。

薰心里一阵悲凉。在这荒无人烟的深山里，在没有找到婆婆之前，巫祝是她唯一的依靠。跟着他回到夏的身边，不知要受怎样的惩罚，未来的日子又是什么样子的。

这样的事情有过先例。曾有一个部落的女人与外族男人私奔，中途给抓了回去后，私奔的两个人全被乱石砸死了。

一个念头从薰的心底升起：巫祝后悔了，要把她交出去，然后说是她逼迫他这么干的。

不过即使真的是这样，巫祝也别想有什么好结果。

薰微微一笑："也好，你自己回去吧！回去告诉首领，薰一个人去了山后。"

巫祝心里一惊，如果她真的是薰，那就是他负了她。即使自己回去，也不会有什么好下场。

他心里不住地翻腾，很快就有了主意：不管她是谁，先一起下山，走一步算一步。

"好吧！我和你一起下山。不过，你可不许吓唬我。"

"我什么时候吓唬过你？"

"就是刚才。"

"没有啊！刚才我睡着了。"

巫祝看着薰白皙的面庞，一如既往地迷人。

唉！要不是这张脸，我怎么可能在这里跟她受罪，甚至还有送死的风险。巫祝自觉很窝囊，却又无处发泄。

峦重岫裹，草深树遮，薰说她找不到路，要巫祝走在前面。巫祝没有理由说不，只好在前面探路。

原本就没有现成的道路，下山变得更不容易，两人走得很慢，都怕跌下山去。薰伸手揪着巫祝的衣角，这让他提心吊胆，几乎不敢回头看她，生怕她再弄出什么怪样子来。

太阳偏西的时候，薰和巫祝走出了砀山。一条崎岖小路从山脚一直向正北方向延伸，直通天际。小路两旁散散漫漫、不成气候的部落被浓厚的绿色包围着。如果是心闲的人走到此处，一定陶醉在这美妙的山野景色之中。

然而，薰不是，巫祝更不是。

此时，薰走在前面，巫祝跟在她身后几步远的地方。薰的麻衣并不合体，可走路的姿势将她的身体线条十分清晰地勾勒了出来。

阳光下，少女让人心动的曲线，献祭般送给巫祝。巫祝肆无忌惮地看着她，此时，薰到底是谁一点儿也不重要了。

越往前走，薰越没有力气。从昨晚到现在，她一口水都没有喝，一口饭也没有吃，几乎坚持不下去了。

薰停下来，可怜巴巴地看着巫祝："我渴了，还有些饿。"

巫祝心中生出疼爱之情，说："你就在这里等着，我去那边讨点儿吃的。"说着指了指不远处的一个部落。

薰看了看，那里少说也得有三箭地那么远。

"我实在走不动了。"她有些萎靡，不由自主地坐了下来。

巫祝十分自信，没有他，薰就得渴死饿死。只有他能拯救她。他告诉薰在这里等他，千万不要走开，他一会儿就回来。

薰点点头，干渴使她很难说出话来。

巫祝迈开大步，蹚着荒草朝部落走去。他不仅仅是去讨吃的，还有另一个目的：在部落里歇息一晚，当然要和薰住在一起。

薰望着巫祝的背影，心里十分温暖。巫祝的心思，她猜不到。但婆婆猜到了。那不是猜到，是知道。

一片云从正北方的天空朝这里飘来。薰远远就望见了，那是婆婆。她庆幸，自己得救了。

她爬起来，望着云上的婆婆，哭出声来。

婆婆落地，止住云彩："小蟾，我接你来了。"

薰跪倒在地，放声大哭。

婆婆不去劝，由着她。

哭够了，薰要婆婆这就把她带走。婆婆要她等上一会儿，她还有话要对巫祝说。薰问婆婆要对巫祝说什么，婆婆说虽然巫祝心有不端，毕竟是他把薰送到了这里，对他当有关照。

薰的真性在婆婆的感召下一点点恢复。她清楚地记得自己是跟着斜脊上的一只小兽离开月宫的。小兽走得很快，自己是循着他的踪迹来到金水池的。在巨石旁边，她化身婴儿，被夏捡回了部落。

夏确实没有亏待过薰，但她们的相遇原本就是一场误会。如果那天女蟾没被人发现，她很快就会返回月宫，不会有这些年的遭遇。

女蟾经受了磨难，有了深深的悔意。她不想再来金水池了，广寒宫纵然寂寞，却没有烦恼。

不到半个时辰，巫祝拎着一个瓦罐回来，那是给薰讨来的饭食。看见婆婆，巫祝十分失落。他知道从这一刻起，薰不再属于他。其实，她从未属于过他。

婆婆静静地看着巫祝。

巫祝放下手中的瓦罐，虔诚地跪下去。

婆婆告诉巫祝，女蟾来到世上并没有投胎，他们看到的薰只是她的化身，女蟾继续留在部落有违人伦，今日便要把她带走了。

巫祝听后，一句话也说不出来。

婆婆让巫祝伸出双手，在他手心画了几下后说，这是为了他以后谋生之用。

巫祝谢过婆婆，站了起来。

婆婆告诉巫祝，从这里向北有一条小溪，小溪后有一座青崖。巫祝的归宿当在那里。

巫祝说自己记下了。

婆婆叮嘱巫祝好自为之，修行满日，自有人来度他。

巫祝又看了看薰。

薰安安静静地站在婆婆身边，面无表情。薰和巫祝注定只有这样的结果。薰来到世间，如同一场戏，如今也该落幕了。

巫祝面带愧色，低下头去。

婆婆召来那片云彩，和薰一起站了上去。云在巫祝的眼前迅速升起，消失在天边。

尘缘在这一刻瓦解。一张笑靥，随着白云飘去了，给巫祝、给整个部落的男子留下一片苦涩和惨淡。

尘世间已经没有什么留恋，巫祝记着婆婆的话，青崖才是他的归宿。

巫祝蹲在地上，吃完讨来的饭食，站起身，提着瓦罐继续向北走去。

五

正午的阳光照着青碧的山崖，巫祝眯着眼睛努力寻找通往崖顶的道路。峭岩空幻，石骨玲珑，一条小径若浮若悬将他引向崖顶。

远处烟雾轻笼,头顶白云絮飞,脚下云霞横生。站在这里,巫祝感觉到一种清爽。这清爽由肌肤直透心底,不知不觉中,灵魂也得到洗涤。这是一个出云霄、驾烟霞的好地方。一百多年前,在公公的指引下,瑶和琪从这里返回天上。

这里发生的事情,不为人知。

巫祝向崖下望去,崖前崖后遍地都是野菊,只是还没有到花开的时节。公公的茅屋还在,那个叫嘻的小童也在。可是巫祝看不见,他不过是个寻常人,没有瑶和琪那样的神力。

路已经到了尽头,未来要从这里开始。巫祝豁然开朗,一步步走下山崖。想要在这里长久地住下去,首先要建一座茅屋。找了半天,巫祝在靠溪流很近的竹林停下来。这里既隐蔽,离部落又近,巫祝需要人们的帮助。

茅屋建好,巫祝给自己起了一个名字——飘。

婆婆给了巫祝什么本领,他还不知道,那是因为机缘未到。

当地部落里的人不知道飘的身世,只能从他孤独的身影中揣摩他的心境。

秋天,飘立在青崖下看着盛开的野菊。凉风中,野菊青色的花瓣一片片地坠落……

  辟易丹丘地,
   悲风野陌前。
  荒忽花月去,
   窃恐误华年。

第七章　净土

一

部落间的仇杀从砀山脚下开始，很快就蔓延到金水池。

绵绵细雨下了大半个秋天，野地里的谷物渐渐烂掉，即使有充沛的体力和宽绰的时间，也没人肯冒着被劫掠甚至丢命的风险把它们收回来。胆子稍大一点儿的趁着天黑出去，结果两三个人忙活一夜也收不到半口袋粟子。

人们绝望了。

首领庆的部落虽不缺少粟子，但也显出一副马上就要陷入饥荒的样子，他的脾气也越发暴躁起来。

这个夏天，庆带着一伙青壮年洗劫了山口内的十几个部落，掳得七八十个年轻女子以及粟子、大麦等各种生活必需品。所到之处，男人与年老的女人统统被杀。杀戮与抢劫无处不在，大白天走在路上也让人提心吊胆的。尤其是身在竹林里的小径时，随时都得留意身后，说不定啥时候尖尖的毛竹就会穿透人的脊背。

部落间的土路上，空无一人。白天，部落里很少有人外出，连小孩子的哭声都听不见，金水池静得让人害怕。

山外也变了模样，所有的小部落不复存在，茅屋焚毁后变成一片废墟，能看见的人越来越少。一些壮大了的部落摆出架势来，早晚要进入山口，洗劫金水池。

不堪忍受的压抑和恐惧弄得庆快要崩溃了。

庆最宠爱的女人乐出了一个主意：金水池周围还有八个较大的部落，既然不能把他们兼并，不如建立一个联盟，先使他们屈服，再慢慢除掉。庆想了想，这的确是个好主意。打打杀杀已经折腾几个月了，那八个部落居然由弱变强，想除掉哪个都不容易，倘若能和他们结成联盟倒也不错。他问乐怎么样才能达到这个目的。

乐嘴角挂着一丝诡异的笑，说："山外那几个大的部落早晚是咱们的麻烦，大家心里都清楚。你挑几个好看的女子送给对岸那个叫深的首领，再把组建部落联盟的意思告诉他，让他推举咱们为盟主。他收了咱们的好处，自然要为咱出力。"

挑几个好看的女子送出去？庆有些心疼："还有没有别的办法？只要不送女人就行。"

乐脸一沉，道："没有。"

庆想不出比乐更好的办法，只好派人去湖对岸碰运气，没想到这个叫深的部落首领完全赞同庆做部落联盟的盟主。这家伙什么好处都没捞到就站到了庆的一边，看来庆的能力在金水池不容小觑。庆忍痛割爱，趁着夜色给深送去了两名绝色女子。尽管出手不够大方，深已然相当满足。他明白庆的心思，没把这件事张扬出去。

几天后，就有其他部落首领派人来和庆商议组建联盟的事情。庆给足了这些首领面子，不费吹灰之力就当上了盟主。

庆能坐到盟主的位置，深功不可没。八个部落的首领中，只有深最年轻，最能撺掇。深也是个啥事都做得出来的主，不能让他费的气力变成一番纯粹的徒然。庆坐上竹筏,亲自给深送去一些粮食。他要让其他几个部落首领明白——深是他最得力的帮手,只有跟着他庆才有好处。

金水池很快就发生了改变。

死寂的太阳下,又喧闹起来。劫后余生的人们走出茅屋,走进旷野,各自寻找果腹的食物。平静的湖面泛起道道涟漪,头戴蓑笠的渔翁将独木舟摇向大湖深处。

山口内外人来人往,再没有劫掠和杀戮。兽皮、木炭、麻布、粟米摆在路边,人们又做起了生意。庆有话在先:谁敢挑起事端,就杀了谁。

庆说到做到。一天夜里,部落内抓到一个窃贼。庆听见动静,走出茅屋察看。月光底下,那是一个又瘦又小的男人,蹲在地上像一条尚未驯化好的灰狼。

十几个汉子围着男人,他一边哭一边说自己快要饿死了。

庆说了句:"照规矩办。"

石头、棍棒一起砸向男人,一声凄厉的叫喊过后,再没了动静。

月亮越来越亮。

两个汉子一人扯起他的一只脚,朝远处的竹林拖去。

他们的影子渐渐淡去,就如同男人喊饿的声音,了无痕迹地消失。

庆回到自己的茅屋,其他人也全都散了。

金水池重新进入梦乡。

二

山口一下子冷清下来。

有消息传来,山外又爆发了大规模的冲突,每个部落都死了好多人。灾祸很快波及金水池。

一天夜里，山外，某部落首领鹰带着几百条汉子向山口内进犯，庆的部落就在山口旁边首当其冲。

庆仓皇派人突围求救，但鹰做事简单干练，洗劫后带着财物和几十个女人迅速离开。

几乎所有杀戮与抢劫都发生在夜里，部落之间的救援并不及时，庆的部落接连遭到袭击，损失惨重。

庆联合八个部落开始复仇，大白天冲向山外。人多势众，山口外面的部落全都遭受了重创。

杀戮就在眼皮子底下发生，金水池的精灵们惶惶不安。拯救苍生的念头在他们的心上萦绕，一个个主意如夏夜之流萤，总会在某个时刻闪现。但，就是没能付诸行动。

全姐心急如焚。一百多个寒暑前，由于飑、璞、离和她的参与，金水池很快就安定下来。如今，她身边只有蜈家四兄弟——他们几个无能为力。

全姐产生了冲动，想去拜见水神寻求帮助。一个雨夜，天地一片黑暗，她潜入湖底。还没看见水府大门，水卒就将她拦住。全姐说她是为了金水池的安宁才来求见水神的。水卒回答得很干脆：水神谁也不见！

水府之外的事，自然不归水神管，全姐并不意外。

她失落地转身返回。回到岸上，她在巨石边坐下来，对着湖面发呆。

水神谁也不见，一定是有原因的。她好像明白了一点：陆地上的事情，水神也无能为力。

…………

水波泛起，一个女人钻出水面，朝巨石这边走来。全姐认识，她是帮助过自己的蟹婆。

全姐站起来问："太婆哪里去？"

"我专为你而来。"蟹婆回答。

全姐心里一动,觉得事情有了转机。金水池的灾难似乎熬到了尽头。蟹婆轻易不出来见人,此番前来必定是受了水神的派遣。

蟹婆看了看四周,细雨霏霏,金水池岸边除了她们两个,再没有别人。

"你要做的,水神全都知道。"

"水神怎么说?"全姐有些急切地问。

蟹婆慢悠悠地说:"很难。"

"真的一点儿办法也没有吗?"全姐心里一沉。

蟹婆看了看巨石,说:"我们到那上面去说话。"她率先往巨石那边走去。

全姐跟着她转到巨石背面,两人爬上去,面对面坐下。

蟹婆摸了摸光滑的巨石,讲了一个全姐闻所未闻的故事。

"遥远的上古,也就是这块巨石诞生万年之后,十位佛子争天。大湖昏天黑地、阴阳颠倒,岸上草木不生,水中生灵不长,这样的日子持续了数百载。直到一位神人出现,他把七位佛子召到这块巨石上面,循循善诱,万语千言。七位佛子各自放下,停止争端。这天,云开雾散,昼夜重现。从此,河山安泰,四海清平,不久这里又有了先民……又过千载,先民开始仇杀。祸乱持续了数十个寒暑,不知哪天才能停止。一天夜里,云端那位神人手持钵盂,将钵盂内的净土一点儿一点儿地撒向地面,撒完后转身离去。此后,先民停止杀戮,安居乐业。"

全姐听得入神,蟹婆却不讲了。

她好像悟到了什么。

"那位神人是谁。"

"一位菩萨。"

"菩萨从哪里来?"

"天上。"

"净土是哪里来的？"

"三界十方。"

全姐又悟出了另一层意思……

"哪里能找到那位菩萨？"

"哪里也找不到。"

全姐无语。

蟹婆说："想化解金水池的这场灾难，不用菩萨现身。水神交代，如能化来三山之土，天下自然清平。"

全姐打起了精神。

"哪三山？"

"云上一山，驼骆；海上一山，羊羱；陆上一山，犁莘。"

全姐像个不谙世事的小生灵似的看着蟹婆，一句话也说不出来。的确，这三个地方她听都没听说过，更别说去求取净土了。

蟹婆见全姐为难，赶紧说："取三山之土，云上、海上都有人帮你，陆上就只能靠你自己了。"

全姐心头闪过一线光亮，问蟹婆谁能帮助自己。

蟹婆说："海上羊羱，老柏常去雾谷，化些净土并无阻碍；云上驼骆，鸵女可托。"

全姐说："云上、海上都有人助，犁莘在哪里？我实在不知道。"

蟹婆说："犁莘在此正西，须臾可到。"

全姐打起精神说："我得去见老柏，再找鸵女。"

"全姐，我来了。"岸上传来一个男人的声音，全姐、蟹婆朝那边看去，老柏已经来到近前。

"你们的话我都听得清清楚楚。"

的确，老柏就生长在巨石旁边。

全姐、蟹婆赶紧从巨石上跳下来，与老柏相见。

老柏说："想去驼骆山不难，只要鮀女答应，你们可即刻成行。我在这里等你们归来，然后一起去羊羰。"

全姐有些为难，她没见过鮀女，两人之间毫无交情，鮀女会帮助自己吗？

蟹婆看出了全姐的顾虑，说："我已经叫过鮀女，她即刻来到。"

湖面传来几声水响，一个年轻女子上岸后朝这里走来。

全姐朝湖边看去，只见女子身材高挑、云鬓斜堆，步子不紧不慢，像春风下飘拂着的杨柳。走近了仔细再看，女子柳眉轻挑、凤眼细长，金水池从未见过这样曼妙的女子。

鮀女生长在胭脂渡，因为遭遇奇人才来到金水池。从河中到湖中，一样安闲。青天白日，她也会到处游走，欣赏盛开的野花，观察蜻蜓点水。她的出现，犹如暑天吹来了一丝清凉的风，让人感到神清气爽。金水池那些无知的男人心中充满了贪恋。鮀女从他们身边经过，留下一股让人心醉神迷的气息，有胆大的便跟在她的身后，看她去哪里。鮀女对此心知肚明，径直向竹林走去，很快就融入那片绿幕。她给了所有男人一个错觉：你可能遇见仙子了。

全姐向前一步，屈膝行礼："鮀妹，全姐有礼了。"

鮀女屈膝，照样还礼："全姐，多多关照。"鮀女又转向蟹婆道："太婆叫我，有何吩咐？"

蟹婆将要她做的事情讲了一遍。

鮀女当即应允，看着全姐说："天已不早，我们即刻启程。"

在老柏、蟹婆的注视下，鮀女挥袖召过来一片云，两人站了上去。

云升起来了。

雨线无数，织成一张清凉的大网。金水池别有一番清幽、一番神秘。雨中的峰峦，渐入悠远。今夜有鮀女在身边，全姐感到了从未有过的踏实。

她们的友情，从这里开始。

三

金水池的雨大了起来。雨点打在巨石上，砸在草地上，洒在湖水中，噼噼啪啪。这样的夜晚，部落里的人都安下心来，在梦里好好飘忽了一回。

一切安置妥当，蟹婆、老柏各自散去。

驼骆山，隐藏在天海之间的云野上，两峰紧密相连。

鲍女不止一次来过这里，在龙女看管的镜花池里一住就是好些日子。有龙女的陪伴，鲍女并不感到孤独。何况，龙女大门前的青犴常在镜花池边出现，会带鲍女到处转转。

龙女与鲍女的缘分由来已久。当龙女还在大河时，鲍女就常伴在她左右，后来龙女跟了花巢娘娘，两人才分开。一次，龙女从驼骆山归来，看见河边多了一个摆渡的船家。仔细再看，发现那是一条黑鱼。龙女扮成一个瞎眼婆婆，来到渡口要求渡河，奇人想都没想就把独木舟划到岸边。龙女行动不便，费了好大工夫才爬上独木舟，待她坐稳后，奇人才将独木舟撑开。

水下，鲍女看见奇人不肯帮扶龙女，起了捉弄他的心思。当独木舟快到对岸时，鲍女发力，独木舟倾覆，龙女与奇人同时落水。

龙女知道这是鲍女在捣鬼，她整个身子沉入水中，只留两只手臂在水面之上乱抓。奇人心里焦急，救人要紧。瞎眼婆婆若被淹死，他没法向部落里的人交代。

龙女假装体力不支，没等奇人游到身边就沉没了。奇人拼了，现出黑鱼真身，迅速钻入水下寻找。龙女见他来到，一下子隐去身形。奇人呆了，马上就能将瞎眼婆婆救起，人怎么说不见就不见了？

奇人钻出水面，想要探个究竟。岸边站着一个女子，手指着奇人问他把婆婆弄到哪里去了。

在山口，奇人让一位瞎眼婆婆重获光明，今天他自己却迷了双眼。但他心里明白，这位婆婆绝非等闲之辈，必定是水中之灵，是自己被耍了。

没必要再去寻找了。奇人冲岸上的女子大声说："婆婆哪里去了，我不知道。"

女子并不在乎奇人的回答，只是看着大河。奇人回头去看身后，一个女子正好端端坐在独木舟里。

奇人看出她是一条小龙，装作不知，问道："告诉我，你是哪位？"

岸上的女子替龙女回答："白龙的第十四女。"

奇人心生恭敬，冲着龙女说："我是黑鱼，从金水池来，借大河谋生。"

龙女微微一笑："这我知道，今天我是路过，以后有机会来驼骆山一叙。"

奇人答应着，又看着岸上，问龙女："她是谁？"

鲛女怕龙女公开自己的身世，抢先说："不要告诉他。"

龙女起身与奇人作别，潜入水底。鲛女趁奇人不注意，悄然离去。

奇人抬头看看日影已近中午，便独自走回茅屋。

蟹婆知道鲛女与龙女有旧，才要鲛女陪全姐去驼骆山。

脚下乌云翻滚不已，云上是另一番情形。鲛女全神贯注地注视前方，于天地间穿行韵味悠长。一个水中之灵、一个莲叶身躯，不问稼穑不问耕种，鲛女、全姐都有着不同凡响的身世。今夜，她们为苍生东奔西走，这不是谁都能做得到的。

金水池的雨夜，天黑得出奇。

部落里那些无知、粗鲁、愚钝的人就在这翻江倒海的雨夜里，沉沉睡去。两万年后，这里叫作归星湖，景色依旧，却缺少谦和与关爱，人性丝毫没有改变。

龙女和鲍女的灵魂息息相通,虽然隔着很远的距离,她还是感到即将有人造访,而且非同寻常。

她走出屋子,注视着夜空。

西南方的一片云彩由远而近。龙女看清了,其中一位正是鲍女。

云彩在龙女的院子上方停住,全姐、鲍女径直落地。她们就这样来见龙女,连大门外面的青犴亦只能眼睁睁地看着,拿她们没有办法。

青犴并不感到失落,这样的场景隔一段日子就会出现。他清楚地知道,能这样来见龙女的人绝非等闲之辈。当他们离开时,青犴总是看着他们的云彩从院子里升起,很少有人走出大门,因此青犴对他们都不熟悉。

今天,青犴看见龙女陪着全姐、鲍女从院子里走出,他很知趣地退到一边。三个人谁都没有说话,只见龙女走到镜花池边,伸手掐了一片莲叶,三人乘着云彩朝山顶飞去。

驼骆山到处是生机勃勃的绿色,这里没有四季。

正前方,一只红色的孔雀被她们惊起,在她们头顶盘旋两圈之后朝山坡飞去。全姐横看竖看,感觉那只孔雀是在给她们指引方向。的确,她们正是跟着孔雀的飞行轨迹来到了一个地方。

层叠玲珑的峰峦之后,幽篁扶疏。孔雀在半山腰的一块岩石旁落下,看着龙女一行。

龙女对全姐、鲍女说:"就是这里了。"

三人在竹林前停下,张望四周,龙女率先向竹林深处走去。除了三人的脚步声,竹林里没有一点儿动静。

她们在一处空地站住,四周是齐高的竹子,每一竿都散发着清香,气味很特别。

全姐仰望遥远的天空,心在不停地祈祷。脚下的土地呈现出梦幻般的色彩。全姐蹲下身子,伸出双手,捧起一小把净土。

她的手有些哆嗦，心中充满了庄严感。

鮀女从龙女手上接过莲叶，走到全姐身边。全姐将净土放在莲叶上。

那边，孔雀绕着竹林飞了一圈后，向山下飞去。龙女等人还没走出竹林，看不见它的踪迹。

全姐问龙女："孔雀为什么要跟着咱们？"

龙女说："他是山神派来的。"

全姐恍然大悟。

走出竹林，全姐、鮀女向龙女告别。繁星闪闪，已临近午夜，二人沿着来路流星般飞去。

这一去与来时又是不同，全姐觉得路途似乎没有那么长，很快就看见金水池的山脉，高高低低的，中间是一片幽静的湖水。

这时，金水池上空的云全都消散，星光满天。

手捧净土，全姐欢欣鼓舞。她觉得自己有了变化，到底是什么变化又想不出来。

巨石就在前面，全姐想起鮀女马上就要和自己分开，心中生出一丝不舍。她觉得她们在一起的时间太短，来去还不足半个时辰。她静静地看着鮀女，说不出话来。

鮀女看出全姐的心思，对她说："知道吗？此行你的收获颇丰。"

全姐以为她指的是化来的净土，不假思索地说："当然。"

"我不是这个意思。你不觉得自己走得更快一些了吗？"鮀女提醒。

听她这么说，全姐确信自己的感觉是对的，但还是有点儿不明就里："为什么？"

"一会儿你就知道了。"鮀女并不把话说破。

全姐不好再问。

到了不得不分手的时候，她们在巨石前停下，老柏早已在那里等候。

全姐觉得鲛女可爱得很，她的容颜、身材简直无可挑剔，更重要的是，她的能力和际遇，都让全姐羡慕。

她非常迫切地想再次见到鲛女。

鲛女朝她嫣然一笑，转身走进大湖。

全姐看着她的背影扎入水里，直到涟漪散尽才回过神来。

这是她们第一次见面，因为一次非同寻常的旅行而结缘。全姐生出一种恍惚，总觉得很多年前她们曾一同来到这世间，只因走错路，一人去了大河，一人走进山洞；一个成了鲛女，一个成了全姐。虽然分开很久，现在又聚到一起了。

全姐将视线转回来，看着老柏，说："我们这就走？"

"嗯！"老柏答应一声，从湖上召来一片云，站了上去。

云缓缓升起。

全姐仰望着老柏，希望他能拉自己一把。

"赶紧找一片云彩，还等什么？"老柏催促。

全姐一下子想起鲛女刚才的话，便不再迟疑，盯着湖心，用心召唤。

湖上一团水雾在凝结，很快聚成一大片云。云向岸边飘来，全姐向前走了几步，站到了上面。

云在全姐脚下翻滚着。她知道该怎么做：原来，云即是我，我即是云。她升起来了。

她一阵欣喜，腾云驾雾竟如此简单。

四

茫茫大海。

全姐聚精会神地看着前方，雾霭苍苍，像是一座山峰在海面上浮沉。

海上的仙山，是谁在那里居住？她幻想前方明净的滩头站着许多鲛女一样的仙子，风舞起她们的罗袖，露出一双双玉腕。

全姐沉浸在漫无边际的遐想中。她心中的遐想无数，每个都不着边际，与现实相去甚远。尤其今夜的驼骆之行，龙女带给她的影响非同一般。

穿透迷离的薄雾，羊獀就在眼前。抬头望去，眼前郁郁苍苍一片青色，翠岭直插长空，星光笼罩香花，兰气随着海风飘向太虚。

全姐心生敬畏，凝神敛气，再也不敢仰视。

在老柏的引领下，全姐在一道清溪前落地。芳菲满目，一条玉带从半空直泻而下，浮烟氤氲，薄雾菲菲。全姐从没见过这样的景致。

老柏率先将云彩丢弃，全姐也学着他的样子，轻身向前。

苍苍碧草，幽幽青石，步行约一箭地远，十几只四脚灵兽横七竖八地卧在地上，挡住了他们的去路。全姐不认得，问老柏："那是什么？"

老柏回答："那是青羊。"

全姐从没见过这样的神灵，仔细打量着离自己最近的、头上长有两只弯角的青羊，心中默念：青羊青羊，请让开道路，让我们过去。

青羊感应到她的心声，欣然站起。全姐难以置信，青羊居然不见了，十几个青衣人站在他们面前。为首的男人向老柏抱拳道："我奉山神之命，在此恭候二位。"

老柏赶忙还礼，引全姐过来相见。

青衣人扯开藤萝："我等在前面为二位引路。"

"有劳各位。"老柏回应青衣人。

青衣人走路蹦蹦跳跳，还不停地叫喊。他们为什么要叫喊，全姐不明白。

全姐吃力地跟着他们，不知他们要把她和老柏带到哪里。

老柏倒是步履轻松，跟在这群青衣人身后，不时地和他们搭讪几句，都是全姐听不懂的话。

山路崎岖,直到全姐的额头冒出虚汗,老柏和这些青衣人才停下来。这里是一片平缓的坡地,绿草青青,听不见虫鸣,很是安静。青衣人在草地上围成大半个圆圈,将全姐和老柏围在中间。全姐看着脚下,有了一种似幻似真的感觉,她和所有青衣人有了心语交流,无声地书写一份契约:为了苍生,可以从这里带走一捧净土。

全姐蹲下来,想把从驼骆山化来的净土放在地上。老柏看得真切,赶忙上前阻止。

老柏说:"它来自云上,不能落在此处。"

全姐面带赧色地看着老柏。

青衣人上前一步,提醒全姐:"时辰不早了。"

全姐心生庄严,从地上捧起一小把净土。老柏过来,打开莲叶,全姐将净土放在里面包好。

所有青衣人又靠在一起——他们知道自己的使命已经完成。

老柏对全姐说了句:"该回去了。"随后向领头的青衣人告辞。

全姐捧着净土,走在前面,老柏跟在后面。十几个青衣人留在原地,目送他们离开。

前方就是那道瀑布。全姐望着这条穿天透地的素流出神,一副不忍离开的样子。

老柏站在她背后几步远的地方。

全姐说话了,声音很小:"只有这里,才有这么好看的景色。"

"你说的是哪一种?"

"这道瀑布。"

"瀑布下面有什么?"

全姐仔细搜寻,一无所得。

"我看不见。"

"几只青羊。"

"我还是看不见。"

"是它们不想让你看见。"

全姐回身看着老柏说:"我明白了。"

老柏看着东方,海上的天空微微有些发亮,这是他们在羊羱的最后时光。老柏、全姐各自从海上召来一大片云,踏上归途。

俯瞰海面,全姐身心浸泡在倏忽涌起的疑惑里,问老柏:"青羊都说了些什么?"

"它们说起人间灾难。"

"灾难为什么会发生?"

"因为贪心和仇恨。"

"有净土,天下就太平了。"

"不会持久的。"

"那怎么办?"

"我也不知道。"

全姐心中生出一丝寒意,不再说话。

金水池,这个地方的部落,因为贫穷所以争夺。人与人、部落与部落,非要拼个你死我活。人口增加,填饱肚子越来越难,杀戮抢劫开始了。但在别样的境界里领略:地广人稀,部落之间相距遥远,日子却是祥和的,出行也是安全的。

老死不相往来,那样的世道,究竟好不好?

金水池越来越近,全姐手捧净土,面无表情。

巨石就在脚下,老柏告诉全姐不必停留,犁莘就在前方,目光所及的那条山脉即是。

全姐点头,独自继续向西。

五

全姐在金水池生活惯了,也散漫惯了,没去过的地方很多,今夜的行程十分特别,幸亏有老柏在身边,有所依靠。

她想着老柏的话,努力搜寻前方。

东方发白,一道山梁清晰地出现在全姐面前。她知道,犁莘到了。

她降低高度,看着地面。

脚下大片的水洼生长着茂盛的芦苇。芦苇随风舞动,叶子沙沙作响,声音单调而凄凉。

整整一个夜晚,如同一场大戏,此时已接近尾声。这里没有人陪伴,一切全靠自己。

全姐落地,一步步朝山上走去,她相信高处的土更洁净,更通灵。

犁莘山算不上高,全姐很快就爬到半山腰。她不打算去山顶,那里可能化不到净土,时间也不允许。

心中急切,她看见一处山坳,蹚着荒草走了过去。

岩石下面有一小块平坦的土地,干干净净,不见一草一木。

这才是净土。

她所有的辛劳,全都值得。

她小心地展开莲叶,从地上抓起一把土放在里面,重新包好。

她站起身,长出了一口气。

没有召唤,远处一大片云向她飘来。全姐心生喜悦,清冷寂寞一扫而光。

晨曦微露,全姐回到了金水池。

山口内外，几乎所有的精灵都在仰望天空。云端，仝姐手指捏着净土轻轻向下撒落。

太阳还没有出来，部落里的男男女女仍在酣睡。杀气已经散去，迎接他们的是崭新的一天。

但，这样的日子不会长久，只能维持五百个寒暑。

第八章　青崖

一

晴籁是一棵桂花树，生长在溪流边的坡地上，玉骨冰肌，略显孤单。坡顶离她最近的是一棵山梨树，叫留风。

留风迷人的花朵在春风中摇曳，风情万种。

晴籁几次接近留风，留风不待见这个孤单女子，说她瘦得皮包骨，一万年也开不出一朵花来。

晴籁听见了，心头生出一个念头：我也要繁花满树。

秋天，晴籁的枝头一朵花都没有。

晴籁很失落，很苦恼。

春天又到了，那个叫留风的山梨树开了许多花，在晴籁眼里没有一朵是高雅的，就连枝头挂着的果子都有几分下流。

夜晚，青崖那边吹来清凉的风，留风和同伴低声说话，声音传到晴籁的耳朵里。她十分厌恶，身子又往地下缩了缩。晴籁不喜欢她们，除了留风背地里讲她的坏话，还源自她高贵的身份。

晴籁的祖母住在月宫里，一个午夜带着几十枝桂花来青崖游玩。天快亮的时候，桂花们都回去了，单单把晴籁遗忘在溪流边。要怪就怪晴籁自己，几十枝桂花簇拥着登上青崖，她还在独自玩水。待她发现溪流边只剩自己时，天空中桂花们的身影已经越来越远、越来越模糊。晴籁深深懊恼自己的大意。

她默默地呼唤，希望同伴能够回来把她接回月宫。然而，一点儿回应都没有，不只同伴，连祖母都把她遗忘了。

无论有意还是无意，这遗忘十分彻底，几个寒暑过去，晴籁从未被人想起。

在溪流边徘徊一夜，太阳升起的时候，她爬上青崖，对着满地野菊发呆。

残月挂在西天，她还能分辨出哪儿是宫殿、哪儿是山林，却没有乘风归去的本领，回去的日子遥遥无期。在青崖，没有谁能帮助她，这是晴籁最苦闷的时候。

时不我待，她只能落地生根。居住地对她很重要，既不能拥挤喧嚣，也不能孤独寂寞。放眼望去，青崖四周全是高大的竹子，这让她感到憋闷。没有竹子的地方生长着一棵又一棵山梨，她不愿与这些愚蠢笨拙的家伙为伍。她又看了看溪流边的菖蒲和芦苇，从气势上，自己完全可以把它们压下去，而且前来饮水的四脚兽也不会伤害到自己。这时，晴籁的目光里流出几分欢喜。

这是晴籁来到青崖的第二个夜晚，在满天星斗的映衬下，她扎下根来。一株桂花弱苗破土而出。几年后，弱苗长成一株枝繁叶茂的桂花树，然而树上从未有过花朵，没结过一粒种子。这是很寻常的事情，却成了晴籁心里的一块心病。

因为缺少朋友，晴籁感到孤单，无处排遣多余的寂寞。好在急于回到月宫的念头一点点地退去，取而代之的是傲视群芳的优越感。

月宫与青崖各有各的快乐，各有各的烦恼，也各有各的活法。青崖四周没有谁的身份比她更高贵。想到这里,晴籁就感到神清气爽。

夏夜,她乘着月色登上青崖。

夜雾迷蒙,竹林边有一位女子踏歌而来。

> 玉树花影,
>
> 临风无处听暮蝉。
>
> 荒坡野水,
>
> 暗香轻起夜喧阗。
>
> 逍遥浮世,
>
> 观妙有得真寂然。
>
> 幽花弱女,
>
> 云低崖高不记年。

女子来到近前,见晴籁站在崖边上,便停下来朝崖上看。

晴籁觉得女子可以亲近,便回了四句。

> 放浪孤心曲,
>
> 横流野逸言。
>
> 竹风惜月影,
>
> 雾鬓惋风鬟。

女子听见,心生欢喜,冲着崖上问:"你是哪位?"

"桂花树晴籁。你是哪位?"

"棣棠树听霎。"

晴籁赶紧从崖上下来与听霎相见。

两人走到一起，彼此心生好感。听霎发现晴籁身上有一种淡雅的气息，那是别的花树不曾有的。晴籁喜欢听霎走路的样子，飘飘忽忽，却又是一步一步，月光下移动的树影，没有一点儿声音。

听霎告诉晴籁，她生长在溪流边不远的地方，身边有好多同伴，那里无人打扰，每天都过得很惬意。晴籁为两人的相遇而高兴。她们并肩而坐，在崖下待了一整夜，侃侃而谈，互相把手抓得紧紧的。

太阳升起来的时候，光芒穿过草茎照在两人身上。远处，一只受伤的白兔朝她们这里奔来，几个手持竹矛的男人在后面紧追不舍。

他们叫喊着、奔跑着，白兔已经精疲力竭。这时候，它发现正前方草地上坐着的两个女子。在白兔眼里，那分明是两棵树，一棵棣棠，一棵桂树。

白兔意识到，必须向她们寻求庇护。

它一头撞向晴籁。晴籁居然没有躲闪，俯身将白兔严严实实地罩在怀里。听霎一下子站起来，将晴籁挡在身后。男人们朝她俩看了一眼，又向前追去。

危险解除，晴籁将白兔放开。白兔立起身子，蓝灰色的眼睛一闪一闪，感激地看着晴籁。

晴籁心中一动。

白兔又蹦又跳，冲晴籁叫了几声，转身跑开了。

听霎问晴籁，白兔说了什么。

其实晴籁也没听懂，只能轻轻地摇了摇头。

晴籁与听霎都认为她们做了一件该做的事情。她们怕男人们再找回来，很快就分开了。

一天中午，听霎告诉晴籁，青崖来了一个叫飘的年轻人，在溪流边建造了茅屋,看样子要在这里常住下去。晴籁对这个新邻居不感兴趣,说:"一个闲汉,没什么好看的。"听霎好想和晴籁说说飘的事情,结果好没趣。

晴籁站起身,看了看坡上。留风不在,正午时分她的那些同伴都在打瞌睡。晴籁又朝坡下望去,没有风,柳树的枝条全都垂挂着,溪流边几只野鸭在玩水。

每天的这个时候,太阳热烘烘的,部落里的人很少出门,荒野上除了虫鸣再没别的动静。好多天没下雨了,花花草草都很难熬,晴籁却很自在,眯眼看着远处。

听霎看着晴籁,不知晴籁在想什么。

晴籁的心受到诱惑,变得躁动不安。她盼望听霎能够说下去,可听霎却收声了。原因很简单,听霎认为晴籁不想听。晴籁则在心里叹息:听霎就是个痴子。

听霎可不是痴子,她思维敏捷,听力特别好。

两人都不说话,陷入沉寂。

晴籁想出去转转。她站起身,抻了抻麻衣。麻衣是用香草浸染过的,青叶色,无论什么季节都好看。

听霎很了解晴籁,每次出门前她都要打理一下麻衣。看来晴籁的确有事要出去,便打算告辞,晴籁却把她拦住。

"我们一起去转转。"

"去哪里?"

"去水边。"

"好。"

两人来到溪流边,枫杨婆娑,竹篁瑟瑟,晴籁、听霎沿着苍苔草径向前走去。

前方六七个套着草裙的男孩、女孩正在玩耍。快到跟前时，晴籁从他们身边绕过去，听雯跟着她，尽量不去打扰玩性正酣的孩童。

　　晴籁朝竹林走去，那里有一座茅屋，正是飘的住处。听雯有意拖慢脚步，她明白晴籁的心思。

　　飘正在竹林边默坐。高高的竹子为飘撑起一片阴凉，但晴籁、听雯并不需要。

　　晴籁、听雯在飘身边站住，看着他。飘一点儿都没有察觉，这很正常，如果晴籁、听雯不主动现身，飘永远都不会看见她们。

　　飘是个平庸之人，相貌也不出众。晴籁看了他一眼，就将失望写在脸上，听雯看得一清二楚。

　　片刻后，晴籁转身离开。

　　听雯紧跟几步，追上晴籁说："我看这个叫飘的年轻人，颇有些灵性。"

　　晴籁停住，问："跟谁比？"

　　"跟部落里的人比啊！"

　　"那倒是……不过，他也没什么出息。"

　　听雯听了这话，对飘一下子失去了兴趣。她把晴籁当成神仙，毕竟她是天上来的，即使落在青崖，总有一天会离开的。仔细想想，除了身份，晴籁的趣味、格调都与青崖这边的精灵不同。亲近她，对自己绝对是有好处的。

二

　　溪流到青崖只有几箭地远，崖下散落几间茅屋，那里住着老者，还有嘻。

　　经历一百多个寒暑，嘻从孩童长成少年。在他还很小的时候，嘻整天待在青崖边，身边除了野菊花还是野菊花，没有人陪他玩耍，老者根本就不去管他。他没什么爱好，无拘无束、无欲无求，每一天都飘忽在夷愉的梦里。随着年龄的增长，嘻起心动念了，最想知道是谁把他送到这里，将来又要到什么地方去。

几次向老者询问，老者都说还不能告诉他。嘻追问原因，老者既不看他，也不说话，甚至干脆离开或寻别的事情去做，把他晾在一边。

渐渐地，嘻就生出一种孤独寂寞的感觉……

当年，老者对瑶和琪说起嘻的来历，嘻就站在他们身旁，听得一清二楚。那时，他还不能理解其中的含义，因此并不觉得怎样。不知从哪天起，他对自己的身世有了排斥，无论如何都不能接受自己是一场祸乱的产物。天昏地暗的争斗，佛子们谁都不肯低头，那样的过往想想就让人感到恐惧和不堪。

嘻与他们不该有半点儿瓜葛，他要给自己寻找一个出处。

青崖人少，但不荒凉，附近还有几个部落，嘻偷偷地去过，茅屋低矮，族人也显得邋里邋遢，每天为食物发愁，除了首领其他人连名字都没有。最要命的是，他们个个短寿，最长也熬不过几十个寒暑。嘻回来后站在花地里，半天打不起精神。原以为部落是智慧崇高的存在，那里的人应该个个如神仙似的。几次接触下来，嘻清楚地意识到部落并不如他想象中那般美好。即使这样，他也愿意接受自己是从部落里走出来的。

然而，他和部落里那些人有着本质的区别。嘻几天不吃东西也不觉得饿。大白天，他走进部落，那些族人也不会看见他。即使嘻拦住他们，他们也不知躲闪。

嘻既自得又迷茫，是那种看不见未来的迷茫。他有了走出去的冲动，不想继续留在青崖。然而，老者是不会允许他独自离开的。嘻很清楚，老者是他的主宰，违拗不得。

竹林边是个闲看漫听、排遣寂寞的好地方，嘻常去那里听鸟儿们说话。画眉、百灵、山喜鹊停在竹枝上，各种嗓音不停地聒噪。那只老实巴交的画眉，脑袋大大的，喙却出奇地短，嗓音也不大好，它却是最能吵的一个。一天，它看见嘻躺在草地上，突然来了兴致，对身旁的一只松鸦嘲笑起嘻头上的髽髻。

画眉以为嘻听不懂它在说什么，没想到嘻站起身，捡起一根树枝径直朝它走了过去。画眉知道惹了祸，扇着翅膀飞走了。山喜鹊、百灵全都闭了嘴，只有松鸦冲着嘻辩白："我可什么也没说。"嘻瞅了它一眼，将树枝丢在地上："我知道你什么也没说。"

此后，竹林那边的鸟儿一看见嘻就飞走大半，要么就是集体沉默。

嘻最喜欢的是青崖。青崖气象万千，每次登临，他心中都会升起无限的遐想。

他亲眼看到老者将瑶和琪送上青崖，两人在那里做回了仙子。还有数不清的人从那里进进出出。青崖是天地间的门户，从那里能窥见一切，也能改变一切。

这天，老者外出办事，好几天不能回来。无人约束，嘻便独自登上青崖，从黄昏一直躺到次日中午。

青崖并不安静，优雅闲散的仙子、步履匆匆的差役……任何人从这里经过全都会注意到嘻，走过了也会回头再看他一眼。

嘻当然明白这些人为什么对自己感兴趣，那是因为他身上有回避不了的缺陷，让人非要弄个明白不可。

的确，嘻那不着调的形象很让人好奇。十三四岁的头顶竟然还留着几个髽髻，赤脚坐在崖边上，一脸的茫然。

这打扮是老者给打造的，嘻只能接受。

下午，嘻从青崖下来打算回去，见一个女子从远处走来。嘻起了心思，想知道她要去哪里。

嘻站在路边，假装看着别处。

女子叶青色的麻衣荡着淡雅的香气，远远就能闻到。

嘻心里一动，原来她是溪边的那棵桂花树，但不知道她叫什么。

晴籁越走越近，单调的荒野一下子变得活色生香起来。嘻感到兴奋和诧异，他觉得晴籁是朝他走来的。

嘻赶紧转过身来。

晴籁的麻衣很薄，被风撩动起来，一闪一闪的颜色深浅不定，深邃而神秘。

嘻只看了她一眼，便低下头去。

晴籁不止一次地见到嘻，但都是隔得远远的，两人从未有过交集。这次，晴籁有了新的发现，这少年身上有着一种难以捉摸的神秘。这神秘来自何处，她看不出来。

嘻不像部落里的孩子，见到生人就要躲开，被人问话，要么不知所措，要么呆傻木讷。此时，他规规矩矩地站着，侧身给晴籁让路。

晴籁在嘻面前停住，说："小哥，叫什么名字，仙居何处？"

嘻抬起头来，说："花容姐姐，我叫嘻，住青崖下。"说完指了指不远处的茅屋。

晴籁端详着这个玲珑俊秀的少年。他说话大大方方，衣服也穿得干干净净，能与他相遇，实属幸运。晴籁突然觉得尘世除了青崖，还有那几间茅屋，再也没有一个好去处了。

她的思绪有些飘忽，起了一些乱七八糟的心思。

晴籁起了什么样的心思，很难说得清楚，那是一种既模糊又真实的心理存在。看似豪放不羁，实则胆怯心虚；一会儿觉得神圣无比，一会儿觉得庸俗不堪。

见晴籁不再说话，只是盯着自己看，嘻有些尴尬，想走开。

晴籁将他留住，说："我叫晴籁，从月宫来到这里，落脚在溪水旁边。"

听说她从月宫来，嘻立刻有了好感，说道："幸会幸会。"

晴籁的声音很好听："我来青崖已经好几个寒暑，未有相知，你若不弃，常来我处走走。"

嘻也很高兴，说："会的，会的。"

晴籁看出嘻对自己的热情不是敷衍，说："我期待着。"

嘻毫不犹豫地答："一定一定。"

两人相伴往回走了一段路后才分开。

回到坡上，晴籁有些心神不宁，嘻真的会来吗？她的生活百无聊赖，希望这个少年能给她带来一点儿快乐和情趣。

嘻当然会来，而且来得很快。那时，两人分开还不到三天。

和所有树木一样，晴籁的住所根本就算不上屋子，也不怎么宽绰。没有小门小窗，不透风，自然也没有光线，但一点儿也不昏暗。嘻的到来让晴籁一双眼睛添了许多神采，她赶忙往旁边让了让，请嘻坐下。

两人如此接近，嘻是有心理准备的。天底下所有的花草树木居住的空间都很小，没法和地上那些行走的生灵相比。

晴籁歉意地笑笑："我这里不是地上，没什么能招待你的东西。"

嘻并不介意，他也不是为了吃喝而来。他们形体各异，但灵魂一样，潜于地下，安行无碍。

两人感受着彼此的气息。晴籁跪坐着，身材曼妙迷人。由于心里多了一分充分展示自己的欲望，她的眼波流转，散发着一种说不清道不明的韵味。嘻看了她一眼，马上低下头。

沉默了一会儿，晴籁没话找话。

"你在这里待多久了？"

"一百多个寒暑。"

"将来有什么打算?"

"不知道。"

一问一答没有什么实际意义,两人重新陷入沉默。

晴籁看见嘻的鬘髻,说:"你都这么大了,不该留着这几个鬘髻,我帮你剪了吧!"

嘻慌忙说:"不行!"

晴籁不知从什么地方摸出一块锋利的石片,执意要把嘻的鬘髻给割掉。嘻万万想不到她会有这样的举动,有些不知所措。

不管嘻愿不愿意,晴籁往前凑了凑,跪直身子。她一只手放在嘻头上,轻轻地抚摩着。

嘻的心怦怦直跳,脸色通红。

嘻的脸颊差点儿贴到晴籁的胸脯上,他有些上不来气。晴籁可不管这些,抓过一个鬘髻,用手指绕了几下后便开始切割。

她轻轻地切,生怕把嘻给弄疼了。不一会儿,一个鬘髻就被割了下来,她又抓起第二个……

嘻晕晕乎乎地任由她摆布。

晴籁终于将嘻放开,往后退了几步,认真欣赏着自己的"杰作"。

"真是不错。"她随手将割下来的一团乱发丢在一边。

见她高兴,嘻也感到舒坦,也庆幸自己摆脱了糟糕的形象。估摸时间不短了,嘻向晴籁告辞。两人约定后天在溪流边见面。

从晴籁那里出来,嘻觉得头脑里少了一些东西。他停下来,用手摸摸头顶,大概是少了鬘髻被凉风吹拂的缘故。

他接着往前走,越走越觉得有什么不对劲。和来时比,自己的神志明显有些昏沉。昏沉倒也罢了,若老者发现没了鬘髻,会不会怪罪自己呢?

嘻的心一下子悬了起来。

三

嘻回到茅屋，老者一下子就看到他头上乱七八糟的发根，问嘻鬘髻哪里去了。嘻不敢隐瞒，说是被晴籁割去了。

老者没说什么，嘻赶紧躲到一边。

嘻偷眼看老者，只见他神色恬静，伏在条案上看文案。

见老者没有生气，嘻的心稍稍放下。他又去摸自己的头顶，晴籁割发的手法不算太好，发根有长有短，像是刚刚收获过的荒野。

到青崖后，嘻一直规规矩矩的，从不惹麻烦。老者也不是极死板之人，嘻的每一天都很快乐。

嘻看着墙角，那里放着一只竹篮，里面装着一把剃刀，那是老者专门给嘻准备的。嘻有些讨厌它，但愿从此再也用不着它。看着看着，嘻又生出一种别样的心绪，这把剃刀要是在晴籁手里就好了。他能感觉到晴籁割发时很吃力，手指捏得很紧，必定是咬着下唇，皱着眉头……遗憾的是，嘻没法欣赏到晴籁的这种韵致。

遇见晴籁毕竟是一件幸福美好的事情。她柔软的身躯差点儿贴上他的脸，淡淡的香气直扑口鼻，这是一种奇妙的感觉。那一刻，嘻忘记了自己，忘记了老者，也忘记了青崖。

溪流边没有晴籁这样的女子。嘻又马上纠正了自己，晴籁不是一个女子，而是一棵桂花树，青崖下唯一的一棵桂花树。更多时候，晴籁不喜欢被人注意，无论白天黑夜，她总是躲在地下，偶尔外出也把自己藏得严严实实，只有遇到喜欢的花草才肯现出她那迷离的树影。

当然，嘻是个例外。她希望能引起这个少年的注意。晴籁先去溪流边沐浴一番，随手摘下一朵野花插在鬓角，把自己最美的一面展现出来。如果她对嘻不感兴趣，是不会这么做的。

晴籁的美，嘻会牢牢记在心上，反复回味。他甚至期待自己的头发能快点儿长长，以便去晴籁那里，让她给自己再割一次。晴籁的手指十分柔软，不经意地碰到嘻的脸颊，会让他呼吸急促，感到惶恐又享受。

这是一次奇遇，和晴籁相遇是一种乐趣。

老者放下手中的文案，转身看着嘻。

嘻一阵心跳，像做贼一样，怕老者看出自己的心思。

老者当然看得出，而且要阻止他。

"今后，不要再去她那里了。"

"知道了。"

老者没有责备，只是简单的告诫，嘻紧张的情绪立刻得以缓解。他们还会再见面的，不去她那里，不等于不去别处。

这就是嘻，一个少年的小心思——其实，换了谁都是这个样子。

嘻坐下来，靠着墙壁很久未动，心中涌起一股难以言说的滋味。

夜晚，嘻躺在榻上，嗅着风吹进来的花香，心早就飞到溪流边。月影西斜，他还瞪着眼睛注视屋顶，回想起几年前发生的一件事情。

那是一个春天，青崖下所有山梨树全开花了。嘻出门去看小溪，从一棵山梨树旁经过时，一个又矮又胖的女子突然将他拦住。

"小哥，哪里去？"

嘻仔细看，原来是留风。

留风是山梨树中最放浪的一位，经常搭讪部落里的男人。不过，男人们根本看不到她，即使留风主动上前拉扯，他们也感觉不到。留风不过是自我消遣罢了。

有人说她这样做有失风雅，留风眯眼看着他们，下颌微微抬起，完全不当回事。

对嘻而言，被留风拦住可不是小事。若被人传出去，尤其是让老者知道的话，就麻烦了。

留风做事向来随性，完全不计后果，尤以损害他人的自尊为乐，当对方陷入尴尬境地时，反而是留风最得意之时。

留风的穿搭也很特别，一件宽大的深紫色麻衣随风飘舞。她一出现，其他人远远就能望见。

嘻想绕开她。

留风比他还灵巧，根本躲不及。

所有山梨树都看着他俩，留风更添了几分精神。

既然避无可避，嘻索性看着别处。

留风见他不理不睬，便伸手去拉。

嘻不愿跟她纠缠，转身往回走。

留风看着嘻的背影，反而笑了。

嘻不愿招惹留风，又不敢得罪她。每次去青崖，嘻都仔细观察那片梨树林，确定留风不在才敢出门。

一次，他去溪边，还是被留风发现了。她带着几个姐妹把嘻团团围住，非说树上少了几个果子，必是嘻偷走的。

明明是无中生有，嘻却百口莫辩。

看着嘻手足无措的样子，留风欣喜异常。

嘻是无论如何也很难洗白了，更要命的是，他被几个山梨树缠住了无法脱身。光天化日下被人指着鼻子说是贼，嘻又气又急。

纠纷引来许多花花草草，当然也惊动了老者。他刚从茅屋出来就被一个眼尖的同伴发现，她朝留风使了个眼色。这伙儿山梨树一哄而散。

嘻惊魂未定，心里乱糟糟的。

老者笑着走过来,说:"都在胡闹。"

嘻看着老者,说:"我没偷她们的果子。"

老者不理会他,冲着留风跑去的方向挥了挥衣袖。

后来,留风再也不找嘻的麻烦了,大概是受到了老者的警告。

老者转身往回走,嘻跟在他身后。

青崖这条路,没有人能悠然独行。匆匆忙忙,纷纷扰扰,全是身外事。嘻想按自己的本心活着,不与别人发生一点儿关系是行不通的,与晴籁相识,就是个证明。嘻既是走自己的路,也走在了别人早就安排的路上。

这里不是部落,嘻也不是普通人,不会榨取每一天,苛求自己去做毫无意义的事情。

四

晴籁眯起两只眼睛,端详着嘻。她在心里开启了一场冒险。眼神,是最直接的表达方式,将一场前途未卜的热烈传递给对方,这种形式也是要经受考验的。但,晴籁很自信。

嘻是纯洁的少年,身心就像一张打扫得干净整洁的空床,不知谁有机会能躺在上面。

嘻陶醉了。晴籁实在是好看,文静中带着几分羞涩,周围绚丽多变的景色都不如她清纯的双目。还有她身上的这件麻衣,一抹墨绿如同青崖的本色,透着一股神秘的美感。

晴籁安静地看着嘻,说:"我们走走吧!"

"去哪里?"嘻问。

晴籁转过身,看着小溪流去的方向。

嘻轻轻上前,一把拉住晴籁的手。两人沿着溪流朝前走去。

他们脚下没有路，全是没膝的荒草。两人也不在意，深一脚浅一脚地朝前走，散发着青春光彩的背影越来越模糊。

他们找到一块草地坐下，背后是茂密的竹林。这里与那片山梨树有很长一段距离，不用担心被人指指点点。明亮的阳光下，竹叶的绿比任何时候都要显眼。晴籁情意绵绵，身体也软绵绵的，半躺在嘻的怀里，闭上眼睛。嘻一阵颤抖，不住地喘息。他努力地克制着自己，不想让晴籁感到难堪。一只小虫子爬上晴籁的衣袖，嘻小心地将它捏起，丢在一旁。

不知过了多久，晴籁睡着了。望着她湿润的嘴唇，嘻心满意足。他端端正正地坐着，一动不动，生怕惊醒晴籁的好梦。

竹林边上，两只野鸡从容地觅食。溪水边，几只水鸟飞来飞去。

阴凉下，少男少女幽情缱绻，收获了一份甜蜜的幸福。

晴籁醒了，歉意地笑了笑，告诉嘻她刚刚做了一个梦。梦里，她看见好大一片桂花树，从这里一直绵延到青崖，每棵树都开满了黄色的花朵。

嘻的脑海中浮现出一幅画面：清凉的风轻轻吹拂，桂花树化成漂亮的女子轻舞飞扬，场面浪漫如潮。然而，晴籁却是唯一的。她梦里那些桂花树都是平凡的，只有她超凡脱俗，却又返璞归真。

整整一个白天，他们都在竹林边徘徊。

黄昏时分，两人不得不分开。情爱从晴籁眼里流出，流进苍茫的暮色，将青崖都衬得哀怨起来。

晴籁放开嘻的手，说："你不怕老者责备吗？"

嘻看着茅屋方向，脸上闪过一丝担忧，半天没有说话。

晴籁说："这些日子，我们尽量不见面。"

嘻答："好的。"

两人手拉手朝青崖那边走去。走过一段路，他们远远看到一个身穿绛紫色麻衣的女子，一闪就不见了。晴籁相信，那一定是留风。她以探寻别人的私事和秘密为乐，遇到合适的机会张扬出去，许多场景经过她的加工越发细致生动。

晴籁当然是不在乎，但她还是为嘻忧心。

嘻照样沉浸在与晴籁相伴的喜悦中，即使老者怪罪下来，他也能够承受。一天的工夫，嘻就有了主意。

太阳下山了，晴籁看着嘻朝茅屋走去，脸色也没有白天那么红润了。她回头打量着竹林，觉得自己是故意被人抛弃，抛弃在一个完全陌生的环境里。她想起月宫，想起桂花树……

投身青崖，被人遗忘，这是命运的安排。

这也许是晴籁最值得回忆的一天。后来，她离开，对今天发生的事情永不能忘，也永远不会忘。

茅屋里，老者正等着嘻回来。

老者说话跟平时一样，平静，自然。他告诉嘻："从明天开始，你去青崖做事——接替玄龟，掌管文案。"

嘻又惊又喜，老者不但没有怪罪他，反而重用他。老者说，这一切都是和菩萨商量好的。当年，菩萨手持钵盂来到青崖，说有一个小童要拜托老者加以管束，日后会委以重任。老者从青崖下采来几朵野菊交给菩萨，菩萨将野菊装进钵盂后离开。老者回到茅屋，一个小童出现在自己面前。

这小童就是嘻。

嘻还有件事想弄明白，老者今天无遮无掩，有问必答。

"菩萨为什么要带走野菊？"

"菩萨没有将野菊带走，而是成就了你的形体。"

深藏的秘密就这么公开了。嘻豁然开朗，发现自己比过去任何时候都要轻松自信。不过明天就要离开茅屋，离开老者，他的眼中满是留恋。

晴籁回到住所的时候，天完全黑下来了。夜并不安静，睡足了的花草树木要么在星光下尽情游荡，要么找聊得来的同伴挤在一起说话。青崖顺其情感，对它们的野情视而不见。

在别人狂欢的时候，晴籁安静地躺着。白天那股热烈的情绪渐渐消退，与嘻的相遇像是一场游戏，她隐约觉得自己像是完成了一件大事，快要离开青崖了。

她费尽心思地去想，却又否定了自己的想法，想着想着就睡着了。

第二天，老者和嘻去了青崖。那里有一处山洞，玄龟正在洞外等候，显然知道今天有客人要来。

嘻打量着玄龟这个慈祥的长者，自己在这里待了百余年，居然没能发现他。

老者与玄龟打过招呼后，带着嘻走进洞内。山洞不是很深，亦不宽敞，石案四周放着几个石礅。案上放着笔墨纸砚，还有成堆的文案。玄龟说，若不是昨天有人收走了一部分，比这还要多。玄龟还告诉嘻，他每天要做的事就是记录转呈天与地、地与地之间的文案，青崖下有十几个侍者，随叫随到。

玄龟在这里掌管文案已经五百多年了。如今，他转回天上，嘻同样要在这里待上很久。

一切交割完毕，老者和玄龟朝洞外走去，嘻躬身相送，他已经是这里的主人了。

老者和玄龟一个去了茅屋，一个登上青崖。

山洞换了新主人，十几个侍者前来相见，也没有别的事情，各自散去。

嘻一个人留了下来，他要在这里度过数百年的光阴。没有事情可做，嘻一个人来到洞外，不知不觉又陷入昨日和晴籁分别的情景之中。夕阳西下，暮霭沉沉，晴籁依依不舍的样子实在招人怜爱。那时，嘻让晴籁先走，自己看着她。晴籁却固执地站在那里，坚持要看嘻回到茅屋里去。说好这些日子不要见面，但嘻时时刻刻都在向往草地上的宁静与温柔。

接受了这份差事，也就失去了自由，嘻多少有些烦恼。

这天夜晚，听霎来见晴籁，告诉她嘻去了山洞。这消息也是从别人那里听来的，至于准不准确，她也不知道。

晴籁望着满天星光，心里的疑问一下子清晰起来。

深秋，桂花树枝头开满黄色的花朵，浓郁的香气随风飘散，传到很远的地方。转年，青崖下的坡地又生出许多桂花树来。

留风望着晴籁，微微一笑。

这一笑，意味深长。如果没有嘻，这里就不会有这么多小桂花树。

晴籁看着那些尚未长成的小桂花树，很是得意，也很满足。留风陷入苦恼，用不了几年，这片桂花树就会将她包围，他们跟晴籁一样，个个势派。

晴籁知道自个儿有些势派，但也只是在留风面前。那些小桂花树，她可就管不了了。

和所有邻居一样，小桂花树不光说笑、争辩，有时候也来到山梨树前，眯眼看着留风的枝头有没有梨子。

留风没法视之不见，相处之道她当然懂得，也不曾为难她们。

小桂花树渐渐长大，那眉眼、那笑容、那举止与晴籁十分相像，并有一种说不清的韵味，个个可人灵动。

留风笑眯眯地看着他们，心中也满是欢喜。

五

晴籁该离开了，离开这个生机勃发的地方。关于当初自己为什么被人遗忘，晴籁的心头飘过许多想法。这些想法都不成熟，很快就淡漠了。影影绰绰间，她还是明白了一些事情。

她被留下，绝不是无缘无故的。有些事情，看似简单，得细细琢磨。

青崖四周有很多高大的竹子，溪流边的坡地生长着各种树木，几个部落稀稀落落地隐藏在里面。这样的环境很闲适，没有孤独寂寞的感觉，让人惊讶的是，这里比金水池还要太平，每个精灵感受到了仰望青崖风光的轻松与愉悦。看着野菊花开的景色，心中满是欢喜。但晴籁不会久留于此。

一个夜晚，晴籁登上青崖。月光照着崖下的野菊。野菊们低低细语，一个个都有些伤感。她们与晴籁几乎没什么交往，可她毕竟来过，是她们中的一部分，是青崖的一部分。野菊见过许许多多的过客，他们或让人拘谨，或让人敬畏，或让人心虚，或让人紧张……千种万种的，全保留在她们心上。她们喜欢晴籁，源于晴籁温暖以待的品行。还有留风，多年以后她想起晴籁，望着晴籁住过的地方，眼里闪过一丝眷恋。

在青崖最后的这些日子，留风对晴籁生出一种难以言说的亲切。她期待着晴籁能主动走过来和自己说说话，但她一直没有等到。昨天，晴籁从溪水边自坡上走来，留风远远地看着她，心中充满期待。然而，晴籁只是朝她看了看，再没有别的表示。

留风有些后悔，后悔一开始就没能与晴籁走得更近些。

晴籁在听霎那里待了一个白天，告诉她自己就要离开了。

听霎说要去送送晴籁，晴籁没有答应。她回去的过程不能让她清楚地看见。听霎还小，孩子气无法摆脱，万一任性起来不让晴籁离开，也是个麻烦。

有些场景，藏是藏不住的。

当晴籁一步步朝崖上走去的时候，听霎轻手轻脚地朝这边走来，望着晴籁模糊的背影，她既有点儿高兴，又有点儿不舍。

听霎与晴籁的关系十分亲密。尽管分开，那不绝如缕的牵挂，一直在天地间萦绕。

晴籁要走了，青崖正值盛夏，却平添了几分凉意。

这个夜晚，听雯一直在崖下徘徊。

忙完手上的活计，嘻走出山洞。月下看菊是一种雅好，他对野菊有一种特别的好感。在这个无人打扰的夜晚，他可以在花地里待上一整夜。花地飘散着淡淡的苦味，这苦味是纯净的，却让他迷醉。

嘻很快就闻到了另一种香味，甜甜的，十分清晰。他朝崖上看去，一个熟悉的身影。

一定是晴籁！

嘻朝崖上走去，与女子距离不断缩小。他清楚地看见了晴籁曼妙的身影。

晴籁丝毫没注意到身后，而嘻就站在不远处。

嘻不敢过去。为什么不敢？他自己也说不清楚。晴籁这一去，两人再无见面机会。嘻心生柔软，思绪飘忽。

晴籁与嘻两人的情爱很突然也很短，像是一阵风，很快就吹过去了。他们不是天作之合，相遇绝非偶然。

那分明就是一场造化，缘起缘灭而已，晴籁不会像牵挂听雯那样牵挂嘻。

天边，飘来梦幻般的云彩，一个个熟悉的身影半隐半显。晴籁往崖边挪了几步，挥举双臂召唤昔日的同伴。同伴们越来越近，仿佛刚刚离开又回来了。晴籁双手捂着脸，莫名其妙地哭了起来……

第九章　花田

一

金水池。

午后，娆来到山口。附近有一处山崖，景色秀丽。

娆沿着小径朝山崖走去，没费多少力气就攀上了崖顶。

这是她和小伙伴常来的地方，但今天只有她一个人。站在这里清风拂面，不仅可以蠲烦消暑，还可以欣赏湖光山色。

作为首领的女儿，娆有充分的自由。在别人还在田里劳作的时候，她可以躲在茅屋里，慵懒地望着屋顶。她没有理由一直待在茅屋里，睡足了便有了兴致，散散漫漫地走在通往山口或湖边的路上。

崖下青竹连绵，蝉声抑扬，远处云天苍苍，湖水茫茫……这个十三岁的女孩并不专心，看得倦了，眼里闪过一丝茫然。

娆闻到一股未知的花香，花香来自脚下。

她发现崖壁的岩缝中开着一朵黄色的野花。野花很鲜艳，也很别致，她从来没有见过。

娆想把野花拔下来，据为己有。部落里许多女孩子都有养花草的习惯，她们将新采来的野花栽进瓦罐，过些日子就会搬出来显摆，比一比谁的更好看。娆相信，这朵野花绝对胜过其他。

野花就在眼皮底下，想得到它并不容易，山崖很陡，必须下去。崖壁光秃秃的，没有一处可以抓牢。

这是娆生命史上最可怕最不该出现的情景。

娆开始了冒险，蹬着崖壁，一点点地往前挪去。

二

娆站在山崖上，心里刚刚闪过那个念头，雨儿就知道了。她幻化成一朵野花在崖壁上欣赏美景，因为扑鼻的花香被娆发现了。原以为陡峭的崖壁能阻止娆，谁知她知难不退，雨儿想躲开已来不及。此时，她已不为野花是否会被娆采到烦恼，而是忧心娆的安危。

雨儿无奈地看着她，一点儿办法也没有。

娆贴着崖壁艰难地移动着。

雨儿的心提到了嗓子眼儿，不住地祈祷娆能迷途知返。

娆一点儿一点儿靠近，危险也一点儿一点儿增加。野花一步之遥，而光滑的崖壁没有任何地方能够让她踏住。

她贴着崖壁往下看了看，双腿开始颤抖，无力移动寸步。此时再想返回崖上已无可能，她只好硬着头皮双手抠住岩石，紧紧地闭上眼睛。

雨儿唯一能做的就是从背后保护娆，等待她缓过神来。

娆已失去自主能力，恐惧与绝望一阵阵地袭来，她连睁开眼睛的勇气都没有。

不管雨儿用多大的气力，不幸还是发生了。娆的脚下一滑，雨儿随着她一起坠落。雨儿最先坠地，向上托了娆一把。

从崖顶到她们坠落的地方有几丈高，落地前娆心里必定生出了一股悲哀。

结局还算不差，娆保全了性命。

雨儿从地上爬起来，查看娆的伤势。

娆仰面朝天倒在悬崖下，失去了知觉。

雨儿心里不知是悲，是喜，是哀还是怨。她突然生出一种使命感，娆把生死交给了自己。

一定要救活她！

雨儿开始施救。然而，娆的神识脱离了躯壳，四处飘荡，雨儿就是追不到。

无论雨儿如何努力，都无法使娆清醒过来。

黄昏很快到来，雨儿望着西方的天际，那里升起一团乌云。她期盼那团乌云能够迅速扩展，随风来到山崖的上空，降下一场大雨。

黄昏的雨，也叫暮雨，能为雨儿所用。借助雨气，她可以收住娆的神识，让她清醒过来。

没有风，那团乌云很快就消散了，雨儿非常失望。

天完全黑下来，雨儿更加忧心。她害怕野兽出没，如果那样，自己根本没法应对。所幸，险象没有出现。

从下午到夜晚，雨儿一直守护着娆。

星光满天，山崖变得一片苍凉、寂静。娆醒过来，试着动了动身子，浑身软绵绵的。

娆有些困惑，不知道自己在什么地方，也不知道发生了什么。她努力地搜寻着记忆，却什么也记不起来。

渐渐地，她感到自己有点儿力气了，睁开眼睛慢慢地坐起。

她发现身旁坐着一个女子。

尽管是晚上，娆还是能看清那女子麻衣麻裙，头发高高绾起，也正看着她。

第九章 花田

"花容，你醒来了。"

"你是谁？"

"我叫雨儿，就是白天你要采摘的那朵黄花。"

娆听不懂她说的话："你叫雨儿，怎么又是黄花？"

见对方诧异，雨儿再次强调："崖壁上那朵黄花就是我，你从崖上坠了下来。"

娆定了定神，一点儿印象也没有。她看着雨儿，问："这是什么地方？"

"山口。"

"山口是什么？"

"是进出金水池的路。"

"我是谁？"

"你是娆。"

"娆？"

"娆就是你。"

娆怎么也想不起来自己是谁，只是木然地看着远方。

远近除了几声不知名的鸟叫，一片寂静。

雨儿知道娆的状态很不好，若不及时施救会有更大的麻烦。

"跟我走吧！"

"去哪儿？"

"花田。"

"去花田干什么？"

"想办法让你清醒过来。"

…………

雨儿将娆从地上扶起。

娆的额头沁出汗珠，眼神迷茫。

"走吧！"雨儿搀着娆，慢慢地朝山外走去。

三

去花田，出了山口要一直西行。山崖到花田，雨儿自己只需片刻工夫，带上娆，就很不容易了。没有现成的道路，她们蹚着荒草缓慢前移。临近午夜，她们才看见那片花海。

花田是一块荒野，分东南西北四隅。

雨儿住在北边一隅，她没有回到自己住的地方，而是必须找到一个人——雾儿。

雾儿就是夜雾，雨儿的师妹，住花田西边一隅，那里有一间小屋。

抬头看看星空，天河的水汽正在向下漫延，这让雨儿感到振奋，一会儿就有雾了。雾儿一定能使娆转危为安。

雨儿拉着娆，急匆匆地朝雾儿的小屋奔去。

两人在屋前停住，雨儿轻轻地叫了声："雾儿……"

没有回应。

雨儿又叫了两声，寂静依旧——雾儿不在。

她回头看看娆。娆失魂落魄，就像被秋风掠过的一片枯黄的叶子。

附近的花草全都睡去了，四周十分安静。

雨儿仰望星空，心里默默呼唤：雾儿，你在哪里？

雾儿去浮罗山游玩，归来途中被蟾家拦住，无法脱身。

如果不是贪看沿途风景，雾儿很快就能回到花田。小径小溪、四脚小兽、夏虫鸣叫、艳丽的飞鸟，无不吸引着她。它们一个个都有鲜活的故事，而雾儿更关注每个故事的细节，好奇贪玩误了她好多时辰。

然而，她遇到的最大的麻烦是黑蟾和绿蟾。

临近午夜，天边涌起雾气。雾儿停下来，期待雾气的到来。乘雾而行，很快她就可以回到花田。

雾越起越浓，很快就将雾儿严严实实地包裹起来，借着雾气行走果然很是爽快。白色的雾气干干净净，雾儿也干干净净，虽然在田野上行走，却纤尘不染。精灵们见到雾儿全都闪到一边，让出一条道路。

这样的场面，只有夏秋才会出现。一旦进入冬春，就很难见到雾气了。

花草树木快速朝雾儿身后掠去，所经之地的精灵全都注视着她。雾儿看不清它们的脸，但知道它们都很羡慕自己。她心中涌起一丝傲气，于是将身子挺直，张开双臂，面孔微微上扬，任凭麻衣麻裙在风中舞荡。

这是雾儿最欢喜、最惬意的时刻，借助雾气，她可以施展各种手段。

前方出现一道荒坡，过了荒坡就能看见花田。然而，她被一只老蟾看见。

蟾家族赶紧守在这里，等着雾儿的到来。

雾儿在蟾家族面前停住。

老蟾一脸憔悴，见到雾儿后带着他身后百十个绿蟾齐齐跪下。

雾儿不得不落到地上。

雾气缭绕，老蟾伤心地跟雾儿讲起白天发生的事。

荒坡上，蟾家族与蝎家族世代不睦。这个上午，两大家族突然爆发冲突。蝎家族以排山倒海之势向蟾家族压了过来，不到半个时辰，蟾家族就败下阵来。老蟾带着子孙连滚带爬地撤离了荒坡，黑蟾、绿蟾命运不济，被蝎家族捉住后分别用一截树皮缚住双腿，挂到了树枝上。

黑蟾、绿蟾大声呼叫，蟾家族却不敢去救。烈日下暴晒，二蟾命悬一线。傍晚，蝎家族退去，小蟾前去察看，二蟾奄奄待毙。蟾家族无力相救，遂恳请雾儿出手。

雾儿十分不忍，让小蟾带路前往营救。

黑蟾、绿蟾倒挂在树枝上，身了已经变色。雾儿将他们从树枝上解下，老蟾赶紧叫过几个力气大的蟾家驮起二蟾赶往水边。

此时，雾气散尽，天地间一派空阒。

虚空中传来雨儿的呼唤。雾儿知道雨儿找她一定是有什么重要的事情。

她朝花田望去，雨儿就站在自己屋前，身边还站着一个女子。

如果不是什么急事，雨儿不会上门，必须马上赶回去！

老蟾邀雾儿去府上用茶，雾儿告知她要赶紧离开。

只见她解下腰间的带子，抛向漫无边际的夜幕，一条小路飘飘荡荡出现在眼前，尽头是一片花海。

她一步踏了上去。

金水池山外最亮丽、最壮观的一幕出现了——雾儿流星般飘过荒野，回到花田。

雨儿平心静气地等着雾儿，她知道雾儿一定会回来。

相见过后，雾儿端详雨儿身旁的女子，立刻明白：这是一个急需救助之人。

雾儿问："她是谁？"

雨儿答："她叫娆，是部落首领的女儿，午后从崖上坠下来了。"

雾儿打量着娆，发现她的神识就在不远的地方飘荡，整个人混混沌沌。此时若有雾气，她很容易就能收住娆的神识并使之回归，娆也会清醒过来。

因为蟾家的事，她耽搁了，没有乘着那团雾气回来。

雨儿张开双臂，抬头望向天河，企盼能有水汽降下。有了天河的水汽，雾气就能生成。

她的努力不过是徒劳，天河的水汽正往回聚敛，已经没指望了。天边干干净净的，别说水汽了，就连半片云彩都没有。

雾儿也很无奈。

她往前走了几步,来到娆的跟前。

娆一点儿反应也没有,犹如半截木桩竖在地上。

不知为什么,雾儿对娆生出怜爱之情。娆低头站着,匀称的身材带着一种神韵,不仔细看是不会发现的。

"总觉得她不是个寻常女子。"雾儿说。

雨儿听了,也端详起娆来,还凑到娆跟前,弯下身去瞧被头发遮盖的脸。

清瘦的娆算不上漂亮,脸色有些苍白,眉眼却很迷人。她的麻衣麻裙虽然很旧,却干净整洁,典型的邻家女孩形象。她虽一句话不说,却让人觉得她心中装着万语千言。

已经是四更天了,没有风,花田一如既往地平静,草木的枝叶变得有些潮湿。

雾儿知道,今晨的凝露很重。

雨儿用手拂了一把身旁的蒿草,叶子已有湿意。

一天的郁闷随之消解。别无他法,只能去找师姐朝露——露儿想办法了。

露儿住在花田南边一隅。

告别雾儿,雨儿带着娆上路了。

四

这一路,并不顺利。

娆越走越慢,最后在一棵老柳树前停下来。雨儿知道娆实在支撑不住了,只要有一分力气,她都会坚持前行的。

雨儿拉起娆的手,发现很凉,她的状态的确不好。可是,还有半个时辰的路程要走。雨儿很无奈,却也只能先歇息一下了。

情况远比雨儿想的严重，娆一下了瘫倒在地，不省人事。

雨儿呜呜地哭起来，害怕娆再也无法醒来。哭声惊动了一位老汉。

"花容不必忧心，我来了。"远处传来一个苍老的声音。

雨儿顺着声音传来的方向望去，只见一位老汉来到跟前。

老汉有好几个晚上没出来转悠了，见雨儿遇到难处，便从柳树底下站起，朝她俩走来。

雨儿知道他是一棵老柳树，便迎上去。

老汉听了雨儿的讲述，说了一些安慰的话，又来到娆的面前。他蹲下身子，两手罩住娆的头顶。他像是使了很大的力气，两条胳膊瑟瑟发抖，如同带着树叶的枝条，雨儿甚至听见身旁那棵柳树的叶子发出簌簌的响声。

娆轻轻地哼了一声。

老汉移开双手，娆缓缓地坐了起来。

雨儿赶紧扶住她。

老汉说："她坚持不了多久，得快点儿离开。"

雨儿索性将娆背到身上。

"后会有期。"说完，雨儿就背着娆往前走去。

东方露出晨曦，地上的荒草湿漉漉的。

雨儿就这样带着一颗温情、无助却又焦急不安的心，背着娆走在晨光中。

露儿是她们唯一的希望，太阳出来之前一定要找到她。草长林深，藤缠蔓绕，背着娆，每走一步都十分困难，可雨儿不敢慢下来。

依稀可见露儿的屋子了，雨儿停住，将娆从后背放下来。

露儿屋子的四周种满了芭蕉。一到秋天，在太阳升起前，露儿都要到外面收集芭蕉叶上的露水。

她看见了雨儿她们，立刻奔来。

雨儿已经很累了,但见到露儿还是强打精神,表现得很兴奋。

看见露儿,娆倦怠的目光里闪过一丝神采,但很快就消失了。

听了雨儿的叙述,露儿禁不住发出一声叹息,"真是难为你了。"

雨儿笑了笑,说:"没什么。"

露儿扶着娆往屋子那边走,三人在一株芭蕉前站住。芭蕉叶子上,停着好大一颗露珠。

露儿让雨儿察看那颗露珠。

露珠晶莹剔透。

露儿问雨儿:"你看见了什么?"

雨儿一边看一边说:"里面有一个女子的身影。"

露儿说:"好像是娆。"

雨儿心中掠过一丝悲伤。她很想哭,然而那悲伤很快又为欣喜所取代。她相信娆和自己同种同属,或许来自同一个地方。

通过雨儿一天来的经历,露儿也感到天地间的寂寥无边,人与人、花草与花草之间有一种默契,那是一辈子想躲都躲不掉的默契。

露儿双手托起芭蕉叶子。

雨儿小心翼翼地将那颗露珠滑落在露儿手心。

娆好像知道自己的灾难已经走到尽头,蹲下身子。

露儿捧着露珠,来到娆的身边,双手放上娆的头顶,露珠落下。

一阵清凉从娆的头顶一直浸润到心间,她睁开眼睛,看着露儿、雨儿。

"这是什么地方?"娆问。

雾儿回答:"花田。"

娆看了看四周,果然是一片花海。她从一种似睡非睡的状态中忽然清醒过来。

直到这时,雨儿才松了口气。

娆说:"记得我攀上山崖去摘一朵野花……"

雨儿说:"你从崖上坠了下来。"

娆流泪了,随着神识的回归,白天的经历清清楚楚地出现在自己的记忆里。

东边天际飘来一朵云彩。云彩越来越近,雨儿、雾儿看清了,那是花田婆婆。

婆婆回来了。她的身影渐渐出现在秋日早晨的风景中。她住在荒簡楮,只有四个季节均分的那个日子才来到这里。万物假借因缘聚合,婆婆每年四次降临花田,不是目的,而是过程。花田四季,有不同的风光。婆婆归来,花草树木分外鲜艳,它们企盼能有机会受到她的眷顾。这是花田的繁华时光。一阵兴奋过后,婆婆即将离开,花田又开始盼望她的归来。

云彩在雾儿的屋前停住,婆婆从云上走下来。

雨儿、雾儿双双跪在婆婆跟前。

婆婆看着两位徒女,说:"起来吧!这里发生的事情,我都知道了。"

两人站了起来。

"那位花容当有此难。"

听婆婆这么说,雨儿、露儿似有所悟。

娆木然地看着她们。

婆婆问娆:"花容,为何不来见我?"

娆走过去,跪在婆婆跟前。

"娆,你本是天河边的一株兰草,那日被茶花仙子带到人间。我今日收你为徒,你可愿意?"婆婆说。

娆抬起头来答道:"愿意。"

婆婆说:"我另给你取个名字——流霜,小字霜儿。"

娆答:"霜儿记住了。"

婆婆说:"一会儿雨儿送你回去,今天的事情不可让他人知道。"

娆说:"霜儿谨记婆婆教诲。"

她站起来,冲着雨儿、露儿轻拜:"见过两位师姐。"

"幸会!幸会!"雨儿、雾儿挽着娆的手,三人站在一起。

离开天河,三株小草又在这里相遇。

此时,娆还不能理解婆婆为什么给她起流霜这个名字。霜虽然肃杀,又非常美,既有雪的洁白,又有露的晶莹。

太阳出来了,照着绵延起伏的花田,天地间一片空明。

雨儿、雾儿以怜爱的目光看着娆。娆还小,心智尚未成熟。这样的女孩儿无论走到哪里都让人怜惜,所有人都愿意接近她、帮助她。

娆即将回到部落,今后她的一举一动都会有人注意,这对她来说算得上是一件好事。

婆婆走了。一会儿,娆也会离开花田,离开拯救的她的露儿、雨儿,还有雾儿。与过去相比,娆现在变得很安静,大概是她知道了自己的出身,且又有了一个新名字——霜儿。人感应天地,因为满天的飞霜,霜儿才有表现自我的机会,那是未来的事情。

有时,经历比结果重要。当然,娆能拥有露儿、雨儿、雾儿三位师姐,也是一件幸事。

五

不知娆去了哪里,首领盛派人连夜寻找。直到第二天中午,一个男人才在山口发现她。

当时,娆坐在土路边,像是一个走累的外乡人坐下来歇息。

男人问她,怎么在这里?

娆说，她刚从花田回来。

男人问她，花田是什么地方？

娆说，离这里很远。

男人并不关心花田在哪里，能找到娆就好。

娆看上去很疲惫，毕竟走了太远的路。

男人将她背起，朝部落走去。

娆回来了。听到这消息，外出寻人的族人陆续返回部落。最晚回来的几个女人疲惫不堪，一边走一边打着哈欠。

茅屋的门打开了，首领走进来，身后跟着一群女人。

娆躺在干草铺上，表情淡漠。

首领站在娆的身旁，不解地看着她。午后的阳光透过窗子照在娆苍白的脸颊上，看不出她在想什么。

首领询问娆过去一天的经历。

娆说，她迷失了方向，去了一个渺无人烟的地方。

接下来，不管人们如何追问，娆就是一句话也不说。

初秋，茅屋里有些闷热。首领见娆并无大碍，叮嘱她以后不可独自出去。

娆答应了一声。

有人给娆送来吃的。她依旧躺着，看都不看，完全没有食欲的样子。

首领走后，一个女人来到娆的跟前，为她轻轻地摇动蒲扇，发现娆的眼睛一亮。她停下来，认真观察——娆果然有了精神。

所有人都看见了，心中一阵欢喜。

娆的脸颊泛起红晕，坐了起来。

从花田回来，娆像变了一个人似的，不再懒散，只是有些消沉。她好像听进去了首领的话，老老实实地待着，哪里也不去。其实，她早已厌倦了部落中的庸常岁月，心野上泛起另一种绿色，渴望能早日回归花田，回归天河。这个念头犹如一缕清风，吹拂着她稚嫩的心。

她不想成为传宗接代的工具，没有人能够看清她的心思。如今，金水池所有部落的首领全都换成了男人，女人说一不二的日子已经远去，甚至还要遭受男人的虐待。在湖边，娆曾见有女人被男人揪住头发，往水里拖去。女人麻裙上的带子在拉扯中断了，麻裙脱落，她腰以下袒露出许多。

每当想起这个场面，娆的心就像被什么东西撞击了一下似的。

深秋的一个晌午，她去了大湖。坐在巨石上，看茫茫大水，她的心境比留在茅屋里要开朗许多。

她试图将盘桓在心中许久的心思告诉花田婆婆，并极为迫切地想见到雨儿。

这时，一群人来到巨石边，娆不想受到他们的打扰，从巨石上跳下来。

一只口衔落花的燕子从娆的头顶飞过，沿着湖岸一直向西。娆追随它的飞行轨迹往前走去。

转眼间，燕子没了影子。娆在离水边不远的地方坐下。身后不远处是茂密的竹林，秋风轻轻摩挲着竹叶，耳边除了沙沙声，再无别的声响。

这个时节，湖边已有了凉意。娆缩紧了身子，双手抱住肩膀。该不该在这里消磨一个下午，她有点儿惶惑。

正午的阳光，灿烂如金，娆不想回去。

她放空头脑，凝视大湖。

风拂过浩渺的水面，湖中不经意间出现一条小船。

娆觉得那条小船是朝她漂来的。

她的感觉是对的！小船越来越近，船上坐着三个女子。

一个熟悉的声音在呼唤她："霜儿，我们来了。"

娆一下子跳起来，她看清了，呼唤她的正是雨儿，还有露儿、雾儿。

她们站起来，都在向娆招手。

娆挥舞着双臂，一边答应一边朝小船跑去。

小船在岸边停住，雨儿伸手将娆接住。娆灵巧地跳上船，挨着雨儿坐好。娆十分不解，没有艄公，她们是怎么把小船弄过来的？

露儿看出了她的心思，手指在船头上方画了一下，小船便慢慢转向，朝着湖心漂去，于大水之上昂首前行。

娆问："我们去哪里？"

雨儿答："荒籥楷。"

娆问："一直乘船吗？"

雨儿答："是的。"

娆问："荒籥楷是什么地方？"

雨儿答："婆婆那里，我们每年都要去。"

娆问："什么时候回来？"

雨儿答："用不了两个时辰。"

娆说："我不想回部落了。"

雨儿问："为什么？"

娆低下头，没有回答。

小船渐渐脱离水面，在云雾间稳稳穿行。不一会儿，前方出现一片烟树，背后是一道模糊的山梁。小船渐渐慢下来，在一条青石铺成的小径前停住。

娆的眼睛瞪得大大的，终于看清了那些树冠，茂盛的枝叶上开着许多蓝色的小花。她从没见过这种树，又不好意思问，跟在三人身后。

小径穿过树林一直向前方延伸，广袤的原野与花田并无二致。偶尔也会遇见几个行人，无论男女都长得极有精神；无论须发苍白的老翁，还是风流飘洒的少年，都是相似的样子：高挑匀称，腰板挺直，走路飘而轻，见到她们四人，也只是淡淡一笑，什么都不说。

娆不由得轻叹道:"天地悠悠,为此最久。"

青黛色的山梁就在眼前,娆瘦弱的身影在青山的映衬下显得越发单薄,她的神态虽然幼稚,但很惬意。

露儿、雾儿走在头里,雨儿伴着娆跟在她们身后。

雨儿问:"你真的不想回金水池?"

娆答:"是的。"

雨儿说:"婆婆轻易是不会让谁留下来的,对你也许会是个例外。"

娆忽然有了一种感觉:莫非是婆婆安排她们三个把自己接到这里的?

她眼中一下子迸发出光彩,望着无边无际的荒野,离开部落的念头越发坚定。

此处与金水池有着很大区别,这里到处生长着兰草,一朵朵蓝色的小花冲着天空开放。蓝花、蓝天让人顿生快意,给人带来无限自信与憧憬。

走过一片荒野,烟霞中出现一座茅屋。露儿转身对娆说,那就是婆婆住的地方。

娆看见许多和自己一般大的女子,头上都插了鲜花,站在茅屋前朝这边观望。但她们没有说话,这种沉默让娆有些发慌。她站在那里,不敢往前再走一步。

女子们规规矩矩,像是在等待什么。

雨儿牵着娆的手说:"她们和你一样。"并朝那些女子挥挥手,女子们很快朝这边走来,将娆围住。

露儿将娆介绍给众女子:"这就是霜儿。"

其中一个轻轻赞叹:"多招人喜欢啊!"

娆有些不好意思,不知该说什么。鹅黄、酽红、米白……众女子头上的鲜花绚烂多彩,在花朵的映衬下,娆显得越发可人。

露儿、雨儿、雾儿率先朝茅屋走去,众女子簇拥着娆,紧跟在她们身后。

第十章　著夷

一

蟜爬上崖顶，望着天边的落日出神。他在等一个人——著夷。

崖上起了风，蟜长长的头发飘舞在脑后，破旧的麻衣勉强遮住身子。好一个孤单的年轻人！

大峡谷的黄昏渐渐转凉，草丛里蛰伏了一天的虫子开始外出觅食，蟜的好友蜩和蛤，也出现在谷底。

蜩和蛤刚刚脱去笨拙的躯壳，能够自由自在地行走。在温柔的霞光下饱食完百合花的种子，两人的脸现着淡淡的红润，同类对他们两个羡慕不已。

蟜在崖顶的最高处坐下来，望着金水池方向。璞离开大峡谷前一天的早晨，也曾坐在这里耗去整整一个白天。

那个黄昏，蟜伏在草丛里，看着奀女一步步登上崖顶，在璞的身边坐下，两个深黛的影子依偎在一起。

于今想起，璞在大峡谷的最后时光里与蟜互不相干，听蜩说璞和奀女明天就要离开，此后再也不会回来，蟜心想要不要去送送他。想来想去，他还是放弃了。

蠕和璞算不上友好，但也不再互相伤害，那是鼋婆的功劳。

在胭脂渡，鼋婆告诉璞当去大峡谷与其化解前嫌。她还说这样不但对璞好，对那个生灵也有好处。

璞照鼋婆说的做了。

璞和奻女离开胭脂渡一路向西，在两天后的下午来到大峡谷。低矮的茅屋还在，屋顶的茅草已被风刮走不少，看上去尚能遮风挡雨。

璞钻进茅屋，瓦盆、瓦罐一件不少，就是没有吃的。他并不担心挨饿，部落族人都喜欢璞，讨点儿吃的不成问题。

看见璞和奻女在大峡谷旁的花地上收拾茅屋，蠕心里五味杂陈，他不明白，这个冤家怎么又回来了？

这天夜里，蠕在睡梦中被惊醒，是璞在叫他。

蠕有些心虚，毕竟自己伤害过对方，到底去还是不去呢？犹豫片刻，他还是决定去见璞。

还没爬到璞的茅屋前，蠕就发现璞已经坐在外面等他了。蠕在璞的正前方停住，璞要他坐下来说话。出乎蠕的预料，璞显得很和善。

原来，他是来冰释前嫌的。

蠕反倒有点儿内疚，低头坐下。璞的意思他全都懂得，却一句话也不说。

璞知道蠕的处境，也不再多说，两人就此分开。第二天，璞和奻女去了金水池，在那里见到了瑶。

秋风过竹，竹叶瑟瑟，璞已经被瑶尘封在心底，两人的关系也已成了遥远的过去。清晨，瑶和琪去了青崖。几天后，璞带着奻女返回大峡谷。

接下来的日子里，蠕一直躲着璞。

然而，璞已经不再纠结于昔日的恩怨。璞和奻女离开，飏和离又住在这里。茅屋四周，一片花海。

百十个寒暑，说过去就过去了。飓走后，离回到原来居住的地方。大峡谷的百合失去了庇护，一代又一代沦为蠕的食物。如今，花海早已不再，不成气候的几株百合迎风战栗。蠕也脱去笨拙的躯壳。从此，大峡谷多了一个男人，一个对人情世故颇为敏感的男人。

太阳隐去最后一点儿光辉，大峡谷一片昏暗。

还是不见著夷的身影。蠕离开崖顶，一步步朝谷底走来。

蜩和蛤推推搡搡只顾玩耍，对蠕视而不见。

蠕在他们身边站住，说："大祸临头，你们两个还有心思玩耍？"

"你说什么？"蜩和蛤异口同声道。

蠕看着他俩，说："花地的百合被你们祸害了多少？"

蜩急忙申辩："这事可不能全怪我。"

蛤明显不服："我捡拾的那点儿还没你祸害得多……"

蠕指了指花地，几个百合仙子正在那里安抚劫后余生的花朵。

不知接下来会发生什么，蜩和蛤明显有所忌惮。

蠕说："你俩谁也脱不了干系。"

蜩说："我俩能做什么？"

蠕说："盯着她们，看她们要去什么地方。"

蜩和蛤点头答应。

二

几天前，六个百合仙子相约来大峡谷游玩。那片花地是众仙子心中美好的回忆，每每想起，眼前就是百合盛开、烂漫如潮的宏大场面。

百合仙子在山口落下。放眼望去，她们没有看到百合花的娇嫩与美丽。溪流边，四五株百合在风中摇晃。

幼稚的百合花不会说话,只是默默地看着六位百合仙子,眼神哀切、凄婉、催人泪下。

黄衣百合上前,轻轻地抚摸着它们。

溪流边,一个小童正在嬉戏。紫衣百合走过去,问小童哪里还有百合。小童告知部落那边还有几株。

怎么会这样?紫衣百合心中有了疑问。

百合仙子全都走过来围着小童,从他那里打听百合的事情。

小童对紫衣百合说,很久以前大峡谷到处都生长着百合花,后来花朵逐年减少,成了现在的样子。蟜和他的家族,把百合花几乎吃光了。蟜还捡拾百合花的种子送给一条叫菁夷的毒虫,而蟜正是菁夷的徒儿。

又是蟜,还有菁夷!百合仙子沉默了。

众仙子回过神来,想再跟小童说点儿什么,却发现小童不见了。

菁夷虽住在大峡谷,但除了蟜,没人知道他落脚的具体位置。菁夷行踪不定,蟜平日也很难见到师父。

蟜的蜕变就是菁夷帮助完成的。蟜除了自己啃食百合,每年还要收集许多百合花的种子送给菁夷。菁夷用它做什么,蟜并不清楚。

事态严重!蟜要赶紧找到菁夷。

菁夷并未陷入恐慌,这种场面正是他所期盼的。百合仙子落地的那一刻就被他看见了。他不愿惊动蟜,想一个人离开。但还是晚了一步,蟜已经找上门来。

蟜告诉菁夷,百合仙子正在查看花地,发现没有百合,必然不会善罢甘休。

菁夷淡定地告诉蟜,这些仙子没什么本事,看了也是白看。他要去一趟金水池,过几天才能回来。

菁夷保持着一种坦然的神色,又对蟜交代几句后,赶紧离开了。

因为百合花，蟡和璞有过较量，他不相信事情会如此简单。蟡也想像著夷那样一走了之，但他不敢违抗师傅的交代。他必须留在这里等著夷回来。

百合仙子拿蟡没办法，更不敢触碰他背后的著夷，但百合花凄楚的样子又让她们咽不下去这口气。思来想去，仙子们打算请求璞的帮助。

一个晴朗的夜晚，黄衣、红衣、紫衣三位仙子登上崖顶，像当年那样轻轻地呼唤璞。

璞站在筱园门口，听见了百合仙子的呼唤。

声音来自大峡谷。

璞朝园子里看了一眼，琂和瑡正在说话。璞将瑡叫到身边，简单交代了几句，便登上一片云彩朝天河边的花地飘去。

花地旁边，绿衣百合正恭候在那里。

璞在她面前停下，问："大峡谷那边是不是有什么事情？"

绿衣百合说："百合花们遇到了麻烦。"随后把刚知道的事情告诉了璞。

附近的百合全都走过来，恳请璞去大峡谷帮助她们摆脱困境。

璞不再是一个任性的少年，知道自己该怎么做。他对绿衣百合说："你们先在这里等着，我回去见公公。"

没有公公的允许，璞是万万不能离开的。

公公正在院内闲坐，见璞进来，问："大峡谷有人在找你？"

璞赶忙回答："大峡谷的百合花所剩无几，百合仙子要我前去帮忙。"

公公说："给你几个时辰，快去快回。"

璞问："如果我有所耽搁，还请公公原谅。"

公公摆摆手道："还是让瑡来替你守门，赶紧去吧！"

告别公公，璞径直来到天门。让他惊奇的是，绿衣百合等六位仙子已在这里恭候。

第十章 著夷

此时，飏正冲着天门外的白云出神。

璞悄悄地来到他身后。

飏立刻转过身来，他的灵性已今非昔比。

"是不是还想从我这里混过去？"飏问。

璞摆摆手说："是公公答应我的。"

飏看着他身后的六个百合仙子，问："你们一起出去？"

璞点点头。

飏一下子想到了大峡谷，当年为仙子们留下的那些百合花，他和离没少费心。归来后，仙子们看见他，就像这事根本没发生过似的。

飏放璞过去，六位百合赶紧跟上，蓝衣百合走在前面。

飏将蓝衣百合拦下。

蓝衣百合十分诧异，说道："我们和璞是一起的。"

飏一本正经道："没听说过呀！"

绿衣百合赶紧上前说："飏，你的好处我们都记着了，今天我们确有急事，你就别闹了。"

飏知道她们实在着急，玩笑开得不是时候，立马闪开，放仙子们过去了。

璞折返回来，看着飏说："把你的玉符借我一用。"

飏摸了一把挂在腰上的玉符，说："它可是刚要回来的。"

璞伸出一只手，说："用不了几个时辰就还给你。"

"天官知道会怪罪的。"说着，他还是解下玉符交给了璞。

璞看着已经在天门外等候的百合仙子，抓起玉符奔出了天门。

飏的心中五味杂陈。他想起离，归来后一直没有她的消息。他羡慕璞，说去哪里就去哪里，而自己……唉！

一大片云彩朝这里飘来，璞分出一块，迅速隐入其中。六个百合仙子挥起衣袖各自笼住一团云气。雾霭弥漫，璞与众仙子向着大峡谷飘然而去。

云光迅疾，程途短暂，大峡谷清晰可见，璞却转了个方向。百合仙子明白璞的意思，紧紧跟上。

　　金水池的夜晚，十分宁静。璞在巨石旁停下，心里叫了声"全姐"。如果是白天，璞一定会直接去山洞见全姐。此时毕竟是夜晚，身后还跟着一群仙子，璞得表现得稳重一些。

　　全姐听见是璞在叫她，人就在巨石旁边。

　　她立刻爬起来，回应璞说这就去见他。

　　出了山洞，全姐的面颊微微泛红，眼神中明显流露出期待。她步子很轻，脚尖落地时几乎听不见声音，行进得却很快。

　　每当想起璞，全姐就生出隐隐的悔意。璞离开的那个夜晚，她没去湖边送他，这是她心中永久的痛。

　　见到璞，她要好好看看他。一百多个寒暑过去了，他有多大变化呢？相见的一刻，该由谁先说话呢？全姐的心湖漾起一圈圈细密的涟漪。

　　全姐之所以会迷恋璞，除了两人一起生活过之外，大概还有一个原因——天河。全姐是一个野心十足的女子。那年，璞两次来金水池告诉全姐，瑶去了玉阙。玉阙那地方全姐想都不敢想，对茶山她却情有独钟。前些日子，在九重天遇见琪，这个念头就更放不下了。

　　璞安静地站在湖边，身旁还站着六个女子。晴朗的秋夜，金水池能有多少这样无可挑剔却又微不足道的身影？

　　全姐在他们面前站住。

　　百合仙子不急不躁，安静、温柔地看着全姐。

　　璞往前走了一步，说："全姐，这是六位百合仙子。"

　　全姐迎上前去。

　　"小女子全姐有礼了。"

　　绿衣百合一把拉过全姐，说："不可不可，叨扰了。"

璞说:"全姐,我们有件事情请你相助。"

听说她们是百合仙子,全姐就猜出了七七八八,大峡谷那片花地的事情她早就有所耳闻。全姐乐意结识天上的每一位仙子,她当然不会放过这样的机会。

百合仙子是在安逸的天河边无忧无虑地成长起来的,不曾经受人世间的磨难和压力,遇到今天这样的困境就有些不知所措。

此时,她们的心情并不轻松,全都求助般地看着全姐。

全姐向来看重自己的名声。在金水池,无论谁来求助她,只要能帮得上忙,她都是有求必应。大峡谷这件事义不容辞。

全姐挺直身体,双眼温柔地看着璞。

"我能做些什么?"

"只有你知道离在哪里,找到她就能知道我们的对手是谁。"

"这个容易,离一直在巨蟒身边,我们这就去找她。"

临近午夜,湖上起了风,水波激滟。几片云从巨石旁升起,向东北方飞去。巨石下面,亮、明、宝、和听见了他们说的话。距离有点儿远,虽然听得不是十分清楚,但他们知道,那一定是件十分重要的事情。不然,璞不会把全姐叫来。

明、宝、和内心好奇,主张去一趟大峡谷,看看璞等人究竟在做什么。

亮有些犹豫——既然璞和全姐并没叫他们,就没有理由去掺和人家的事情。商量来商量去,四个小鬼头达成一致意见:大峡谷的这场热闹看不得!

三

蓍夷的身影从蟠的眼前闪过,倏然不见。他没有去金水池,而是转了个圈,又回到大峡谷,栖身于黑暗的草丛中。

在蠕面前，菁夷从没有表现出长辈的呵斥与威风，他把自己包装成温厚仁慈、毫无心机的长者。自从他帮蠕蜕去笨拙的躯壳，蠕就成了一个唯唯诺诺、木然驯服的徒儿。菁夷要他做什么，他就做什么。遭殃的是那一大片百合花，成了虫家经年累月无法替代的食物。尽管不怎么可口，百合花种子仍然成了蠕孝敬菁夷的佳礼。

对菁夷来说，这些种子毫无用处，可他偏偏故作神秘，暗示蠕这些东西对他来说不可或缺。每个秋天，蠕都要带着子孙去花地里没完没了地捡拾种子，凑在一起送给菁夷。每一次，菁夷都痛痛快快地笑纳。

蠕不知道菁夷要这些种子做什么，难不成全吃到肚子里？心里虽然疑惑，他却不敢问。

被飑和离娇生惯养的百合花个个怕得要死，花容失色。被毒虫啃食的花朵很快就失去精神，再也睁不开眼睛，像是处于半昏迷状态，过不了几天就会死掉。

部落族人不再关心这些百合花，花朵没带给他们任何福利。人们从百合花身边匆匆走过，奔向四野寻找过冬的谷物。

人们对百合花的无视，也给了蠕勇气。

蠕也知道自己的所为伤天害理，但他没有让子孙们停下来。他亲眼看见受到摧残的百合花紧咬着牙怒目而视，最后痛哭流涕。

有时，菁夷也会出现在崖顶，他赞许的微笑对蠕更是一种鼓励。原本还有些于心不忍的蠕，突然变得杀伐果断，更加蛮横。

一个寒暑接着一个寒暑，大峡谷的百合花越来越少。

菁夷更像是一个贼，所作所为不可思议。

夜深人静时，他提起一篮百合花种子出门，穿行在崎岖的山谷里。他机警地躲过一双双眼睛，最后在溪流旁停下，找到一块石头坐下，就像走夜路的人累了，要在这里歇一歇一样。

身旁的野菊、苦艾、石菖蒲散发出迷人的香气，虫豸昏昏欲睡。上游过来的溪水挣脱了一块阻挡它的岩石，再溅起一片片水花后，向前奔去。菁夷站起身，冷静地将种子撒入溪流，目睹它们翻滚着、拥挤着一路向前。菁夷本不需要这些东西，却借此将蠕玩弄于股掌之中。

天长日久，还是有人摸清了菁夷的底细，那个人就是离。

飓走后，离也离开了那片花地。茅屋再也没有人住，久而久之就倒塌了。部落的族人也对这些百合花失去兴趣，失去呵护的花朵一年比一年稀疏，渐渐难以为继。

这一切都被离看在眼里。

从金水池到大峡谷，离的正直、坦率、大气、热忱无时不在。一天黄昏，她来到花地。蠕看见离，知道她不是一个好惹的主儿（尽管飓已经离开），扭头就走。离赶上他，二话不说抡起巴掌就是一个耳光。蠕还算是条汉子，弯着嘴角，强忍住了。不为别的，只为离腰上挂的玉符（飓离开时没能把它带走）。蠕为什么害怕玉符，且按下不表。离见他受到屈辱，怒火消退了许多。她坚信蠕的行为背后一定有不为人知的秘密，于是横下心来非得弄个明白。蠕见她不依不饶，终于把菁夷给供了出来。

离问："菁夷在哪里？"

蠕死活不说。

离毫无办法，只好放过蠕，往回走去。走了几步，又折回来，盯着蠕的一对小眼睛往死里看。里面还真有一个人影，离左看右看，却看不出个端倪。

蠕烦了，不能容忍离的肆意妄为。他眼里透出一股少有的光，扭曲而生硬。

离算不上一个足智多谋的女子，却也识时务，深知得饶人处且饶人。她收敛了自己的锋芒。

看到离在花地与蟜较量，巨蟒将离唤回身边。

离把她的遭遇讲给巨蟒听。接下来，巨蟒讲了一个故事，让离大吃一惊。

山口不远处的谷底是一片草滩，陈年腐草将地表遮盖得严严实实。一到夏天，这里又被各种各样的绿色植物侵占，人和野兽根本就走不进去。

周围少有邻居，蓍夷就藏身于此。他原本住在砀山，与住在大峡谷的蚑交情深厚。因为蟜的出卖，蚑丢了性命。消息传到砀山，蓍夷悲伤不已，决意为蚑报仇。那时，璞与蟜刚刚和解，而飑和离又出现在大峡谷，蓍夷一直没有机会。

好多年后，蓍夷终于现身大峡谷。他选择在山口落脚，这里距离花地很近，靠近蟜出没的地方。一连几天，蟜都能看见蓍夷坐在崖顶，金黄的余晖洒在他身上，看起来像是一尊雕塑。星光满天之际，蓍夷才悄然离去。

起初，蟜并没有过多在意。谁知十几天来一直如此，蟜生出了疑惑，拖着笨拙的身子爬上崖顶。在距离蓍夷不远的地方坐下，偷偷地观察他，然后发现蓍夷居然是自己的同类。

他有了困惑，更多的是一番掩饰后的渴求。

蓍夷默默地坐着。蟜想知道蓍夷的功底究竟如何。它转到蓍夷身后，用力推了他一把。蓍夷则一动不动——这点儿把戏对他来说不值一提。

蟜颇有感慨，为蓍夷的定力所折服。

这时，蓍夷开口问是谁在打扰他的清净。蟜羞愧不已，当即跪下尊蓍夷为仙师，蓍夷也接受了这个徒儿。蟜直截了当地问蓍夷，自己能为他做点儿什么。蓍夷出没在砀山，是一个在云起云落的跌宕中脱颖而出的老手，不会轻易让蟜做这做那，他要等待一个合适的机会。

几次请命后，蓍夷才暗示蟜，百合花可为他所用。

蟜谨遵师命。其实，当年若无璞的介入，自己早就对百合花下手了。如今，璞不在了，飑也离开了，大峡谷没人能阻拦自己了，何况又有蓍夷撑腰。

著夷面露微笑,看着蟎和他的同伙扑向花地。风雨飘摇中,百合花面临灭顶之灾。

蟎瞪着一双小眼睛,喊道:"百合们,你们的好日子到头了。"

四

知道著夷的勾当后,离的心情平静了许多。巨蟒告诫她,对谁都不要公开这个秘密。

离当然不敢违逆巨蟒。她忍了忍,带着失望告别巨蟒,回到了自己的住处。

璞一行人在山口旁的花地落了脚,六位百合仙子早已等候在那里。紫衣百合把她们知道的事情告诉了璞。

找到蟎并不难,难的是搞清楚著夷身在何处。

璞和全姐都认为离能帮忙——她住在大峡谷,对这里发生的事情一定很熟悉。

大峡谷谷底一个不起眼的地方,松荫后面隐藏着一个石洞,那是离自己凿出来的,全姐和璞都来过这里。

当全姐、璞、百合仙子找上门来时,离一脸喜悦,好像压根儿就不知道百合花的遭遇。

全姐总觉得有些不对劲,却又说不出具体是哪里不对劲。离原本和巨蟒在一起,如今却回到独居的地方。可见,这一切必是巨蟒的安排。

离见过这些百合仙子,当时她们刚刚来到大峡谷。原本是十二个仙子,鲜艳的衣裳引起许多精灵的注意。很快,她们就隐去身形,几天后,一大片百合花幼苗破土而出……

这些仙子本不属于人峡谷，离开就不会再来。若不是花地这场变故，离绝对没有与她们重逢的机会。她打量着六位仙子，她们的举止各有风采，堪称完美。

她们是从天上来的，谁看见她们，心中都会生出羡慕。与离相比，百合仙子更加单纯。

离恬淡地微笑，璞有点儿看不懂她。

全姐问离："有没有见过蓍夷？"

"没有。"离实话实说。

璞把这次来的目的告诉了离。

离听后一点儿反应也没有。全姐看出离的内心并不平静，但她不介意。她能理解离的境遇，如同上次邀她去砀山一样。

无论何时何地，能为百合仙子做点儿事情，都是让人羡慕的。离跟着璞、全姐一行朝花地走去。

夜晚，大峡谷十分寂静，静得没有一丝活力。蟜躲在洞内，看到草丛里跃过一只蚱蜢，一种恐惧从心间流过。

蚱蜢突然飞走了！漆黑的夜里，如果没有受到惊扰，它是不会飞走的。

璞来了，还有离和全姐。他们的身后跟着一众百合仙子。

"蟜，出来吧！"是璞的声音。

蟜硬着头皮从洞里爬出来。

两人面对面地站着，谁也没有说话。

蟜的几个邻居也被惊动了，个个从草丛中伸出了脖子。

蝸和蛤壮着胆子来到蟜的身后。

璞保持一种凛然在上的气度，从气势上就威慑了蟜。蟜看了看四周，众人都是有备而来。

形势对蟜很不利，他得想办法保护自己。

第十章　蓍夷

游戏开始了。蠕像一头行走奇怪、眼神又不大好的动物,一步三晃地朝前扑去。全姐还没反应过来,险些被蠕撞倒。她急忙往旁边错身,蠕又从她身边扑了过去,随后撒腿就跑。

璞早有准备,从怀里掏出玉符,朝蠕抛过去,随后砸到蠕的后脑勺。

蠕像一棵草,身子软绵绵地倒了下去。

邻居们见蠕如此不堪,一哄而散。蜩和蛤倒是有情有义,急忙朝蠕跑去。

看着地上的蠕,他们两个全都惊呆了。

蛤发出一声尖叫:"蠕死了。"

这不是璞想看到的,却又实实在在地发生了。

蠕死了,夜空下绵延不绝的虫家族将这一不幸的消息四处传播。

璞心里发慌,拾起玉符急忙上前察看。

蠕仰面朝天、一动不动。他变回了虫子,只是体形比同类大了许多。

璞弯下腰,碰了碰他。

蠕目光暗淡,什么也看不见。

璞想知道他伤得怎么样,问道:"告诉我,蓍夷在哪里?"

蠕不但看不见,也听不见。

璞将玉符在蠕眼前晃了几下。

蠕对这个差点儿置他于死地的物件一点儿反应都没有。

璞眼里有了忧伤。

蜩和蛤看了一眼璞,转身跑掉了。

璞站起身,对全姐说:"蠕怕是活不下来了。"

全姐有些着急:"现在怎么办?"

璞看着离:"你有什么办法救他一命吗?"

离也很无奈:"我也救不了他。"

璞十分懊恼，后悔自己的莽撞，没把事情处理好。

面对这样的场面，百合仙子也不知所措。

蟜确实伤得不轻，勉强活下来也是靠了同类的照顾。在以后相当长的时间里，蟜只能在洞里度过，想出门走一走怕是不可能的。

峡谷深处传来脚步声。

璞顺着脚步声的方向望去，几个小童拥着一个老者朝这里走来。

来到近前，为首的一个小童告诉璞，老者就是菁夷。

菁夷木刻般的脸庞写满了沧桑，透出岁月流淌的痕迹。蟜就倒在他眼皮底下，他却看都不看一眼。

璞顾不上小童，直接问菁夷："有什么法子救他一命？"

菁夷看着璞，说："不必救他。"

"为什么？"璞问。

菁夷说："是他害了蚑。"

璞明白了，原来菁夷本就打算借自己的手除掉蟜。他一时也没了主意。

全姐端详着菁夷，认定他一定有办法救活蟜，她可不想让璞背上杀生的罪名。她走到菁夷跟前说："丈人还是救一救蟜吧！蚑是部落给害死的，况且他有错在先，如今，蟜和蚑谁都不欠谁的了。"

菁夷一言不发，看得出他的内心在挣扎。

全姐苦口婆心地说："蟜若是死了，也会恨你的。"

菁夷的善良被全姐的真诚唤醒。她说得没错，蟜一旦死去，他也脱不了干系。顺势而为、以德报怨未尝不是一种救赎。他没有直接答应璞，而是蹲下身子去看蟜。

蟜浑身冰凉，完全没了知觉。

菁夷站起身，冲着璞说："交给我吧！我会尽力的。"

璞稍稍松了口气，说："需要我做什么尽管盼咐。"

菁夷双手抱拳，说："不敢当，不敢当。"他朝远处招招手，蜩和蛤快步跑过来。

"抬他回住处。"

蜩和蛤不敢不听。他们又叫过几个虫家，小心地将蟜抬起。

"后会有期。"菁夷转身就要离开。

璞又将他叫住，说："丈人，我还有一事相求。"

菁夷站住，看着璞。

"什么事？"

"花地还有几株百合，烦丈人照顾一下。"

"记下了。"

在众人的注视下，菁夷跟着抬蟜的虫家一道远去了，喧嚣的大峡谷又安静下来。

几个小童向璞告辞，璞这才想起问一下他们的来历。

小童告诉璞，他们是大峡谷山神的属下，是山神让他们把菁夷带到这里来的。

就在璞、全姐去找离的那一刻，山神便差几个小童去叫菁夷了。山神的意思很明确：菁夷和蟜的事情该做个了断了。

菁夷知道形势的走向对自己已经很不利了，山神也是给自己指了一条明路。无可奈何之下，他向山神做了保证。接着，小童便带着他去见璞。

这边发生的事情是菁夷无法预料的，蟜不但被打回原形，而且生命垂危。平心而论，菁夷并不希望蟜立马死去，蟜那种求生不能、求死不得的状态才是他想要看到的。

蜩和蛤等人抬着蟜摇摇晃晃地走着，菁夷跟在他们身后。黑暗中，这段路用不了多长时间，他们很快就来到蟜的洞口。蜩和蛤将蟜放在地上，菁夷背过身，不知从哪里弄出一粒红色的小丸子。他掰开蟜的嘴，将丸子送了进去。

他们在蠕的旁边坐下，蠕像一条刚出水就死掉的鱼，身子还是软软的。

蛤小声地问："他还能活过来吗？"

蓍夷信心满满地答道："死不了。"

星光尚未消退的时候，蠕睁开了眼睛。他想不出是这个与他不共戴天之人陪伴着他，拯救了他。

五

全姐相信离肯定知道蓍夷、蠕之间的恩怨，可她不愿说破。离之所以什么都不说，必是有原因的。上次她去巨蟒那里找离，巨蟒当着全姐的面叫离不要去管砀山发生的事情。

这次亦是如此。

大峡谷的纷争结束了，百合仙子就要归去，她们挥舞衣袖向全姐和离告别。

离第一次有了孤独寂寞的感觉。

她望着天空，百合仙子的身影越来越远，最后消失在天河边。

离忽地有了感觉：大峡谷很空洞，好没意思！她搞不清楚这种感觉因何而来。

璞说他想回金水池看看，也向离告别。

离叫璞等一下，说她有件事不明白，想看看璞究竟是用什么东西把蠕给弄伤了。

璞从怀里掏出玉符递给离，离端详了一会儿，说道："这是我的东西。"

璞当然明白这句话的意思，便说："可我要把它还给飑。"

离微笑着把玉符还给璞，说："真没想到，在这里我还能见到它。"

她这句话显露出了对飚的眷恋。她有自知之明，在砀山她把玉符交出来就是一种明智的选择。

璞跟着全姐踏上云彩，离开了大峡谷。

全姐的心醉迷迷的。

离慢慢地走回自己的住处。她总是想着那块玉符。

玉符，当然是想不回来的。

璞去金水池的目的是什么？是否就是单纯地享受与全姐的快乐二人时光？璞与全姐在那里有过一段美好时光。蜿蜒小径，清风白云，松柏竹篁，草丛灌木，都值得他们细细地去体味。岁月在不知不觉中溜走，却留下全姐的妩媚端庄，留下离的标致柔媚，也留下瑶的风姿绰约。

这一切，璞很难忘却。

全姐看着璞，问他除了玉符还带来了什么东西。

璞曾答应送给全姐一个黑玉瓶，这次来得匆忙，把这件事给忘了。

其实，他是故意忘的。

试想，娈女要是知道璞把她的东西随便送人该怎么想？何况那又是天上的东西，岂能随随便便落入尘间？

全姐很清楚那东西原本就不属于她，没必要把它放在心上，璞能来到她身边，她就已经很知足了。

两人又看见了金水池。

他们在半山腰停住。无边的黑暗里，山洞洞口安静地对着竹林，对着璞和全姐。

他们手牵手，四目相望。

全姐问璞什么时候回去，璞看着天河不回答。

天河很安静，很明亮。

璞突然满脸喜悦，告诉全姐，他要在这里待上几天，走一走，看一看。

金水池的确很迷人，巨石和竹林都给人留下了抹不掉的印象。

瑶、琪、飏，他们曾在这里走过，还有许许多多的人也是。

去的去，来的来，他们全都融入人流，一个个敞开衣襟，披着晨光和晚霞，青春勃发，面向金水池郁郁葱葱的未来。

第十一章　墨姑

一

墨姑走出竹林，来到湖边。

夜风清凉，碧波荡漾，墨姑舒展一下腰肢，躲在巨石后向湖心望去。

不远处，五个男人踏波而来，墨姑赶紧缩回身子。

男人上岸，排成一溜朝山口走去。墨姑跟在他们身后，步履很轻，保持着不远不近恰到好处的距离。五个人一边走一边说话，丝毫没有注意到有人尾随。

满月之夜，山口的空地上四十几个男人闷声不响地坐着，静等着这五人的到来。

在金水池，趣味相投的精灵常凑在一起，形成规模不等的团体，每个都有自己活动的场所——团场。

这五个人正是走在通往团场的路上。

墨姑必须跟着他们，临近山口有一道关卡，无论谁都必须接受盘查。但对墨姑而言，蒙混过关也不是第一次了。

或许是把守关卡的精灵不上心，或许天天见的都是熟面孔，墨姑朝他们点点头就放行了。

五人走进团场。

"澹上公，你怎么才来？"一个半老男人扭头问五个人中的年长男子。

年长男子一抱拳，说："石泽公，因为一点儿小事来迟了些。"

五人分散着在石泽公身旁坐下。

墨姑见没人注意到自己，也悄悄地坐在他们身后。

石泽公并没理会澹上公带来的几个人，与他打过招呼就转身跟临风堘说话去了。

山口是天人经常光顾的地方，每年都有天人与金水池的精灵在此举办场会。今夜，天官将派侍使降临团场，幸运的精灵就有机会得到提拔和重用。这对墨姑很有诱惑力，然而场会不是谁都可以随便参加的，这里的精灵很看重名气，墨姑只是一个闲散的黑麝，并不被人待见。

几十个寒暑以来，山口的这个团场始终被石泽公的鼬家族和澹上公的鼋家族把持。能力最强的当数石泽公，他最有可能成为今年幸运的那个精灵。澹上公是金水池中的水族，实力不及石泽公，今夜他也带着几个家族成员前往山口参加场会。

这不是墨姑第一次跟踪澹上公了。她曾来过团场，主动向澹上公示好，却被他拒绝了。澹上公的态度很明确：团场规模有限，无法接纳墨姑。

澹上公这个人，抑或是宽厚，抑或是喜欢墨姑，两人的相处还算可以。墨姑做的一些事情，澹上公当然知道。只要不过分，他都不会干预。就像今晚，他明知身后有了故事，也装作什么都不知道。

接下来发生的事情，是团场所有人都没有想到的。

东边天际边升起一个星座，七八颗大小不等的星星组成了阵列，自东向西缓缓移动，银色的光芒十分耀眼。星座不算大，却很有震慑力，让墨姑看着有些紧张。

众人都看见了，个个肃然起敬。

星座在山口上空隐去，一个年轻的男侍使在半空中转了个身，径直落到大家身前。

众人一齐跪倒，墨姑一时不知所措，急忙低下头去。

侍使一眼看见墨姑这个生面孔，说："花容，你叫什么名字？来这里做什么？"

听侍使如此一问，众人都回身朝墨姑这边看。

墨姑不敢抬头，却不敢不答："小女子墨姑，跟澹上公来到这里的。"

见墨姑扯上自己，澹上公虽感到有些无语，却不去申辩。

石泽公看着澹上公，眼中明显流露出不快。

侍使有些奇怪，按说澹上公轻易是不会被人跟踪的，除非这个墨姑有什么本领。

他伸出一根指头朝天空画了几下，一个让人迷惑的图案出现在天幕上，是一个横竖均等、方方正正的九宫格。包括墨姑在内的所有人都没见过。

侍使朝着最后一个方格，点了几下。

众人瞪大眼睛看着方格，那分明是一个星座，但没人能认得出来。

侍使看着墨姑，问："你可识得？"

"太行。"墨姑小心地回答。

侍使又指着第一行第一个空格，问："这是什么？"

"建兴。"

侍使仔细地看着墨姑："你是怎么知道这张图的？"

墨姑无语。

侍使说："你不必说，我都知道了。"

墨姑不知是福是祸，低头跪在那里。

侍使说："墨姑，你为何要来这里？"

墨姑说："我也想奔个前程。"

侍使说："明白了，留下来吧！"说完，他看了看其他人，"你们还有谁识得这张图？能叫出这张图的名字也行。"

众人都低下头，一言不发。

侍使很失望，宣布今夜的场会到此结束。他又看了一眼墨姑，然后离开了。因为墨姑，场会草草结束，石泽公失去了一次被重用的机会。

石泽公咽不下这口气，冲着澹上公开始发难。

"澹上公，你带来的人把场会给搅乱了，这算怎么回事？总得给大伙儿一个交代吧！"

澹上公对石泽公也是排斥的，不悦之色写在脸上："这事与我一点儿关系都没有，我也不知道墨姑是怎么来的。"

石泽公心里急，索性站起来说："你是在耍赖！"

澹上公勉强维持风度，看都不看石泽公一眼，说："随你怎么想。"

临风垠凑到墨姑身边，使劲捅了她一下。

墨姑被这个刺猬给弄痛了，忍不住一声尖叫。

"你是谁？"

"对不起！可我不是故意的。"

这家伙的确很虚伪。

墨姑想记住他就问："请问你的大名？"

"临风垠，知道了吧？！"他很得意。

墨姑忍气吞声："知道了。"

没有人谴责临风垠，他是石泽公最得力的帮手。

团场内没有人喜欢墨姑。她既是石泽公的对手，也是大伙儿的对手，更是公敌，因为她的加入，每个人都失去了机会。驱逐她符合大家的利益，但侍使有了安排，墨姑已经成为他们中的一员，不接受也得接受。她在群体中的地位也会发生变化，这是可想而知的。

墨姑站起来，打算离开。临风埙一下将她拦住："别走啊，你既然入了场子，总得跟大家说点儿什么。"

"让我说什么？"墨姑问。

临风埙脱口而出："那张星图是怎么回事？"

墨姑心中更加反感："星图怎么了？"

"大伙儿也想长长见识，你千万不要吝啬哟！"临风埙继续纠缠。

墨姑觉得眼前这家伙简直就是个小丑，可又不能得罪，她想了想才说："这样吧，过了今日，方便的时候再告诉你。"

临风埙不依不饶："现在就告诉我得了呗！"

"今日实在不行，我还得问问别人。"她想找个借口尽快摆脱这个无赖。

临风埙知道墨姑嘴紧得很，但他铁了心要挤对她一下。此时，石泽公已经换了一副面孔，笑眯眯地看着他，期待他能够折腾下去。

临风埙见有人撑腰，更来劲了："墨姑，既然你对大家如此冷漠，那就别怪我们不够热情。请你马上离开团场，我们再也不想看到你。"

让人意想不到的是，墨姑不急不躁，很安静，很温柔："这可不是你说了算的。"

石泽公看不下去了，说："好了好了，都不要争了。今天是个吉日，既然墨姑选择和我们在一起，那她对这个团场一定有所贡献，大家要有耐心，对不对？"

"那是那是……"附和之声稀稀拉拉。

墨姑也想早点儿结束这场不快，但她没有表现出承认并尊重石泽公这番话的神态，而是把注意力放在了别处。

"时候不早了，我该走了。"

她看着澹上公，微微点了点头，朝来时的方向走去。她走得不快不慢，给众人留下一个高傲的背影。

看着墨姑渐行渐远，石泽公扯紧了嘴角。因为墨姑，众人再看他时，那是一派荒疏的形象。

二

墨姑再次遭遇石泽公，是一个月后的晌午。

那晚过后，总有一些莫名其妙的人来找墨姑，向她打听场会的事情，墨姑不胜其扰。这天，她刚刚摆脱一个邻居，悄悄地出了竹林，走向湖边。她想去看大湖，在那里寻个清净。

巨石前，石泽公与临风坝面对面坐着，两人低着头正在地上摆弄着什么。墨姑不知道这两个冤家正是有意在这里等她。

两人不知在这里待了多久，巨石连着地缝处那些细小的石子都被他们抠了出来，摆成一座方城，两人各执几个黑白石子当作棋子玩耍。

墨姑爬上巨石，朝前走了几步，一眼就看见两人的小脑袋。

石泽公长了一头黄毛，犹如秋天之荒草；临风坝的小脑袋上竖起一根根又密又硬的毛刺。

墨姑见状，差点儿笑出声来。

听见动静，石泽公、临风坝抬起头朝巨石上张望。

天空是透明的，一目万里，墨姑身子的轮廓十分清晰，青色的麻衣从肩到腰，从腰到膝，利利落落。她黑色的长发在阳光下一闪一闪地飘动，一闪一闪地发亮，整个人简直是在梦幻里。

一见临风坝，墨姑心里就不痛快，她瞧不起这个暗里算计人的家伙，当然也包括石泽公。

"什么东西？"她在心里骂了临风坝一句。

临风坝明知墨姑在暗中咒骂自己，又不能发作，只好看着石泽公。

石泽公微笑着。

此时，临风埙眼里透出一股谄媚："是墨姑啊！这么巧。"

墨姑瞟了他一眼说："可不是吗？"

石泽公朝墨姑招招手，算是打招呼。

墨姑朝他微笑点头。石泽公毕竟是大家公认的头领，她不敢怠慢他。

临风埙问："可否下来一叙？"

墨姑说："还是你上来吧！"仍旧保留着居高临下的姿态。

石泽公显得很随和，赶忙替临风埙答应："也好，我们两个这就过去。"他扯了扯自己的麻衣，慢悠悠地迈开步子。

二人转到巨石背后，临风埙沿着斜坡率先爬上去，站稳后伸手去拉石泽公。

墨姑先找了一个合适的位置坐下，石泽公来到近前，坐在她对面。临风埙看了看，便贴着石泽公坐下。

石泽公虽然只有四五百岁，但在金水池还是有些声名的，毕竟掌控着几百只鼬的大家族，难免养成了傲慢的家长作风，而周围邻居的恭维更助长了他的自负。

墨姑的出现使他的优越感受到了严重挑战。这些天，他发现团场内外的氛围正悄悄地发生改变，所有成员都在谈论墨姑。

石泽公还听说团场内有人主动去竹林寻找墨姑，有时也会跟着墨姑在湖边出现。墨姑是个长得不漂亮，却有气质的女子，鼬家族的确有几个好色的家伙。如果仅仅是好色倒也没什么，可他们的心思偏偏在那张星图上。

那晚，墨姑在侍使跟前出尽风头，许多人都给她征服了，石泽公好没面子。再就是墨姑与澹上公关系到底怎样？她的出现或许并非澹上公的安排，但二人如果搅到一起，可不是一件好事。

正午的阳光十分灿烂。许是在巨石前坐得久了，石泽公的脸被晒得红扑扑的，给人一种精神焕发的感觉。此时，他绝不会像别人那样直接触碰星图这个敏感话题。他毕竟是个眼光长远、思维缜密的团场头领，说出来的话也颇有一番道理："墨姑，有些本领是不能让别人知道的。别人问你，你要装作不知，他们就不会给你添什么麻烦。我说得对吧？"

他说得对不对，墨姑根本不在意——她是个有主见的女子。

墨姑说："谢谢你的提醒。"

石泽公说："我这都是为你着想。"

墨姑说："我知道。"

临风埙没有插话的机会，显得很无聊。他原本就是一个陪衬、一个走卒而已。

石泽公又说了好一阵子，意思是墨姑只要追随他，就不会受人欺负，将来也一定有个好前程。

墨姑认真地听着，脸上却一点儿表情也没有。

临风埙则看上去怏怏不乐。

今天石泽公的心情很好，他的话潇潇洒洒像动听的清歌，不知什么时候才能停下来。

墨姑先是耐心听着，结果越听越烦，临风埙则越听越没意思。

太阳已经偏斜，湖中不知何时出现一个竹筏，上面站着两个头戴草帽的男人，其中一个手握竹篙用力地将竹筏划向这边。靠岸后，两人将竹筏拖出水面，转身朝巨石上面看，目光集中在石泽公身上。

墨姑突然感到来人非同寻常，继续待在这里多有不便，便和石泽公告辞。

石泽公也巴不得马上离开，没等回应墨姑，自个儿先跳了起来。

那个年长一点儿的男人双臂抱在胸前，一副很威风的感觉，深不可测的目光看得石泽公心里发虚。

其实，就在两个男人还没上岸之际，石泽公就察觉出有什么不对劲，觉得他们根本就不是部落里的人。

他撇下临风埙和墨姑，几步蹿到巨石边，迅速地滑了下去。

临风埙也顾不上和墨姑打招呼，心里一急，直接从巨石上跌了下去，随后爬起来，紧跑几步，跟在石泽公的身后。

石泽公溜了，完全顾不上体面。

墨姑深知这两个头戴草帽之人有些来头，但他们一定不是冲着自己来的。

他们……他们是……墨姑努力地思考。

她从巨石上跳下，来到水边。

一个男人摘下草帽，墨姑吃了一惊："澹上公……"

澹上公笑眯眯地看着她说："还是被你看出来了。"说完，指了指旁边的男人，"这是奇人。"

听说是奇人，墨姑喜出望外。一百多年前，她在山口见过他，如今完全变了模样。

奇人看着墨姑，说："幸会幸会。"

"幸会。你们怎么出现在这里？"墨姑问。

澹上公说："你刚来，我们就看见了。本不想打扰，可石泽公的那些话实在无耻，就过来会会他。"

墨姑说："他说的话，你们都听见了？"

澹上公说："全都听见了。如果他不跑，我和奇人就想把他请到湖中心去。"

奇人说："走了也好，至少他怕了。"

大湖边，除了他们三个，再没有别人。

奇人一副悠然自得的样子，问："你去了团场？"

墨姑心里有些不安，说："那是个是非之地。"

"如果你不去那里，侍使也不会发现你。"

澹上公接上话说:"那天,我知道你跟在身后,所以跟守关卡的人打了招呼,他才没有难为你。"

"我明白了。"墨姑说。

三人又在湖边小声说了几句,便分开了。

三

不知是听信了谁的话,墨姑从此深居简出。一连几天,临风埧都不见墨姑的身影。他感到一种失落与懊丧,唯恐受到石泽公的责备。

临风埧沿着湖岸到处转悠,希望能在路上碰见墨姑。他就这样到处乱走,几天后终于在竹林边上发现了墨姑的身影。一路跟踪,他终于找到了墨姑居住的地方——一道土坡下面的洞口。

墨姑回过身,冷眼瞧着临风埧。

临风埧很得意,说他这样早晚与墨姑为伴,方便向她讨教。

墨姑的脸上飞过一片阴云。她朝旁边一片洼地走去,那里生长着成片的香茅草。墨姑专挑鲜嫩的扯下几大把,双手掐着走回来。她把香茅草撒在坡地上,掩住家门。香茅草浓郁的香气弥漫着,四处飘散。这香气带着一股强烈的暗示:离远点儿!别污了我的地方。

临风埧感到好没趣,扭头走开了。

墨姑目送这个不受待见的家伙走出竹林,心里并没有觉得踏实。

临风埧走了,很快又折返回来,在墨姑住处的对面开始掘洞。那是一块空地,两家相距不足二十步,墨姑很快就知道了。

她来到外面,望着他。正在干活的临风埧从两腿间的缝隙里看见墨姑。只那么一瞬的对望,他便把目光移开了。他像是什么都没发生似的,加快了掘土的进度,潮湿的沙土从他的裆下向后抛出。

沙土甩到了墨姑身上，让她更加气愤。

墨姑没有理由阻止他，徘徊了一会儿便回去了。

新邻居把洞掘得很深很大，不像是只住几天就拔腿走人的样子。每时每刻，都受到临风塆的监视，这使墨姑陷入了苦恼，她心情很压抑。

黄昏时分，临风塆住进新居。团场那边来了几个同伴想凑凑热闹，被临风塆谢绝了。

一群竹鸡从竹林上空飞过，霞光中它们的身影渐渐模糊。辛苦了半天，临风塆该好好歇息了。

这是让墨姑倍感煎熬的一个夜晚，她总觉得外面有一双滴溜溜的小眼睛窥视着自己。能有什么办法呢？日子长着呢！

第二天，墨姑准备外出时被临风塆截住。墨姑明显是蔑视的态度。

其实，摆脱临风塆并不复杂，金水池有很多地方可以藏身，但墨姑不想。与临风塆打交道，她不会认输。

她瞧不起他。

又过了几天，竹林里迎来了獾家族，总共十几位，其中一个叫裨采。

裨采年龄最小，上了年纪的祖母带着他们从山外来到这里。裨采不会挖洞，老祖母指派了一个年轻健硕的男子替她开凿住所。一天下来，裨采住了进去，虽然不大宽敞，却也舒适。

乔迁新居，裨采自然是很兴奋。最让她惊喜的是，邻居是一只黑麝，叫墨姑。裨采听祖母说，墨姑很有本领，住在她附近会很安全。

这个来自山外的家族让临风塆感到困惑，他们与大湖周边的獾家族明显不同，一个个好像都不愿与人来往，对临风塆和墨姑这两个邻居视而不见。只有裨采略有不同，别人和她打招呼时，她投以一笑算是回答。几乎每位獾家族成员都生得很丑，只有裨采尚能吸引他人的目光。

临风塆从未见过獾家族会有如此风情万种的女孩。

他被神采吸引,把自己来这里的目的抛在脑后,一连几天都在讨好神采。临风埧把自己喜欢吃的野果送给神采,还想去神采洞里看看,但被神采拒绝了。他不死心,每天清晨都掐一大把带露水的野花等在神采的洞口。

　　神采不明白,这个叫临风埧的家伙咋就这么烦人。但她没有忘记祖母的交代,一定要把这个不知深浅的家伙拿捏住。

　　临风埧整天浑浑噩噩的。神采爱鲜花,神采喜欢树上的果子,神采爱看飞鸟……临风埧被神采使唤得团团转。

　　神采说山外有一个地方叫细川,是一个盛产美女的地方,临风埧听呆了。他眼前出现一道溪流,溪流正缓缓地升腾着雾气,雾气中许多美女在玩水嬉戏……

　　临风埧情不自禁道:"我要去细川。"

　　"细川很远,得走上好几天。"神采说。

　　临风埧茫然地望着山口,说:"再远,我也不怕。"

　　这天夜里,神采、临风埧偷偷地出发了。

　　月光下,神采的样子很是动人,黑色的长发从头顶一直流淌到腰间,只露出一小部分面庞。她懒得用手去整理,朦胧中透出一种不可捉摸的野性之美。

　　临风埧忍不住想去触摸她的脸,被她推开。临风埧不甘心,尤其在这无人惊扰的夜晚。他壮了壮胆子,一把抓起她的手。神采的手凉凉的,却很柔软。这次,她没有拒绝。

　　虽然在夜里,神采眼里闪着羞涩的光。临风埧看见了,这是他从未领略过的风采。

　　与此同时,山口内石泽公对家族成员发起脾气。因为临风埧好几天都不回来,而墨姑那里一丁点儿消息都没有。他派了一个能干的鼬去找临风埧,鼬回来说,临风埧坠入爱河,跟神采一起跑了。还有刚搬来的獾家族,居然全都不见了。

这还得了！该死的刺猬，果然和我们不是一条心。石泽公愤愤不平地想着。

临风埧跟着裨采来到细川。这是裨采熟悉的地方，部落越来越少，道路越来越窄，田野越走越空旷。

不知是巧合还是刻意的安排，又一天夜晚，他们来到一处矮树林前。裨采说要在树上过夜，临风埧看了看四周，感觉心口发堵，犹豫了一下，还是同意了。

天上有云，月亮很大，时隐时现，令四野也忽明忽暗的。

临风埧问："溪流在哪里？"

裨采眯着眼笑着说："溪流就在树林里。"

"我们去看溪流吧！"

"也行，我在前边走，你随后。"

他们走进矮树林深处。

临风埧突然跌倒，明显有人从身后踹了他一脚。他没有立刻爬起来，叫了一声："裨采。"

裨采不见了。

云一下子遮住月亮，夜风将矮树林推入深邃的黑暗。四周传来簌簌的声响，獽家族将临风埧团团包围。

临风埧害怕极了。

"你们想干什么？"

"不干什么！"

"放我回去吧！"

"那可不行！"

直到这时，临风埧全明白了。这场遭遇完全是自找的，他不该得罪墨姑。临风埙实在后悔，但已经来不及了。

四

团场传出一个消息，临风埙被人绑架了，而墨姑正是全程参与者。有人看见临风埙是被一伙来历不明的人揪着头发，给拖到山口外面去的。还有人看得更清楚，拖走临风埙的是一群獾，来自山外一个很远的地方。

临风埙为什么被绑架？难道就是因为得罪了墨姑？没人能说得清楚。

澹上公也陷入危机。有人说，他是主谋，策划了这次绑架事件。前些天，他与山外来的那伙人频频接触，出事的前一天晚上，他还单独见了墨姑。这消息像火种一样四处蔓延，一夜之间传遍整个金水池。几乎所有精灵都在指责墨姑，质疑她的品行。

墨姑是个恶女子，伤过许多生灵；墨姑爱说假话，骗过许多人；墨姑小偷小摸，手脚不老实……她的丑闻古古怪怪数不胜数，飞短流长几番演绎，愈发变得无边无际。

鼬家族积聚多年的嫉恨终于找到发泄的机会。鼍家族的每位成员都受到牵连。看着鼍家族无话可说的样子，鼬家族春风得意。众邻居也都瞪起眼睛，盯着澹上公，内心有意无意地谴责这个害人害己的家伙。

石泽公目光阴沉地看着澹上公，要他做出解释。

澹上公从未与石泽公发生过正面冲突，这是第一次。澹上公想自证清白，然而他的解释十分苍白，很难自圆其说。

后来的几天，澹上公索性躲了起来。他有一个固执的念头：既然都认为这件事是他干的，那就是他干的好了。干了也就干了，那又怎样？！他自知这个念头很愚蠢，又没有别的办法证明自己是被冤枉的。其实，他根本没有必要洗刷自己。毕竟那晚是他暗中帮墨姑潜入团场，守卫关卡的精灵都可做证。人们怀疑他，也很正常。

鼋家族也质疑，临风埧和一个叫神采的女子在一起，他们一定是私奔了。鼬家族很快就出面反驳，临风埧正是上了那个神采的当才被绑架的。两边说的似乎都有道理，又都有些不实。

鼬家族要求澹上公必须告知临风埧的下落，而且在临风埧没有获救之前，他哪里都不能去。鼬家族不分昼夜地对他和墨姑进行监视。石泽公没有因为临风埧的事情与澹上公对簿公堂，他知道只要把绞索套在澹上公和墨姑的脖子上，需要时拉紧一点儿才是最高明的。他甚至希望临风埧从此在金水池彻底消失，永远也别回来。

墨姑陷入深深的焦虑，事情的发展完全出乎自己的预料，弄走临风埧给自己带来的影响是极其负面的。没想到她信赖的澹上公竟然出了这么一个愚蠢的主意，不但自己名誉受损，甚至还影响到她的前程。

不过事情并非完全无解，只要临风埧一出现，危机即刻解除。当下亟需一个人替自己跑一趟细川。

獾家族走了，留下的宅子几天前就被鼬家族占领。墨姑的一举一动都在他们眼皮底下，情况比临风埧在的时候还要糟。

细川，獾家族不知道他们走后金水池发生了什么。他们帮老朋友办了一件大事，沉浸在功成身退的快乐之中。

临风埧并没受到虐待，獾家族派了几个人没日没夜地陪伴，他一点儿也不寂寞。然而他很不开心，因为神采从他的视野里消失了。

没有神采的日子是灰色的。

临风埧不想被人看管，这跟关押没什么区别。他不止一次地祈求看管者给他一点儿自由，并保证绝不会逃跑。他的态度很诚恳，确实打动了老祖母，于是临风埧被允许可以独自四处走走，不过他身后总是有人跟着的。

獾家族从不失信，他们对澹上公做过承诺：一定将临风埧牢牢地攥在手里。

临风塝的确很老实，每次外出都不会走得很远。当他对周围环境完全熟悉后，就变得懒惰起来，整天躺在地上睡大觉。别人问他怎么了，他也不吭声。

渐渐地，獾家族放松了对他的监视。一天中午，趁看守他的人打盹时，临风塝悄悄地溜出竹林。

当天下午，他就被捉了回来。从此，他彻底失去了自由。

这天，奇人来见澹上公。

澹上公伏在草丛里躲避太阳，奇人摇着芭蕉叶子大摇大摆地朝他走来。草丛里，几个闲汉立刻站起，个个伸长了脖子。奇人朝他们看看，用芭蕉叶子指着他们说："都给我过来。"

闲汉们面面相觑，谁都不敢向前移动半步。

澹上公被惊扰了，睁开无精打采的眼睛。

"这里的事情兄台想必是知道了。"

"当然。"

"如何化解？"

"化解什么？挺好的嘛。"

奇人居然把澹上公的苦恼当成喜事。

澹上公说："好什么呀？你没看见，我是寸步难行。"

奇人说："不打紧，那些都是摆设。"

那边的几个闲汉听了，一头雾水。

奇人笑呵呵地冲几个闲汉道："你们几个，哪里来的回哪里去！"

几个闲汉瞅瞅澹上公，又看看奇人，站在那里不肯离去。

奇人挥了挥芭蕉叶子，闲汉们打了几个冷战，吓得转身就跑。

"他们走了，你去做你该做的事情吧！"奇人说。

澹上公说:"我这就去细川,烦你告诉墨姑一声。"

奇人说:"好。"

鼬家族的人就这样被轻轻松松地打发了,澹上公几天来的郁闷消散得一干二净。过去,他在石泽公面前要尽可能地保持低调,大多数场合要努力维护石泽公是第一掌门的形象。这次,澹上公明显感觉自己被所有人轻视了,他们内心的真实想法流露出来——澹上公就是矮石泽公一头。奇怪吗?一点儿都不奇怪。石泽公能说会道、善于钻营,加之鼬家族人多势众……

就在鼬家族那几个闲汉气喘吁吁地向石泽公报告刚才发生的事情时,澹上公已经神气十足地走在去往细川的路上。归来时,澹上公一副无所谓的样子,带着鼋家族有说有笑地离开团场,自立门户。

得知澹上公去了细川,石泽公面无表情,一言不发。本来事情一直向着他期望的方向发展,没想到一个奇人就让他所有的努力全白费了。他心中生出一种深深的悲哀:认命吧!他还是搞不清楚,奇人是怎么跟澹上公搞到一起去的?不是说,他在金水池无朋无友吗?世事难料,那天他和临风塝在巨石底下等墨姑,奇人、石泽公毫无征兆地从水里冒了出来。金水池黑鱼鼋鳖原本就是一路,自己没上心而已。

金水池到细川,一路顺畅。

澹上公的到来让獛家族十分惊愕。他们明明是在帮助澹上公和墨姑,没想到却给他们惹了麻烦,也只能怪澹上公自己考虑不周。事已至此,临风塝留在这里也没有任何意义了。

临风塝也是深感意外,听说澹上公要带自己回金水池,他高兴得想哭。他就像一个落水的人抓到了一根木头,一下子摆脱了被河水吞没的恐惧。他又有一点儿紧张,澹上公会不会纠缠于过往发生的不快?很快,他就打消了疑虑,澹上公眼里透露出的情感是——宽容。

澹上公问临风塝是否感到委屈,临风塝老老实实地说:"没有什么委屈,全都怪我自己。"

獾家族的确没有难为临风埙，分别在即，他竟还有些不舍。其实，他心中装着的仍是裨采。

他说，还想见一见裨采。

裨采来了，笑眯眯地看着临风埙说："回去以后，千万别再犯这种傻毛病。"

此言让临风埙羞得无地自容。

已经了无牵挂了，临风埙老老实实地跟着澹上公走上了回返金水池的路。

獾家全族都出来送行，把临风埙弄得感激涕零的。

很快，澹上公和临风埙就走出了矮树林。

这一路全是荒野，很少看见人影。他们不分昼夜地赶路，三天后就看到山口了。

还有一件事必须做出交代，那就是奇人去见了墨姑。

见奇人来了，看守墨姑的鼬家族成员打起精神，警惕起来。奇人一声不响，懒得搭理他们。

墨姑的神情全是担忧与紧张，背对着鼬家族，不敢看他们。奇人不怒自威，看守的领头儿居然一转身刺溜钻进地下。领头儿的都溜了，余者也有样学样溜之大吉。

奇人告诉墨姑，澹上公去了细川，这场纠纷很快就要结束了。又问墨姑怎样看待这件事。

墨姑说，她也不清楚。

奇人说，这件事本不该发生，她没必要非去山口的团场。

墨姑沉默不语。

奇人提起自己当年想去天河的事，结果……

墨姑说她好像明白了。

临走时,奇人又说:"你师父真是沉得住气,对你的事不闻不问。"

"大概,她认为不是时候……"墨姑说。

奇人笑了,"你不知道,璞回来了。"

五

归来后,临风堉没有说起自己的遭遇。石泽公简单问了一下他这些日子的经历,便不再说什么。整个团场平静得有些出奇,但想想,一点儿都不奇怪。

过了几天,澹上公对石泽公说他要带着家族成员离开。石泽公沉默了。过了一会儿,他说愿意让出掌门的位置,希望澹上公留下。

澹上公没有答应,还是带着鼋家族离开了。人不多,只有十几个。他们在竹林里辟出一块荒地,作为团场。

山口地带,原本融为一体的人群四分五裂了。那些早就想分出去的人并不在乎,他们本就是陪衬,混上一万年也看不到出路。

又过了几天,临风堉来找澹上公,请求能收留他。澹上公答应了。

此后,石泽公很少出现在山口。直到有一天,他从所有人的视线里消失了,没留下一句话,整个家族也不知道他去了哪里。

澹上公成了新团场的头领,听说石泽公失踪了,他还跑到山口晃了一圈,并饶有兴致地在崖顶上看了好久的金水池风光。

这天,天气晴朗,金水池的人一如既往地忙碌着。

墨姑出现在湖边,眯眼看着大湖,天高水阔。

临近中午,墨姑想回去了。她刚转过身,就看见全姐在她十步远的地方站着。

"师父!"墨姑叫了一声。

全姐看着她,说:"去我那里吧!我有话对你说。"

"是。"

绕过巨石,两人朝山上走去。身旁一株株绿色的竹子被蓝天映衬得青翠而安静。

小径两旁,野花盛开。

回到山洞,全姐不让墨姑再去找澹上公,而是把她留在身边。远离人群就是远离是非。

墨姑很愿意和全姐在一起,这对她来说,是一件使她心里感到温暖的事情。别人,没有这个机会。

第十二章　尪巫

一

砀山，狂风大作。

一棵虬松从容又肃穆地迎接生命中最重要、最有意义的一次蜕变。不远处，一条锦蛇、一只绿龟望着夜空。

闪电划破夜空，照亮了大地。锦蛇立起，努力地晃动身躯，一个男人从锦蛇躯壳内走出来，手上握着一颗玄色的珠子。

男人叫流潦。

几乎就在同时，一个女子离开绿龟的躯体。

她叫箕眛。

锦蛇、绿龟的躯壳渐渐化为尘土，随风飘散。

箕眛站起，双手梳理了一下头发，抖抖麻衣，朝流潦走来。流潦也迎上前去。

又是一道闪电，巨雷在虬松上空炸响。狂风将虬松连根拔起，一个男人从地上爬起来。

虬松翻滚着，越滚越远，最后不知去向。

风停了，下起了大雨。男人深一脚浅一脚地朝山下走去。

箕昧、流潦不解地看着他。

顷刻之间，虬松、锦蛇、绿龟的躯壳全都不见了，好像压根儿就没在这里出现过。

"这里什么都没有了。"箕昧有些感慨。

流潦对过往似乎并不留恋，"早就盼着这一天了。"他看了看天，"时辰到了。"

"要不，再等一等？我有一件东西没有拿到。"箕昧看着山顶。

流潦说："不想等了。"

他们的脚下已经聚集了一大团云，流潦、箕昧随着云的涌动迅速升起。这时，一条苍龙从背后朝他们追来。

苍龙将一条竹杖递给箕昧。箕昧伸手接过，苍龙转身钻进云里。

荒野在流潦、箕昧的脚下向后退去。他们十分熟悉脚下这片土地，不过他们牢牢记着山神的交代：赶紧前往金水池。

浓云密布，砀山已在雨中成为虚幻的影子。

黑沉沉的苍穹之下，茫茫一片都是水，部落的茅屋不见了，荒野上只剩树梢和芦苇的穗子。

这场豪雨已经持续了两天。

午夜刚过，山口外面的族人在早已习惯的雨声中听见了一种奇怪的声音。细心的人钻出茅屋去察看，眼前的景象让人难以置信，汹涌的激流嘶叫着朝部落这边涌来，场面着实让人胆寒。

惊慌失措的族人叫喊着、奔跑着，召唤那些仍在熟睡的人。迷迷糊糊的人们被眼前的大水彻底惊醒。夜空下，众人惊恐万分地朝金水池的山口跑去，大水呼啸着紧随其后。

水声隆隆，来不及跑出茅屋和跑得慢的人全被大水吞噬。人们逃至山口想喘口气的时候，大水已经追到脚下。

流潦看见人群马上就要葬身大水了。

来不及落地,他便将手中的玄珠抛了出去,正好砸向水头。

箕昧在一片凄惨的呼喊声中手执竹杖,用力在地上画了一道横线。

呼啸的水头野兽般地跃起落下,无论怎么张牙舞爪就是不能越过那道横线。人们拥着、挤着、爬着通过山口。

二

近千人拥进金水池。劫后余生,人们才意识到赖以活命的粟米统统被洪水冲走了,哭声与叹息声再次此起彼伏。

一个女人说她不想活了,打算向大水扑去,被她身边的人死死拉住。

一个叫角的汉子看了,瞪着眼睛骂了起来:"别拉她,让她去死!"

不少人被他的骂声吸引,不知所措。

角原本是一个部落的首领,因为跑得急,没来得及穿好衣裳,仅在腰间围了一块兽皮。他个子不高,生着一副愚鲁的大脸盘。

角的骂声继续。

"哭有什么用,没被淹死就得想法活下去。别人能活,你就能活!"

女人低着头,不哭了。

大水带给人的恐惧一点点地淡去,强烈的饥饿感随之袭来。哭声渐渐停止,一双双迷茫的眼睛都看向角。

"没有吃的,人就得饿死。"

"这么多人,到哪里弄吃的?"

…………

角急了,像一头野兽般大声咆哮。

"去抢啊!"他指了一下远处的部落,"你们咋就这么笨!"

"抢？"

"抢！"

"对，想活下去就得去抢。"角现出一副霸气的样子。

虽然是早晨，仍旧看不见太阳，天空翻滚着厚重的乌云。想到食物，无数双木讷无神的目光一下子亮了起来，齐刷刷地朝部落那边望去。

既然角给大家指了一条生路，那就走吧！

角提了提腰间的兽皮，嗷的一声冲在头里，百余个同伙紧紧跟上，每个人眼里都充斥着蛮横与凶残。他们不再畏畏缩缩，拿着捡来的木棍、藤条、石块，直接跟在角的身后。

成百上千的山外人饿着肚子奔跑着、叫喊着，这样的场面很悲壮。

就这样，不设防的金水池沦陷了。宽的部落离山口最近，首先遭殃。

到处笼罩着充满杀气的水雾，湖上天空一片迷茫。除了几个爱起早的，茅屋里的族人仍在浓稠的梦里飘忽。

角的确很凶，没等来到部落跟前，就动起手来。一个年轻男人看见黑压压的人群朝他奔来，吓得扭头就跑。角从别人手里夺过一根木棍，卖力地追赶着。男人跑不过，被角追上。角的木棍扫了男人一下，但只擦了一个边。那男人趔趄一下，又迅疾地奔跑起来。前面就是茅屋，男人一边奔跑一边叫喊："快逃命啊！"

听见喊声，宽第一个从茅屋里钻出来，手里攥着一根结实的木棍。看上去，他早有准备。

茅屋里又钻出几个男人，手里都拎着家伙，一双双惊恐的眼睛望着来势汹汹的角和他身后的人群。

宽怔住了。

角将一脸的蛮相展示给宽。

宽身旁有个瘦小的男人，一看就是胆小鬼，握木棍的双手不停地颤抖。

他想控制住自己，可越是控制双手越是不听使唤，连双腿都开始颤抖了。他多么希望这是在做梦，然而茅屋里那股温热已被凉丝丝的晨风代替，他没有理由继续恍惚。

角一旦出手，就是以命相搏。他的跟随者也都带着将人往死里打的凶残。他们知道，不闹出人命来是拿不到粟米的。

除了女人和孩子，部落里所有男人都出来应战了。尽管寡不敌众，人们还是做出视死如归的样子。此刻，他们眼里没有恐惧，只有凶狠。

比起金水池的人，山外的人确实敢下狠手。角怒视着宽，慢慢朝他走来。

"给我打！"随着角的一声喝令，乱石率先飞出去，接着棍棒交加。

角跟别人不一样，他手里揪着木棍的一端，身子一边往前移动一边打着转，木棍抡得呼呼作响。这种没头没脑的打法绝对实用，部落的人很快就顶不住了，丢下茅屋里的女人、孩子朝远处逃去。

乱棍中，宽的腿被打断，倒在地上抱着一条大腿呼叫。角显然杀红了眼，抡起木棍对准宽的头狠狠劈了下去。

宽立刻没了动静。

死的死，逃的逃，一会儿工夫，宽的部落就沦陷了。

人们开始抢劫，吃的、用的，只要能带着走的，什么都不会留下，扛着抱着拎着背着。然而大多数人仍旧两手空空。他们心有不甘，索性将目光投向下一个部落。

性急的人已经开始行动。

被劫的消息一个部落接一个部落地传下去，人们都朝着山口相反的方向奔跑避祸，尽管还没有看见角这伙人的身影。

更远一点儿的部落虽争取到了一点儿时间，但他们很快意识到山外这伙人的力量过于强大，与之打斗无异于以卵击石。既然他们的目的是要温饱，那就满足他们。

保住部落要紧。

叫喊声由远及近。追的和被追的，很快就到了跟前。

这态势，保是保不住的。

山口这边的打斗已经结束。二十几条汉子横七竖八地倒在地上，一动不动。

角的同伙弯下身子，查看谁还有气息。

宽死了，角又起了别的心思。除了粟米，他还看中了那些无法逃走的女人。他当即宣布，自己就是刚刚打下来的部落的新首领。

角开了一个很坏的头，几个雄壮的男人红了眼，撇下角各自带上同伙朝远处的部落奔去。

角的处境发生了翻天覆地的变化，刚才还在逃命，转眼间就拥有了一个新的部落。他从一个快要咽气的男人身上剥下麻衣套在自己身上，整个人沉浸在突然涌起来的一股快感里。

他要做的第一件事就是杀掉宽部落所有的男人和男童。一声令下，角的同伙扑向每座茅屋，将里面的人全部驱赶了出来。

女人们战战兢兢地挤在一起，角并没难为她们，而是将她们背后的男童和老人拉出来，像驱赶猎物一样把他们打发到湖边。女人们都知道接下来会发生什么，目睹亲人一步步离去，她们却不敢尖叫，不敢反抗，只能低垂着头，伤心地哭泣。

角围着女人一圈一圈地转，他发现一个披着长发的小孩躲在人堆里。小孩看见角凶狠的眼神，像藏在草丛中被人发现的兔子般立刻转身朝人堆深处挤去。

一定是个男童，他是逃不掉的！角扑了过去，伸手去抓。

女人们挤在一起，角根本碰不到那个小孩。

角急了，用脚去踢前面几个女人。女人竭力扭动身体躲避，小孩从她们身后钻了出去。

从他奔跑的身影看，的确是个男童。他很快钻进竹林，不见了。

角十分生气，揪住一个女子，几把就扯去了她的麻衣。女子的脸因为恼羞变得通红。角看她无地自容，情绪稍稍好转。

天空飘起了雨丝，角和他的几个同伙，推着女人钻进茅屋。

金水池，静如坟场。

靠近山口的部落，在这场浩劫中无一幸免。两天过去，金水池十几个小部落全部消失，幸存的部落也遭到重创。

角做过的事情，山外的人认真地重复着。有时也稍微加工一下，允许年轻一点儿的男人活下来，借他们的手去征服前面的部落，占领更大的地盘。

目的达到，他们仍然要被除掉。

越是到最后，山外来的人越是力不从心。那些偏远的大一点儿的部落最终得以保全。

接下来的日子，又有一些人拥进金水池，但都没造成多大威胁。

金水池的冲突告一段落，部落里的人觉得自己又回到了人间。然而，原本联系紧密的部落联盟一下子土崩瓦解，甚至拒绝来往。

面对突如其来的暴乱，金水池毫无防备。人们不再相信部落联盟——灾难面前，谁也救不了谁。没有受到冲击的部落全都保持沉默，对那些被灭掉的部落、掳走的女人，非但没有同情，倒有点儿幸灾乐祸。

天丝毫没有晴起来的意思，山外的大水不曾退去。山口内的土地有限、食物短缺，人们仍旧面临着饥饿的威胁。

其实，最大的威胁是天公不作美，未来很可能颗粒无收。

包括角在内的所有人，心里一遍遍地祈求上苍：老天爷保佑，老天爷保佑……

天持续地阴着,人们的心情也一直阴着。

三

天色昏黄,湖上一片寂寥。

箕眛坐在巨石上,一脸的沮丧。这场冲突几乎毁掉了箕眛,她没想到自己和流潦救起的这群人转眼间就成了野兽,成了金水池的公害,数百条鲜活的生命被他们剥夺,化作冤魂。

然而,食物短缺是很现实的问题,杀戮成为一种化解的方式。对峙的双方,都不想认输。在强大的压迫面前放弃抵抗,争取活命,对弱者来说,算是一种文明的选择。但强者不会认可,他们选择赶尽杀绝。

类似的冲突由来已久,人与人的生死相搏,其规模和令人震撼的场景,是虎狼间的打斗无法比拟的。

流潦、箕眛间接卷入了这场冲突。

流潦坐在一边,望着湖上的烟波,一句话也不说。

这是一次失败的拯救。失望之余,两人身心俱疲。不过几天的工夫,却仿佛离开砀山已有上百年的光景,他们想要马上离开这里,但不知为什么,就是下不了决心。

流潦看了一眼箕眛,箕眛头垂着,心事重重。

那天晚上,山神来到他们身旁,要他们去一趟金水池,那里的苍生有难,需要解救。至于面临的是什么样的苦难、如何解救,山神没有详细交代。

拯溺扶危,济人水火。面对夺人性命的大水,流潦出手了。然而,肆无忌惮的屠戮,他们无法阻止。难道他们没有领悟山神的真实意图,抑或辜负了山神的期望？

似乎都不是！箕昧微微摇了摇头。

流潦想起那棵虬松，那是他的邻居，熟悉他的精灵都叫他斜幺。一声炸雷，虬松从此消失，紧接着斜幺也离开了，原来霹雳是想让斜幺彻底摆脱束缚。

斜幺去了哪里？他是不是也来了金水池？

流潦这么想似乎没有任何道理，可这个念头总是挥之不去。三个人的际遇出奇地相似，绝非偶然。

霹雳不会无缘无故地眷顾他。

斜幺确实来了金水池，就在湖边。他每天都围着大湖转悠，冲突过后，金水池异常平静，是一个思考问题、打发寂寞的好地方。

流潦、箕昧不会知道，斜幺就是那个让角追着横扫了一棍子的男人。那天，他从角的魔掌逃脱后一直向前奔跑，告知所有部落：大难来了！正是他的呼喊，许多人得救了。

流潦想不到那个人就是斜幺——这是必然的，他们的身份形象全都改变了。

斜幺没有辜负使命，他知道自己来金水池的目的。遗憾的是，他并不清楚自己的两位邻居也承担着和他一样的使命。

有些事情不能直说，只能意会。就如同接下来他们三个的相遇，虽有安排，若没有一个契机，也很难聚在一起。

该来的，终于来了。

这天，斜幺看见了巨石上的流潦和箕昧。犹豫了好一阵子，他才来到巨石旁，抬头问流潦："你们是从哪里来的？"

流潦说："是从砀山过来的。"

斜幺生出怀疑，大水汤汤，流潦怎么可能从砀山来到这里？不过细看他们：流潦颀长高挑，眼睛极有精神；箕昧个子稍矮，头发乌黑，手上握着一根乌亮的竹杖。非同寻常的两个人，不知他们从砀山来这里做什么，斜幺不便再问。

接下来的每一天，流潦、箕昧都出现在湖边。斜幺再次来到流潦身边，问："你们从砀山来，可曾见过半山腰上的一棵虬松？"

流潦认真地看着斜幺，问："你是怎么知道半山腰有一棵虬松的？"

斜幺说："我就是那棵虬松，是霹雳把我放出来的。"

流潦说："你是斜幺？"

斜幺说："我也看出来了，你是锦蛇。"

流潦豁然开朗，急忙叫过来箕昧，告诉斜幺："她就是绿龟。"

三人在这里重逢，不胜唏嘘，随后谈起金水池的经历。他们从进入山口那一刻说起，直说到山外之人兼并了许多部落。

说到最后，他们都沉默了。

斜幺不想就这么在金水池耗着，却又觉得有什么事情没有办完。今日与流潦、箕昧相见后，心里有了一个判断：他们的使命并没有完成，金水池还会有事情发生。

这是一个他们谁都不愿意久留的是非之地，可又没办法离开。

他们望着湖面升腾的水汽，那水汽又变成雾气，与空中的浓云相接。虽然是正午，天却越来越暗，最后飘起了雨丝。

三个人的心情更坏了。

不止他们三个，整个金水池的人都没有好心情。

斜幺每天都在走动。早晨，他沿湖岸一直向前走。山口越来越远，部落也越来越多，但都不是很大。前面，有两个男人一边走一边哭。斜幺追上去问他们是不是在这场冲突中失去了亲人。

男人一边流泪一边说不是。

斜幺又问他们有什么伤心事，两人摇摇头。

后来，两人径直向水边走去，看着湖水，号啕大哭。

斜幺怕他们想不开，便在岸边徘徊。

身后又来了几个男人，还是一边走一边流泪。

斜幺问他们为什么流泪，他们不回答，只是默默地流泪。

部落那边隐约传来女人的哭声。

斜幺糊涂了，金水池突遭横祸，悲伤是难免的，可这几个部落都没有受到冲击，族人为什么这样悲伤呢？所有人的脸与天空一样，布满了阴云。

他转身走了回来，把看到的情形告诉了流潦。

三人陷入沉默。

斜幺不知看到了什么，突然指着竹林问流潦："你看竹林里是不是有什么东西？"

流潦顺着他手指的方向看去，隐隐约约像是一个人影。

他叫过箕昧，指给她看。

箕昧看了一会儿，说："像是一个女人，一会儿虚一会儿实，看不清。"

那确实是一个女人，一个伛偻的女人。

风拂过竹林，竹叶翻飞，簌簌地响。女人也发现湖边站着三个人，正朝她指指点点。她心里一阵发慌。

女人从未在一个地方待得太久，因为她会给人们带来灾难。

斜幺想探个究竟，说要到竹林里看一看，却被流潦拦住。

流潦觉得在没有把握的情况下，不要擅自行动，免得麻烦。

箕昧也这么认为。这趟金水池之行充满了不确定性，险象环生，要处处小心。

斜幺只好收起好奇心。这里处处潜伏着危机，他们三个势单力孤。

四

竹林前的空地上坐着一个腰背弯曲的女人,垂着头,整张脸都被头发遮住,让人看不清长相。不过从身材判断,她的年龄应该不大。女人一坐就是半日,天快黑的时候才朝竹林走去,消失在那片幽暗的绿幕之中。

金水池常有外地人流浪,白天他们去部落讨口吃的,晚上就躲进竹林过夜,没有人觉得奇怪。

部落族人发现了这个女人,便问她叫什么,从哪里来。

女人不发一言,像是心中藏有什么伤心的事情。看见她的人会更伤心。

她大概是个哑巴。人们给她起了一个名字——尪巫。

有善心人给她送来吃的,尪巫也不挑剔,接过陶碗,把里面的食物吃光。有人砍下竹子,在湖边给她搭建了窝棚,尪巫算是有了落脚的地方。

这个孤苦的女人是谁、从哪里来,已经无所谓了,连尪巫自己都不在意。她今天出现在这里,明天也可以出现在那里,一直漫无目的。金水池的人不喜欢她,也不排斥她。没有人知道,正是她给金水池带来了这场灾难。尪巫去了哪里,哪里就阴云密布。尪巫每天都处于悲伤之中,因为悲伤,天空常常飘雨。尪巫哭泣的时候,就会有洪水暴发。她的气息、她的情绪弥漫在山口内外的每个角落。

遥远的上古,部落之间无休止的杀戮产生了许多冤魂,每个冤魂眼里都汪满了泪水,这些泪水化成片片飞烟。

一个黄昏,飞烟在空中汇聚成女体——一个伛偻的女人,还带着悲凉压抑的坏心绪。

只看了一眼深邃的原野,她就泪流满面。还没等哭出声来,阴云四合,暴雨如注,尪巫随着冰雹降落在地。

她从地上爬起来,浑身沾满了泥水。

雨水打湿的乱发遮住了尪巫的眼睛，被她轻轻地用手拂开。哀伤的目光里，闪过一丝迷茫。

雨幕里，所有昆虫都缩紧身子，抱着蒿草避雨。一只螳螂死死地盯着她，用含混不清的话语责怪她。

尪巫也盯着螳螂，读懂了对方的意思：你赶紧离开，我们不欢迎你！

刚刚来到这个世界就不受待见，尪巫的心里更加难过。

雨越下越大，蒿草摇晃着，螳螂不见了。

荒野上有很多螳螂，这只快嘴的螳螂大概是被雨水冲走了，尪巫的心情稍稍好转。

暴雨停歇，天空却没有晴朗起来。尪巫仔细辨认着方向，却分不清东南西北，她沉重地叹息一声。

脚下是一片没膝的荒草，天底下除了她自己，就再也没有别人。尪巫感到十分孤单。

不远处升腾着雾气，那是一条大河。尪巫朝大河走去。至于为什么，她也不知道。

一场暴雨让大河更加宽阔，河水打着旋儿往前奔流。尪巫站在河边朝对岸看。几只乌鸦从她身旁飞过，越过大河，消失在远处的树林里。

一只犯傻的乌鸦却落在河对岸的空地上，呆呆地望着尪巫。

尪巫心里好奇，仔细看它。那是一只年老的乌鸦，羽毛焦干，已瘦成一把骨架。

乌鸦大声聒噪。尪巫费力了好大心思才弄清楚乌鸦的意思：它来日无多，想要与她为伴。

尪巫摇摇头。

天色将晚，乌鸦不再缠着她，挥动翅膀飞走了。

尪巫虽然没有答应乌鸦的请求，但一点儿也不排斥乌鸦。她看着乌鸦飞去的方向，接着往前走去。

她走进河水。

水面，几只蟹看见了她。

"你从哪里来？"一只雄壮的蟹游到她身旁问。

尪巫像是没听见，一直朝河中心走去。

接着，河面不知从哪里冒出许多蟹来，密密麻麻的，围着尪巫不住地嚷嚷。

"留下来吧！"

"和我们在一起。"

"我们喜欢你。"

…………

尪巫一点儿都不喜欢它们，挥手拍掉爬到她身上的几只蟹。

众蟹觉得无趣，全都不见了，河面又恢复平静。

大河并不能淹没尪巫，只见她涉水过河如同幽灵在游荡。

暮色四合，她爬上岸，不一会儿就来到树林前。

她累了，靠着一棵大坐下来，闭上眼睛。

这时，她又觉得自己是一片飞烟，从地上轻轻飘起，飘入云端。

尪巫睡着了。

草地上，一双双疑惑的、惊恐的、仇视的眼睛盯着她。

尪巫走到哪里，哪里就会阴天下雨，所有轻翅都讨厌她。它们商量了一阵子，决定尽快把尪巫赶走。一只身强力壮、生性蛮横的螳螂落在尪巫的头顶，冲着她的耳边大叫："赶紧滚开！再不走，我们就要下口了！"

尪巫睁开眼睛，身后的螳螂潮水般拥来。事不关己的蝼蛄也前来助阵，撞在尪巫的肩膀上，没头没脑地噬咬。

尪巫怕了，一下子跳了起来，不住地拍打身体。

两侧的飞蝗又朝这里扑来，遮天蔽日，前面几只已将唾沫吐在了她身上。

尪巫双手抱头，深一脚浅一脚地往前逃去。荒野上所有会飞的东西都令她讨厌。

她再也不想看见它们，面前却有更多双眼睛盯着她。

赶走尪巫，飞蝗、螳螂舒了口气。眼神不好的蚱蜢也安下心来，抱着草稍小憩。

荒野上，尪巫看见一条小路，赶紧奔了过去。一望无际的荒原既没有希望，也没有失望。

太阳从云端冒了出来，不如往日明亮。尪巫心里一点儿光亮都没有。

前面就是部落，小路从两座茅屋之间穿过。尪巫来到近前的时候，茅屋前的空地上飘起炊烟。尪巫不喜欢烟火，继续低头朝前走。

几个女人正在烧火做饭，看见身旁的尪巫，心情全都变坏了。

她们无缘无故地抹起眼泪，其中一个女人竟然哭出声来。

尪巫不清楚发生了什么，扭头看了她们一眼。

几个女人全都哭了。

哭声惊动了茅屋里的男人，他们提着木棍从屋里钻了出来。

男人问她们怎么了，女人们谁也不说话，只是哭。

一个女人被问得急了，用手指了一下尪巫。

男人看着离去的尪巫，想弄个究竟。他往前追了几步，又停住了。

他有些伤心，莫名地伤心。一个伛偻女人，追她做什么？追上她，又能怎样？

另外几个男人和他一样，全都欲哭无泪。

尪巫一直朝前走去。

几个寒暑之后，她来到金水池。

五

早上，尪巫站在岸边，冲着湖水发呆。

蜈家四兄弟也被她吸引，站在巨石旁偷偷地看她。

斜幺从水边走来，仔细打量尪巫。尪巫察觉到了，垂下头，散乱的头发几乎遮住整张脸。

尪巫刻意躲避斜幺，当然也躲避着流潦和箕昧。无论这三个人哪个出现，她都迈动脚步，朝竹林走去。至于为什么躲着他们，或许是尪巫从他们身上感觉到了什么。乍看，他们与金水池人没什么不同，但他们身上分明透着一种冷厉，让人感到压抑。

在与金水池一个精灵闲聊时，斜幺说起了尪巫。精灵告诉他，尪巫不是一个吉祥的女人，她始终与灾难相伴，一定要远离她。至于尪巫的来历，精灵也说不清楚。

三个人心里觉得，尪巫并不简单，金水池的这场灾难或许与她有关。不过想要揭开尪巫的秘密，并不是件容易的事。

尪巫今天有些奇怪，斜幺就站在她跟前，她没有像往常那样立马离开。

平静的湖面泛起一圈圈涟漪，蟹婆和几个虾姑钻出水面，随后朝岸边走来。

尪巫一下子抬起头来，看见蟹婆一伙人，身子一阵哆嗦。她转过身，想要离开。

蟹婆从背后将她叫住，几个虾姑也站到她面前，挡住去路。

尪巫无路可走。

流潦、箕昧、斜幺赶紧过来，拜会蟹婆。

蟹婆说她奉水神之命，来收走尪巫。

蜈家四兄弟也想凑个热闹，悄悄地站在大家身后。

蟹婆说:"尪巫,今天我带你去一个地方,一会儿就回来。"

尪巫害怕蟹婆,只得接受安排,跟着蟹婆一步步朝湖边走去,几个虾姑跟在她身后。她们走进湖水,湖水一点点地将她们淹没。

人们望着她们消失的地方,祈盼蟹婆和尪巫再次出现。

过了好一会儿,水面一点儿动静都没有。

斜幺说:"她们还能回来吗?"

没有人回应。人们的目光搜寻着水面,由近到远。

"他们大概回不来了。"

斜幺忽然转过身,朝岸上看去。蟹婆就站在那里,身旁还站着一个女子。女子冲人们面露微笑。

人们相信那女子一定是尪巫,她不再伛偻,身材变得很好看。

蟹婆朝人群招招手,斜幺、流潦、箕眛、蜈家四兄弟都朝岸上走去。他们全都是冲着女子去的。

女子的微笑让大家感到一种自然、一种亲切。看着看着,人们又觉得她不是尪巫,蟹婆很可能把真的尪巫藏起来了。然而,她确实是尪巫。水下很梦幻,明净疏旷的空间看不到边际,水族们也不总是待在一个地方,会到处走动,做自己喜欢做的事情,随心所欲。

蟹婆带着尪巫朝一个屋子走去。两人来到门前,蟹婆将两扇小门推开,告诉尪巫走进去后,再从后面的门里出来……

再见到尪巫时,她整个人焕然一新,金水池拯救了她。

应该说是水神拯救了她。

此时此刻,尪巫又是如何看待这个世界的呢?

蟹婆将人们叫到跟前,告诉大家:"她的名字叫嬉,不再是尪巫,一会儿就要去砀山,那里有她的一个位置。"

蟹婆还说,这都是上天的安排。

太阳从东南方的云里钻出来，金水池的天空放晴了。起伏不平的山，变得绿意浓浓，男男女女的心野洒满了阳光。

在茅屋里憋得太久了，谁都受不了。孩童率先跑到外面，仰脸看了看天空，便朝湖边跑去。

尪巫从人们眼里消失了，代之而来的是嬉。站在蟹婆身旁，嬉一句话也没说，看她的表情，应该是快乐的。

嬉的归宿是砀山，与谁在一起、未来怎样，那是她的造化。

人们还有一个疑问，嬉会不会是个哑女？

相信她不会，这么可人的女子，怎会是个哑女呢？

蟹婆对斜幺、流潦、箕昧嘱咐几句后，带着虾姑返回湖中。

直到这时，斜幺、流潦、箕昧才松了口气，心中的迷雾全都消散了。

箕昧来到嬉身边，牵起她的手说："我们是不是该走了？"

嬉点点头，跟着三人往山口走。走着走着，嬉停下来，回头看着大湖。她的目光，充满了柔情和喜悦。

第十三章　夜色

一

夜色中，迎采站在茶山脚下，冲着北天出神。离开瑶百十个日子，一直没能见到她。

菊坡那边，琪不紧不慢地走过来。迎采看见，迎上前去。

迎采问："琪，你要去哪里？"

琪答："去看天河。"

迎采说："我们一起去吧！"

琪说："今夜天地河水贯通，有好多平时看不到的景致。"

迎采说："要是能遇见瑶，该有多好。"

琪说："瑶不可能来的。"

迎采说："我也知道她难得出来。"

看得出她们见面的机会一定不少，一次人间之旅更加深了她们之间的感情。不要对迎采有什么疑问，瑶带出天门的的确是一株仙草。迎采的本体是仙草，走出本体就是仙子。

天河岸边飞鸾刚去落凤又归，茶山、菊坡、筱园灯火闪耀，人们登高远眺，无数星座落下又升起。

星光璀璨的天河浪花涌动，几个黄衣信使从东天飘来，行至天河上方丢下云彩，走进水中，水汽立刻将他们笼起，送向人间的江河湖泊。

琪和迎采相伴朝天河走去。

天河越来越近，水汽也越来越重。虽然是黑夜，激荡的天河银光闪烁，气势非其他河流能比。

两人在岸边停下，看着天河少有的波涛。

琪心里默默地呼唤瑶。

迎采陷入沉思，冲着天河出神。她见证过瑶的艰辛，也为瑶后来的幸运而欣喜。瑶去了玉阙，两人从此分开，茶山的逍遥缥缈和晚风追逐都抵不住她对瑶的思念。

琪没注意到迎采的惆怅情绪，抬头看着北天，那里飘来一朵白云。

云越来越近，一个女子出现在上面，她藕色对襟纱衫越来越清晰，两人全都认出那是瑶。

来到近前，瑶身子一转，从云上走下来，琪和迎采迎上前去。

自从离开茶山，瑶第一次归来，看见琪和迎采，她又恢复了往日的天真和稚气，拉过琪，将她拥在怀里。

"琪，我每天都看着你。"

"可我却看不见你，不知道你在做什么。"

久别重逢，不胜唏嘘。迎采幸福地望着这两个人。

瑶放开琪，拉起迎采的手，眼里透着怜惜，"把你留在这里，委屈你了。"

迎采脸上带着微笑，"自由自在，挺好的。"

瑶知道迎采说的是实话，她喜欢独处，看她的快乐的样子，忧郁即刻散去，心胸豁然。

茶山的日子无拘无束，迎采怡然自得，也变得成熟了。

微微风起，天河水波涌动加剧，瑶若有所思。她放开迎采，说道："娘娘给了我片刻时光，我才有机会出来走走。"

琪心中一动，说道："我们再去一趟金水池，好吗？"

瑶微微一笑，道："正有此意。"又招呼迎采："和我们一起去吧！"

迎采很兴奋，说道："我想去一趟青崖。"

瑶知道迎采有一个牵挂，那就是青崖老者和遍地的野菊，于是说："也好，我们先去那里。"

琪想起青崖上的黄葫芦，若不是它的庇护，自己很难全身而退，便说道："我想再去看看崖壁。"

瑶点点头，看着琪说："是不是把园子里的事情安排一下？免得麻烦。"

琪对园子里的事情并不在意："不用，只要不被金菊、白菊知道就行。"

瑶还是觉得不妥："跟琬说一下吧！也好有个照应。"

琪想了想说："还是不让她们知道的好。"

瑶不再坚持自己的想法，看了一眼茶山，还有远处的筱园……

茶山一如既往地寂静，这个季节采茶仙子无事可做，全都游玩去了，连个人影都没有。

"只有这一个夜晚，我们快去快回。"说完，瑶带头走进天河，琪和迎采跟在她身后。

天河迅速地拥抱住她们。坠入星河的感觉真的不错，这里极深极静，幽深如同长夜，四周满是灿灿星光。

三人各自隐入星座，闪电般划入天河深处。银光万道，星星从她们身旁掠过。侧前方一个小星座由远而近，星座隐去，一个女子出现在她们面前。看那黄衣、那身材，分明就是故人。瑶停下来道："奕女……"

的确是奕女。

"我在那边等你们半天了。"奕女一脸的喜悦。

瑶在奕女面前停住，说："奕女，没想到在这里遇见你。"

"你们说的话我都听见了,很想跟你们一起去。"奁女情真意切地说。

那年,瑶和琪离开金水池的时候,奁女没有挽留。此后,她们天各一方,再也没有见面。一百多个寒暑过去了,那个早晨,奁女、璞、飑、全姐将她们两人送出竹林。巨石旁边,瑶向大家作别,那场景清晰地保留在两人的记忆里。

奁女怎么也不会想到瑶出了山口后蹲在地上失声痛哭。琪很无奈,她没有上前劝解。她知道,无论说什么都没有用,只有时间能够抚平瑶内心的伤痛。

伤痛因璞而生,也因璞成为过去,并不会长久地影响瑶和奁女。再次相见,两人心中泛起无法言说的感慨。

的确,那个夜晚,包括全姐和飑,他们全离开了,山洞里只有瑶和璞,奁女能做的也只是这么多。

瑶理解奁女当时的心境,也感激她的安排。采茶仙子与侍菊仙子惺惺相惜,没有不可调和的矛盾。即使是村姑,也得学会放下,不应耿耿于怀。

迎采看着奁女。她对奁女并不熟悉,瑶把奁女介绍给她。

瑶不会把那段过往告诉迎采,仙子之间的事情外人只能自己揣摩。大家的心思都在金水池,奁女的目标更多,有大峡谷,还有胭脂渡,那里有她一段段美好的回忆。

天河无底,深不可测却有边有际。很快,她们就走出激荡。在这里,天河的水汽凝结成云,四人很随意地就踏了上去。

这注定又是一次奇妙之旅。

二

她们又看见了青崖,这里刚刚入夜。

青崖并不安静，四周高大的竹子以及地上的花草全都笼着水汽，蜻蜓、蚱蜢、蝴蝶以及所有会飞的小虫子紧紧抓着蒿草，想飞却飞不起来。溪流边，蟾蜍、蜥蜴和眼神不大好的蚺蛇，也都瞪眼看着天空，各种打扮、怀揣各种目的的男男女女以及一些长相奇怪的生灵，乘着白云在青崖升起落下。

一年两度，这是最后一个天地河水贯通的日子。上弦月朦朦胧胧地挂在天边，天河的水汽弥漫了整个星空，天河与地上河流湖泊真正交汇的时刻还没有到来。青崖下那条碧青的溪流被夜风吹起一圈圈皱纹，一些起了心思的灵魂在它下面一起一伏地往来。午夜一到，溪流借着天河的水汽激起白色的浪花，伴着碎玉般的声音向前奔去。一个个生灵也从水中探出头来，吸吮天河的水汽。靠近溪流的花草树木，也为弥漫过来的水汽伸展枝叶，虽是露水姻缘，但谁都不肯轻易错过。

竹韵花香，心波荡漾，瑶、琪、迎采三人都在寻找曾经的过往。

那天，瑶和琪共乘一片彩云，沿着溪流寻找失落的仙草。琪发现青崖绝壁上的青藤上结着一个泛着淡淡金光的黄葫芦。琪随手摘走它，被青崖老者发现了，他并没有理会。这是个意外的收获！生死一线间，黄葫芦拯救了瑶，也保护了琪。

今夜，琪仔细打量着绝壁，那里空空荡荡的，不见闪着金光的青藤，更没有她期待的黄葫芦。

瑶知道琪的心思，告诉她不要再找了，青藤不会再次出现。

迎采仔细地看着地面，将当年她坠地的地方指给瑶看。那天，一株野菊将她遮盖得严严实实，如今这里又生出好几株野菊。瑶和琪顺着她指的地方看去，这地方并不偏僻，遗憾的是被她们忽略了。

当然，如果她们没有忽略，恐怕金水池的故事就得改写了。

迎采比瑶和琪更熟悉青崖，她在这里度过了许多日子。

当瑶决定带她到人间的时候，仙草显得有些落寞。离开原来生活的地方，仙草并未感到孤独，相反，她喜欢上了茶山的空寂，这与一个人在某个地方住得久了想换一换环境倒是有些相像。茶山山岚抹黛，花草欣然，仙草很喜欢这地方。瑶离开天上之前把它连根拔起，仙草默不作声，无奈地接受了这种安排。仙草是有情义的，知道这注定是一次艰辛的旅程，可瑶的友情让她没有别的选择。她告诉瑶，即使分开了，瑶只要叫她一声，她就能听见。然而，那天的迎采迷迷糊糊，并不知道瑶和琪已经来到身边，失去了重逢的机会。

青崖下，迎采听了老者的话后一直保持缄默，那也是为了瑶，好令她和琪能早点儿归来。

夜里的青崖现着深黛色，一道彩雾轻轻地笼罩着崖顶。青崖比以往任何一个夜晚都要迷人。

瑶、琪和娈女一下子丢弃了云彩，迎采最后一个跟着她们落地。她没有再次飞升的本领，但知道这三人无论谁都会出手拉她一把，她还能够乘云飞去。

青白色的野菊在夜空下闪着银色柔和的光，它们只属于青崖。

平缓的坡地，除了野菊还是野菊，清净纯一，绝无杂色。青崖是瑶和琪那场人间之旅的起点，也是终点——她们的艰辛困顿从这里开始，也在这里结束，迎接和送走她们的野菊并不鲜艳浪漫，它们的凄清恰到好处。瑶和琪全身而退时，野菊的神圣见证了瑶的冰清玉洁。

迎采第一个看见茅屋，那是她居住过的地方。她赶紧带着瑶、琪、娈女朝茅屋走去。

茅屋门前，站着一个年轻人。迎采以为他一定是嘻，一百多个寒暑过去，嘻应该长大。

年轻人朝她们走来。

她们停住，在那里等待。

年轻人来到跟前，双手抱拳道："在下足青，奉公公差使，迎接贵客。"

迎采仔细辨认，这是一个红脸汉子，真的不是嘻。她屈膝还礼："公公现在何处？"

足青回头朝茅屋看去，青崖老者已经出现在门前，望着这边。他看着迎采道："公公正在那里等候。"

"我们这就过去。"迎采率先朝老者走去，瑶、琪、娈女紧紧跟上，足青跟在她们身后。

还是那间茅屋，一点儿都没有变化。瑶忘不了，初冬的早晨，老者一身青衣，与今天无异。

四人欲上前行礼，老者赶忙止住："同路中人，不拘俗礼。"

老者与这些远道而来的客人在茅屋前的空地上坐下，足青在稍远一点儿的地方站着。

瑶问："怎么不见嘻？"

老者答："嘻有了新差事，在山洞那边掌管文案。"

琪指指足青说："我还以为他就是嘻。"

老者说："他本是一匹天马。青崖管辖的地方很大，忙不过来，上天就把足青派到这里，他每天要跑很多地方。"

瑶心想，看足青通红的面庞，猜到他必是一匹红色的天马。

足青知道他们在议论什么，朝这边笑笑。

迎采说她们很想见到嘻。老者让足青在前头带路。

告别老者，瑶、琪、娈女、迎采跟着足青去见嘻。

披蒙茸，踏苍苔，足青把四人引到青崖背后，在一处山洞口停住。这里青竹撑天，野花遍地，草香清凉，看上一眼就让人心醉。这是鲜有的好去处，嘻留在这个地方，相当幸运。

迎采有些遗憾，如此绝美的地方，自己在青崖逗留了好长时间，竟然没有发现。

足青要四人先在这里等候，他先进山洞去告诉嘻。

四人敛神屏气，谁也不说话，期待嘻的出现。

足青进去不久，就随着一个少年出来。

少年就是嘻，那个曾经头上留着两个髽髻，身前挂着麻布肚兜的小童。

瑶问："嘻，还认识我吗？"

嘻说："你是瑶，你是琪，你是迎采，幸会幸会！"

然后，他看着娈女，问："这位是……"

瑶说："她是娈女，从天河来。"

嘻说："幸会！"

娈女说："幸会！"

嘻将四位迎进山洞，足青便告辞了。

他们各自找了个石礅坐下，说些分别后的事情。得知瑶去了玉阙，嘻欣喜无比，对此前给瑶带来的伤害羞愧不已。

嘻的前身叫殇。殇究竟是谁？从哪里来？在《金水池》中没有明确交代，只是简单叙述了遥远的上古发生的一场灾难，殇就是那场灾难的结果。殇是以人物形象出现的，他渴望融入人群，但人们都不喜欢他。苦闷的殇必然要宣泄自己的情绪，但这只会给人们带来深重的灾难，瑶因此成了无辜的受害者。

殇到处游荡寻找出身，但未能如愿。走到瀑布下的深潭边，殇停了下来。此时，殇是安静的。他学着潭水的样子把岁月的焦虑、失落和痛苦压在心底，慢慢地闭上眼睛。

他感到潭水从熟睡中醒来，正在诉说一个故事：遥远的上古，十位佛子争斗不止，怨气聚集成一物——殇。这直接点明了殇的出身。殇显然领悟到了，认为是深潭给了他启示，所以不再继续游荡。但这并不是殇真正意义上的觉醒（《金水池》中接下来又说殇"不是真的明心见性，而且也不端正"），看来，深潭并没给殇任何启示，一切都是幻觉。

既然是幻觉，殇的出身之谜仍旧没有解开。

遥远的上古，谁能造出足以充斥一隅的凶秽？先民不具备这个能力，猎食者不搭边，小精灵惹不出大灾大难，唯一相关的就是那十个佛子，《金水池》中没有明确的指向。但小说还是给出了最终答案："上古时候发生一场劫难，生灵互相残杀，凶秽之气弥漫人间，十位佛子倾力涤荡收束凶秽于一隅，给它取了个名字叫殇。"

生灵之间互相残杀成了原罪，佛子是这场灾难的终结者。可作为祸患的殇，早已不想留在世上，他要把自己完完全全地还给那十个佛子。最后时刻，殇仍然坚信自己就是祸乱的产物，他明明白白地选择了毁灭。

殇因何而生？这似乎是个无解的问题。或许《金水池》的真实意图是：殇是十个佛子争斗的产物，佛子必然会让他以一种全新的形象再次出现在人们面前。

浴火重生，殇最终成了一个俏皮的小童——嘻。这当然是一个完美的结局。作为祸乱的产物，殇不管因谁而生都是一种不幸。有理由认为：没有恶斗和杀戮就没有凶秽，没有凶秽也就不会有殇，没有殇，天下自然就会清平。所以，太平总比祸乱要好。

幸运的是，殇成了过去，世上多了一个叫嘻的少年。

山洞外，星移斗转，上弦月快要落下去的时候，瑶、琪、娈女、迎采站起来，向嘻告别。

嘻将她们送上青崖，瑶、琪和娈女各自召来一片云彩站上去，瑶拉了迎采一把，四人向金水池飞去。

三

透过水雾，金水池现出深邃的黛色，周围连绵的峰峦清晰可见。一行人很快就到了湖上。半空中，瑶寻找岸边的那块巨石，那里有一条通往山坡的小路，全姐就住在半山坡的山洞里。

最熟悉金水池的当数娈女。这个夜晚，天上人间蕙芳散漫，绯衣秀逸，和青崖一样，巨石旁人来人往，热闹如常。

巨石就在前面，娈女跟大家说不如越过竹林直接去半山坡见全姐。瑶也是这个意思。四人转了个方向，在山洞前落下。

不知全姐在不在，又不能贸然走进山洞，琪踏了踏地面。

听见动静，墨姑走出山洞。

四个陌生女子形貌各异，一看就不是村姑。墨姑赔着小心道："列位，墨姑有礼了。"

瑶也微微屈膝，算是还礼："我叫瑶，求见全姐。"

墨姑仔细打量，发现瑶果然气度不凡，瑶这个名字被全姐不止一次地提及。她弯下腰道："仙子稍候，墨姑这就去请全姐。"

她刚转过身，全姐已经来到众人面前。

"瑶……"

"全姐……"

…………

久别重逢，她们既欣喜又感伤。琪是个爱哭的女子，强忍着快要流出的泪水与全姐见面。全姐拉着瑶，招呼大家一起走进山洞。

山洞不深，拐过一道弯，一片平整的小石滩出现在乱石后面，这就是全姐的住处。风从洞口吹进来，夜里多少有些凄冷，没有人相信全姐居然生活在这样的地方。

全姐的住处不需要装饰。璞离开后,那些使用过的陶碗、陶罐全被她清理掉了。鸟奔枝梢,兽潜蛮荒,了无痕迹是最好的生存之道。

六个人在小石滩坐下。

聚在一起,大家自然要提起璞。上次离开,瑶去了玉阙。虽然同在天上,两人并无机会见面。直到今晚,瑶才知道璞又曾两次来到金水池。瑶不会主动打听璞的消息,他们那一段早已过去。

兴奋过后,瑶很快陷入消沉。生死关头,全姐拯救了自己,今天自己又能为全姐做点儿什么?她为全姐惋惜——离开璞,一个个凄冷的风雨之夜,全姐是如何打发的?全姐看出瑶在强打精神,便约她去看大湖。

瑶也想摆脱低迷的情绪,便答应了。

出了山洞,娈女说她想去一趟胭脂渡。瑶看看天色,怕时间不够,告诉娈女早去早回,天亮之前在这里碰头。

娈女答应一声,踏云疾驰而去。

全姐伴着瑶、琪、迎采沿着小径朝湖边走去,远远听见水边有人嬉笑。部落族人并不知道今夜天地河水贯通,只是觉得这一夜有些热闹,不愿早睡的人来到湖边,燃起篝火,蹦跳嬉戏。

一对男女在湖边争吵。女人披散着头发,看不清她的脸。男人戴着草编的花环,眉眼几乎全被草叶遮住,只能看见长长的胡须,给人的感觉有些诡异。

蜈家四兄弟耐不住寂寞,站在人群后面朝那边张望。

两人越吵越激烈,男人开始动粗。没有人知道这对男女来自何方,更没有人前去劝解。

全姐一行在巨石旁停住,也被这场面吸引。

女人显然吃了亏,踉踉跄跄地朝巨石这边跑来,男人在后面紧紧追赶。

全姐觉得蹊跷,想避开,但还没等她说话,女子已奔到跟前。

她显然是冲着瑶去的。

瑶躲闪不及，与她撞了个满怀。

女人像是见到了救星，张开双臂将瑶紧紧抱住。

瑶发现不妙，用力将女人推开。女人坐在地上，捂着脸，低声哭泣。

男人跑过来，一把将女人从地上拉起，两人迅速朝山口跑去。

全姐过来，冲着瑶，问："没事吧？"

"没事。"瑶已经平静下来。

刚才发生的事情迎采全都看在眼里，她盯着那对男女跑去的方向，一句话也不说。她看出了端倪。

琪来到瑶面前，说："你丢了多少灵气？"

瑶笑笑说："我有提防。"

全姐挽起瑶的胳膊，说："让你受惊了。"

瑶看着全姐说："一只貂鼠，她什么也没得到。"

迎采自言自语："貂鼠是这个样子的。"

听见她们说话，蜈家四兄弟奔过来，冲着瑶说："什么时候来这里的？也该告诉我们几个的。"

看见蜈家四兄弟，瑶的情绪好起来。确实，在砀山前的部落多亏这四兄弟，夜夜守护着她。

瑶很感激蜈家四兄弟，邀请大家爬上巨石，一边看湖一起追忆曾经的过往。

这是十分复杂的情感经历，有必要在此梳理一下。

瑶不辞辛劳追逐爱慕之人，可来到金水池之后才发现自己此行已是枉然。瑶见到璞之后悲伤徒生，不仅自己难过，也影响了身边的全姐。对全姐来说，砀山归来一切都成了前尘往事，璞的身边已经有了娈女。此刻，全姐只在乎和瑶刚刚建立起来的这点儿缘分。当然，作为同路中人，她并不排斥娈女。

全姐终于和璞走到一起，他们有很长的一段日子。起初，璞与全姐坐在山洞内一起听着外面风吹过竹林发出的寂寞之声，两人心中都泛起一股淡淡的忧伤。他们在忧伤什么？璞的答案很好找。全姐呢？她的心情就复杂多了。他们就像丢失了什么，却又不知究竟丢失了什么。他们在暗中彼此注视，然后默默地依偎在一起。他们之间的关系就像金水池的夏天，温暖但不燥热。全姐接纳了璞，但他们已没有最初的激情，一切都显得十分平静。璞刚刚来到金水池，无意间住进了全姐的山洞。全姐欣赏这个孤单的少年。离开璞，她简直活不下去。璞离开金水池的那个早晨，全姐在山口外将他拦下。那是两人第一次面对面站在一起，全姐的一番表白让璞既无奈又生气，他还是轻轻松松地摆脱了全姐。全姐苦苦守候了五年，一千多个日夜全被她荒废掉了。其实那也怪不着全姐，因为彼时璞的心里只有瑶。应该说，到现在璞也未必把瑶全部放下——他虽然和全姐住在一起。毕竟，被贬金水池，首先要找个栖身之所，如果有女人相伴就再好不过了。多年以后，璞和飏要回到天上的时候，璞和全姐的表现都有些奇怪。那个夜晚，璞看了看熟睡中的全姐，悄悄走出山洞。他没有正式和她告别，哪怕给她一个暗示。而全姐似乎对此一点儿反应也没有，以她的能力，璞要离开这样的大事怎会不知道？没有谁相信全姐真的睡熟。当璞和飏借助水汽踏上一片云彩慢慢升起时，她就站在山洞外默默地望着天空，场面相当感伤。

全姐对璞的眷恋是深刻的、痴迷的，也是无奈的，因为璞一去不复返。

全姐、瑶、娈女的关系的确很微妙。

四

娈女没有直接去胭脂渡，经过大峡谷时她停了下来，这里曾留下她一段美好的时光。

她和璞在这里度过近百个日夜，岁月变迁，茅屋已经消失，百合花也所剩无几。

记得离开大峡谷的前一天，璞坐在山崖上久久望着金水池，心中满是失落。天近黄昏，奀女出来找他。她登上崖壁，在璞身边坐下，两人一起看天边慢慢下坠的夕阳。崖顶吹来的风凉凉的，奀女伸出双臂拢住璞的脖子。

她和璞的缘分就这么短暂，分开是鼍婆的意思，不能违拗。

丢了魂的璞回到筱园，想着接下来漫长无尽的日子，心野草般地荒着。然而，在天河边两人再次相遇时，璞说了一句实实在在的心里话："我很后悔，后悔和你离开大峡谷。"让奀女意外的是，那种情境下璞竟然向她索要银簪。奀女觉得璞变了，变得让她吃惊。更让奀女吃惊的还在后头。璞说："我忘不了和你在一起的日子。未来的某一天，你还愿意和我一起走吗？"这是一个十分荒唐的念头，刚刚归来就想离开，璞的想法让人难以置信。在奀女眼里，璞已经不是大峡谷里那个空灵的少年，她后悔跑出来见璞，一番苦口婆心的劝导并没使他彻底清醒。璞为什么会这样？他是被情爱冲昏了头脑。

今夜，这里只有她自己，一切都过去了。奀女长出了一口气，离开山崖接着向东飞去。

她回到胭脂渡，这里不同于青崖，也不同于金水池，渡口冷冷清清的，只有几个精灵在岸边徘徊。鼍家族没了踪影，鼋家族也不见一个人。

奀女朝河边走去，那里拴着一条独木船。

精灵们看到奀女，一百多个寒暑对他们来说并不是很长，他们仍保留着关于奀女的记忆。

那时的奀女十五六岁的样子，却有了成熟女子的风韵，像是一个地地道道的村姑。奕女原本来自天河，并不在乎胭脂渡的河水，可她却取出划船的桨，学着艄公的样子将小船划入河中……玩累了，弃船上岸，蹲下身子看着水面自己的倒影。

部落里没人见过奕女，她更不会主动接触他们。在胭脂渡与奕女有交往的就是女鼍，鼋、鼍两家相互仇视，女鼍对奕女却有好感。那时的奕女藏在自己的茅屋里，几天甚至几个月不吃一点儿东西，眯眼在柴草堆上静坐，一坐就是很久。没人打扰的日子最是惬意，林梢月色，青天白云，她觉得自己既是人，又是仙。

回到天河，奕女一身黄衣，头上插着银簪，完全不像在大峡谷那样赤着双脚，粗糙的麻衣套在身上，脖颈下仅有的两个衣带都没系上……不同的处境，就有不同的奕女。她的形象随着环境而改变，这是她聪明的地方。她的性情既文静又活泼，既懒散又严谨，与瑶和全姐都不一样。就是这样一个情感细腻的女子，还是没能让璞把心思完全放在她身上。

如今的胭脂渡，鼋、鼍两家的恩怨早已成了过去。奕女是聪明的，没有直接介入两家的冲突。正因如此，女鼍才不排斥奕女，她们心中甚至还有一丝牵挂，这也是今夜奕女来此的一个原因。

奕女和璞离开之前，一把火烧了自己的茅屋，断壁残垣成了女鼍的栖身之所。树林里的这片空地，因为奕女，让女鼍在仰俯之间都能感受到梦境之美。所以，一到夜晚，她更愿意留在这里。

看完大河，奕女朝岸上的树林走去。

奕女的脚步很轻，但在沉寂的夜里，女鼍还是听得清清楚楚。熟悉的身影，只不过换了一身穿戴，女鼍还是认出了奕女。

故人重逢，欣喜若狂。

女鼍不相信奕女是一个人来的，问："璞在哪里，他也来了吗？"

奕女说："我是一个人来的。"

女鼋并不知道上次龙女将她推进天河，娿女也是助了力的。

那是天上的夜晚，水中的神灵眼睛瞪得如同灯盏，全都看着女鼋。龙女和女鼋离开艾地的时候，娿女看见了她们。她十分清楚龙女要做的事情，为了不惹麻烦，她远远地拦住女鼋，不使其走得太远。龙女也看见了娿女，但没有机会与她相见。女鼋是幸运的，她也得到了艾地主人的帮助，归来时身上还闪烁着蓝色的光芒。就像今夜，娿女主动来找她，这机会可遇不可求。

一百多个寒暑过去了，鼋婆、鼋头早已不是冤家。鼋头因璞离开了大河，再也没有回来。璞是善良的，尽管鼋头对他下了死手，他对鼋头却手下留情。璞的心中固然有仇恨，但天性中的善良在和鼋头的冲突中起了至关重要的作用。仅仅是给了他一掌，鼋头落水后两条胳膊还能乱挥一气。相比之下，蜥头就没那么幸运了，落水后仰面朝天地在河水中任意漂流，最后流到大海，再也没有回来。蜥头的下场当然可悲，但这种结果不能完全怪罪于璞。当鼋婆问璞他们两个伤得怎样时，璞的回答是至少要过十年才能恢复元气。看得出，璞并不想置他们于死地。鼋头能够活下来还有另外的原因，那就是他的子孙于水上水下不分昼夜地寻找，发现他后又将其拖进草丛。蜥头则没有这样的待遇。后来，鼋头远离大河，不再做残害生灵之事，也不愿提起过去，当然也就不会记恨璞了。鼋头的改变不是没有原因的，当他受伤昏死过去的时候，璞在他的心口使劲抓了三把，干净利落地除掉了他心上的恶毒。虽然鼋头对此再没做过任何表示，但他的变化告诉人们，他是感激璞的，就像奇人后来不去怪罪飚一样。

女鼋没有跟家族一起离开，而是选择留了下来。在胭脂渡，她并不孤单。在这里，她得到了龙女的关照。因为娿女，她或许还有更加美好的未来。

今夜，娿女来了，女鼋欣喜万分，她知道娿女牵挂着她。娿女问女鼋，

第十三章 夜色

她走后胭脂渡发生过什么有趣儿的事情。女鼍告诉妿女，在她走后很快就来了一位叫奇人的船家，他是一条黑鱼，几年前回了金水池。

妿女对黑鱼很感兴趣，女鼍就把黑鱼和鮀女之间的故事讲给她听，还说黑鱼早年在金水池干过很不好的事情，为了赎罪才来胭脂渡做了百十个寒暑的船家。听完黑鱼的故事，妿女陷入沉思。金水池、大峡谷、胭脂渡，无论是部落里的人还是精灵，他们都在改变，无论向善还是向恶。改变才是永恒的。

说完黑鱼的事情，两人默默地坐着，听草茎中的虫鸣，听水边的蛙叫，直到天地河水相交的那一刻，妿女才带着眷恋离开。

五

午夜过后，妿女回来了，喧嚣的金水池已经安静下来。湖上多风，与白天相比，让人倍觉清凉。

妿女发现蜈家四兄弟不见了，巨石上多了一个男人，全姐告诉妿女他叫奇人。奇人故意有所隐藏，但还是被妿女看了出来。妿女是水中之灵，瞒是瞒不过去的。

奇人说他两次想去天河，但都没有成功。妿女看看天色，向奇人保证下一个天地河水贯通之日一定帮他。

无论瑶、琪、妿女，还是璞和全姐，当然也包括飑和离，他们都展现了珍贵的情感。因为金水池，他们的联系是断不开的，他们联手为世间奉上了最美最亮丽的一道风景。

时间不早了，瑶、琪、妿女、迎采站起身，向全姐和奇人告别。

巨石上，瑶挥袖召来一片白云，四人站了上去。

白云在全姐眼前飘起，越飘越高，越飘越远。

云带走了瑶、琪、娈女和迎来，留下了她们对金水池的祝福与深情。未来相当长的时间里，金水池都将是太平的，快乐与宁静使这里的每个人都感到安逸和满足。然而，他们的心灵和视野也会充斥着懒散和荒疏。从本质上说，这样的生活无论什么时候都是一种大众需要，他们对此有着满满当当的惬意。

这样的日子应当珍惜。

不过，无所事事也是一件很糟糕的事情，不知哪天部落里的人就会厌倦这种庸碌乏味的生活并生出事端来，山里山外的平静就会被打破。太平与祸乱该如何选择，取决于金水池人自我内心世界的较量。

  渺哉天河水，
  应期夜正浓。
  竹风摇晕月，
  湖影荡花容。